여자의 인생을 바꾸는
자존감의 힘

여자의 인생을 바꾸는
자존감의 힘

초판 1쇄 인쇄 _ 2018년 4월 15일
초판 1쇄 발행 _ 2018년 4월 20일

지은이 _ 허지영

펴낸곳 _ 바이북스
펴낸이 _ 윤옥초
편집팀 _ 김태윤
디자인팀 _ 이정은, 이민영

ISBN _ 979-11-5877-047-1 03810

등록 _ 2005. 7. 12 | 제 313-2005-000148호

서울시 영등포구 선유로49길 23 아이에스비즈타워2차 1005호
편집 02)333-0812 | **마케팅** 02)333-9918 | **팩스** 02)333-9960
이메일 postmaster@bybooks.co.kr
홈페이지 www.bybooks.co.kr

책값은 뒤표지에 있습니다.

책으로 아름다운 세상을 만듭니다. ─ 바이북스

여자의 인생을 바꾸는

자존감의 힘

허지영 지음

바이북스
ByBooks

지금 흔들리고 있는
이 땅의 모든 여성들에게

대한민국에서 여자로 살아간다는 것은 쉬운 일이 아니다. 존재하는 일의 절반 이상을 해내면서도 가장 가난한 사람이 바로 여자다. 세상은 유독 여자들에게 많은 희생과 양보를 강요한다. 어쩌면 우리 스스로도 당연시 여기며 받아들이고 있는 건지도 모른다. 나는 당신이 지금껏 흘린 눈물의 의미를 알고 있다. 나 역시 힘겨움 속에서 견디며 살아왔기 때문이다.

여자들은 사회에서 똑같이 일을 해도 남자들과 동등한 대우를 받기 힘들다. 지금 수많은 여자들이 육아와 살림을 하면서 일을 동시에 해내고 있다. 자신을 돌아볼 여유도 없이, 그저 지치지 않기만을 간절히 바라면서 말이다. 그 누구의 위로도 받지 못한 채, 무거운 책임감을 끌어안으며 살아가는 여자들이 많다. 성공을 위해 미친 듯이 앞만 보며 달려가는 남자는 대단하다 느끼면서, 악착같이 일을 하는 여자에게는 차가운 시선을 보낸다. 사회에서 불이익을 당하더라도 참고 인내하기를 기대한다. 그런 사회 분위기와 편견이 우리의 성장을 가로막아왔다.

사람은 고통 속에서 크게 성장한다. 그 누구도 시련에 직면하지 않고서 자신이 얼마나 강한 사람인지 알지 못한다. 나 역시 결혼 전에는 일을 하는 것만으로도 힘겹다고 느꼈다. 하지만 결혼 후 홀로 육아를 하고 살림을 하고 일까지 해내면서, 일만 하는 것이 얼마나 쉬운 일인지 깨달았다. 우리는 이렇게 자신이 생각하는 것보다 훨씬 더 많은 일을 해낼 수 있는 사람인지도 모른다.

미래를 고민하는 미혼 여성, 워킹맘, 경력 단절 여성 등 상황은 다르지만 모두 자존감 결핍으로 힘겨워한다는 공통점이 있다. 내가 이 책을 쓴 이유다. 당신은 혼자가 아니다. 우리는 과거, 현재, 미래를 공유한다. 이미 겪었거나 겪고 있거나 앞으로 겪어야 할 과제이기 때문이다.

어떤 상황에서도 마지막까지 스스로 지켜야 하는 것이 바로 나를 잃지 않는 마음, '자존감'이다. 고통 속에서 나를 포기하지 않는 용기는 바로 건강한 자존감에서 나온다. 지금 우리에게 필요한 것은 무너진 자존감을 끌어올리는 일이다. 내가 원하는 삶을 살아갈 용기, 나를 지켜낼 수 없는 환경에서 벗어날 용기는 자신을 사랑하는 마음에서 비롯된다.

대한민국에서 여자로 산다는 것은 고통을 감내할 인내와 용기를 필요로 하는 것 같다. 시시때때로 우리를 힘들게 만드는 요소가 곳곳에 있다. 가정에서도 사회에서도 우리는 주도적인 삶을 살아가기가 참 힘든 현실이다. 하지만 여자 스스로가 그것을 인정하고 포기한다면 우리에게 더 나은 미래는 기대할 수 없다. 우리의 자녀들도 마찬가지다.

당당한 여자로 살아가기 위해서는 어떤 상황에서도 자신의 일을 놓지 말아야 한다. 결혼을 하지 않은 여자라면 결혼이 일을 놓아야 할 이유가 되어서는 안 된다. 결혼을 하더라도 자신의 인생을 남편과 자식에게 기대서는 안 된다. 수많은 경력 단절 여성들이 다

여자의 인생을 바꾸는 자존감의 힘

시 사회에 나오고 있다. 결혼 전에 아무리 잘나가던 여자라도 경력 단절을 겪은 후 사회에서 이전보다 훨씬 더 못한 대우를 받으며 힘들게 일을 하고 있다.

앞으로의 미래는 여자들의 능력을 많이 필요로 하게 될 것이다. 세상을 바꾸는 사람은 바로 여자다. 어떤 경우에도 자신을 포기하지 말아야 할 사람은 바로 여자들이다. 지금 힘들어서 포기하고 싶다면 포기해야 할 시점이 지금은 아니다. 이 고통을 넘어선다면 당신은 자신의 삶을 더욱 사랑하는 여자로 살아갈 수 있을 것이다. 이제는 사회에서 요구하는 것에 굴복할 것이 아니라 우리 스스로가 환경을 바꾸어야 한다. 바닥까지 내려간 자존감을 끌어올리고 다시 용기를 내보자. 인생에 어떠한 한계도 없는 것처럼 말이다.

2018. 3. 8. '세계 여성의 날'에

Contents

Chapter 1

대한민국에서 여자로 산다는 것

Chapter 2

자존감이 여자의
몸과 마음을 지배한다

Chapter 3

현명한 여자는 자존감을
잃지 않는다

Chapter 4

여자의 인생을 바꾸는
7가지 자존감 수업

Chapter 5

온전한 나로,
내 삶의 주인으로 살아가라

나는 여자가 행복해야 세상이 행복하다고 믿는다.
세상을 이끌어갈 모든 사람들은 엄마의 배에서 나오며
아이는 엄마의 행복을 그대로 이어받기 때문이다.

Chapter 1

대한민국에서
여자로 산다는 것

대한민국에서
여자로 산다는 것

대한민국의 여자들은 현재 자존감 결핍의 시대를 살아가고 있다. 여자들의 입지가 높아졌다고들 하지만 아직까지 여자에게 더 불리한 현실임에 틀림없다. 나는 현실에서 힘겨워하는 여자들을 자주 만난다. 내게 조언을 얻고자 연락을 해오는 사람 중 대부분이 바로 경력 단절 여성 그리고 고민을 한가득 안고 사는 미혼 여성들이다. 그녀들과 마주보고 이야기를 나누다 보면 내가 이 책을 써야 하는 명확한 이유를 다시금 깨닫게 된다. 그녀들을 일으켜 세워줄 수 있는 것은 다른 무엇도 아닌 낮아진 자존감을 끌어올리는 일이다.

인생은 고통과 행복의 연속이다. 고통에도 한계가 없다는 생각이 들 만큼 힘든 순간도 있었고 미칠 만큼 행복한 순간도 있었다. 행복한 순간이 있었기에 힘겨움을 겪는 시간의 소중함을 깨달을 수 있고 다시 행복을 느끼기 위해 안간힘을 쓰고 노력하게 된다.

행복도 불행도 모두 나로부터 비롯되었다는 것을 지금은 안다. 모든 인생의 선택들은 내가 했기 때문이다. 나는 사춘기를 강한 열정으로 극복했고 내 인생의 첫 직장에서도 누구보다 빛나는 삶을 살았다. 나의 한계에 굴복하지 않았고 힘들 땐 눈물을 쏟아내며 버티고 또 버텼다.

어릴 때 나는 위로는 언니, 아래로는 남동생에게 치여 원하는 것을 얻는다는 것은 결코 쉬운 일이 아니며, 노력 없이 얻을 수 있는 것은 없다는 것을 깨달으며 자랐다. 내가 태어날 때는 아들이 아니라고 할머니는 병원에도 오시지 않으셨다고 한다. 이런 환경에서 태어났기에 다른 형제들보다 더 치열하게 살았고 지금도 그런 열정을 이어가고 있다. 사람이 지속적인 성장을 하기 위해서는 내면의 간절함과 욕망이 뒷받침되어야 한다. 나는 어릴 때부터 부족함을 욕망으로 전환시켰고 내적 에너지를 가동시키는 동력으로 이용했다.

대학교 시절에 나는 유난히 선배들의 남녀차별적인 발언에 발끈했었다. 중·고등학교 때는 여학생들끼리만 생활해서 몰랐는데 대학에 와서 남자들과 생활을 하니 생각의 격차를 느끼게 되는 사건이 종종 있었다. 하루는 동아리 선배가 내게 남자는 되고 여자라서 안 되는 것에 대한 이야기를 쏟아냈다. 구시대적인 사고방식을 강요하는 선배의 태도에 화가 치밀어 올랐다. 순간 너무 화가 나서 "선배 같은 사람이 법을 배우고 있다는 것이 창피하네요. 대한민국의 미래가 걱정입니다"라는 말을 내뱉어버렸다. 법대를 다니고 있는 선배였는데 내 말을 듣고 겉으론 웃고 있었지만 기분이 많이 상했을 것이다. 나는 자라면서 단 한 번도 남자는 되고 여자라서 안되는 것이 있다는 것을 스스로 인정한 적이 없었다.

나에게 한계가 있다면 한 인간으로서의 한계일 뿐이지 여자라서 안 된다는 생각은 해본 적이 없다. 가끔 이렇게 생각 없이 말을 하는 남자들을 볼 때면 혼쭐을 내곤 했다. 부모님 세대는 어쩔 수 없었겠지만 우리는 그러면 안 되는 거란 생각이 강했다. 세상이 많이 변했지만 아직까지 여자들 스스로가 풀어야 할 과제가 많이 남아 있다는 생각이 든다. 남자들의 의식변화 그리고 그전에 여자들 스스로가 틀에 갇힌 생각과 편견을 인정해서는 안 된다.

나는 대학 시절까지는 내성적인 성향이 강했지만 나의 생각에 있어서 주관이 뚜렷한 사람이었다. 나의 부모님은 나를 그렇게 가르쳤고 나 역시 그렇게 의식을 키워왔기 때문이다. 나의 경쟁자는 남자, 여자가 아니라 나 자신이라는 생각을 잊어본 적이 없다. 어릴 때 〈아들과 딸〉이라는 드라마를 보면서 참 많이 울었다. 그리고 아들과 딸을 심하게 차별하는 모습이 못마땅해서 화가 나 투덜거리면 식구들이 놀리곤 했다. 이런 드라마를 볼 때면 여자라서 더 성공해야겠다는 생각이 강해졌다.

대학교를 졸업하고 아시아나 항공에 입사해서도 전투적인 삶을 살았다. 딱 한 번의 도전으로 남들이 부러워하는 승무원 생활을 10

여자의 인생을 바꾸는 자존감의 힘

년 했다. 나는 입사를 하는 순간부터 임원까지 올라가리라 마음먹었다. 나의 삶은 직장 일을 중심으로, 아니 최우선으로 채워져 갔다. 남들이 결혼에 현안이 되어있을 때조차 나는 진급이 가장 중요한 일이었고 회사 일에 따라 웃고 울었다. 살은 자꾸 빠지고, 위는 나빠져 소화도 안 되고, 그런 와중에도 나는 누구보다 미친 듯이 일을 하며 살았다. 처음 서울에 왔을 때, 내가 가진 것은 한 달의 월세와 버틸 수 있는 생활비가 전부였다. 그래서 다시 돌아갈 곳은 없다고 느꼈고 대학을 졸업하면 내 인생은 스스로 책임져야 한다는 생각이 강했다.

그렇게 열정적이었던 20대를 살았는데 아버지의 죽음 이후 더 이상 힘들게 살고 싶지 않다는 생각이 들었다. 더 이상 악착같이 버티며 살고 싶지 않았다. 그때는 미처 몰랐다. 내 인생을 남에게 의지하는 순간 불행이 시작된다는 사실을 말이다. 단 한 번의 안일한 생각이 내 인생을 바꾸어놓았다.

도망치듯 선택한 결혼은 당연히 나의 기대에 미치지 못했다. 온전히 내가 선택할 수 있는 것은 별로 없었기 때문이다. 시아버지 밑에서 일했던 남편은 결혼과 동시에 일이 많아져 새벽에 들어오는 날이 대부분이었고 나는 연고도 없는 곳에서 임신한 채 외로운 나날을 보냈다. 출산일에도 남편은 일이 바빠 출근을 했고 홀로 분만실에 누워있는 내 기분은 정말이지 세상에 홀로 남겨진 것 같았다.

진통을 오래 해서 그런지 출산 후 엉치뼈가 안 좋아져 조리원에

나에게 한계가 있다면
　　한 인간으로서의 한계일 뿐이지
　여자라서 안 된다는 생각은 해본 적이 없다.

서 제대로 걷지도 못해서 식사 때가 되면 난간을 붙잡고 위층으로 오르락내리락해야만 했는데 그것도 너무 힘들었던 기억이 난다. 아이는 출산 후 1주일째 장염에 걸려 차가운 병실에서 산후조리를 해야만 했다. 게다가 아들이 퇴원하고 한 달이 채 되지 않아 장염이 재발해 생명까지 위험한 상황이 되어 신생아 중환자실 인큐베이터에 들어가야만 했다. 갓난아이를 중환자실에 홀로 두고 매일 10분씩 면회를 하면서 눈물을 쏟아내며 고통스런 날들을 보냈다. 다행히 아들은 무사히 병원을 나왔고 나는 복직하는 날을 앞두고 회사에 사직서를 냈다.

아이가 아프지 않고 잘 지냈다면 남의 손에 맡기고 다시 일을 할 수 있었을 것이다. 하지만 갓난아기 때부터 고생한 아들을 생각하니 차마 한 달에 반은 집을 비워야 하는 일을 다시 할 수가 없었다. 내가 생각했던 내 인생, 내 삶도 중요했지만 내 배에서 나온 세상에 하나뿐인 내 아들이 더 소중했기 때문이다. 어쩌면 아들이 또 다시 아프면 어떡하나 하는 불안감을 내내 안고 있었기 때문에 아이 외에 다른 것은 눈에 보이지 않았던 것 같다. 지금 생각해보면 내 일도 분명히 내 인생에서 중요한 부분이었는데 말이다. 당시 내 인생을 결정한 것은 나의 이성이 아니라 불안감과 두려움이었던 것이다. 심지어, 나는 잠자다 깨서 아들이 숨을 쉬는지 확인하는 습관까지 생겼다. 나의 불면증은 몇 년이 지나도 사라지지 않았다.

아들이 어린이집에 다니면서 결혼 전에 꾸준히 했던 요가를 다시 시작했고 나의 꿈을 다시 생각할 수 있는 여유가 생겼다. 그러면서 나를 되돌아보고 나를 알아가고 싶었다. 내가 얼마나 열정이 강한지, 아니면 욕심이 많은지 생각해보았다. 누구보다 눈부신 인생을 살고 싶었던 나의 모습을 말이다.

그래서 승무원 시절에 가끔 꿈꾸었던 쇼핑몰을 시작하자 마음먹었다. 매일 동대문을 다니며 내가 살아 있다는 느낌을 강하게 받았다. 나는 일을 해야 행복한 사람이라는 것을 깨달을 수 있었고 육아와 병행할 수 있는 일이어서 더 좋았다. 나는 누구의 아내도, 엄마도 아닌 나를 찾고 싶었다. 미친 듯이 일하고 책도 쓰면서 진짜 나를 알아가는 시간을 보냈다. 지난 2년 동안 내 인생은 눈부시게 성장했다. 오직 내 인생을 바꾸겠다는 미친 열정 하나로 많은 성과를 만들어낸 것이다.

대한민국에서 여자로 살아간다는 것은 쉬운 일이 아니다. 물론 남자들도 마찬가지다. 하지만 육아와 일을 함께하면서 힘겨워하거나 육아를 위해 일을 포기하고 자신을 잃어가는 여자들을 보면 마음이 너무 안타깝다. 나는 그동안 살아오면서 나를 잃어버렸던 시간도 있었고 잃어버렸던 나를 다시 찾아가는 시간도 있었다. 여자로 살아가기 힘든 세상이지만 그래도 두 배로 노력해야 한다면 그렇게 하고 두 배로 고통을 감내해야 한다면 기꺼이 감내하겠다는 마음으로 살아간다.

여자의 인생을 바꾸는 자존감의 힘

나는 대한민국 최고의 자기계발 작가이자 쇼핑몰 창업 코치를 꿈꾼다. 죽기 전까지 계속해서 책을 쓰면서 사람들에게 용기와 희망을 선물해줄 것이다. 오늘 아침에도 반가운 독자의 메시지를 받고 내가 열심히 살아야 하는 이유를 다시 생각했다. 그리고 힘겨운 시간을 보내고 있는 대한민국 여자들이 마음껏 꿈을 꾸고 그 꿈을 이룰 수 있도록 힘이 되는 존재가 되고 싶다. 대한민국의 수많은 여자들이 여자로 태어난 것을 자랑스럽게 생각할 수 있는 그날까지 나의 도전은 끝나지 않을 것이다.

유능한 여자들은
모두 어디로 사라진 걸까?

"앞으로 회사는 얼마나 다닐 건가요?"

"네, 앞으로 30년은 다닐 예정입니다!"

입사 면접에서 면접관과 내가 주고받았던 질문이다. 회사에 다니면서 누구보다 열심히 일했고, 나의 목표는 올라갈 수 있는 데까지 올라가는 것이었다. 고가 점수에 지장을 주지 않기 위해서 몸이 좋지 않은 날에는 당장 병원에 달려가 주사를 맞았고 매일 한약을 달고 살았다. 한참 놀 때였지만, 나의 하루는 다음 날 스케줄에 따라 정해졌고, 내게는 일이 가장 중요했다. 친구들이 결혼에 관심둘 때에도 오로지 회사 일이 최우선이었다. 내 인생을 책임질 사람은 나 자신뿐이라는 생각이 강했기 때문에 힘들어도 악착같이 버티고 또 버텼다.

회사에 사직서를 내는 날 상사는 내게 이런 말을 했다.

여자의 인생을 바꾸는 자존감의 힘

"지금 힘들어도 조금만 더 버티면 되는데 너무 안타깝네요. 열심히 하는 사람들은 늘 일찍 그만두는 것 같아요."

하염없이 흐르는 눈물을 뒤로하고 나는 회사를 나왔다. 나는 분명히 면접 때 30년을 근무하겠다고 약속했는데 그 약속을 지키지 못했다. 아이를 핑계로 회사를 그만두긴 했지만 사실 나 스스로 기회를 놓고 싶은 마음이 컸던 것도 사실이다. 더 이상 악착같이 살기 싫다는 생각이 마음 한구석에 있었기 때문에 나는 상황에 굴복한 것이다. 다시 그때로 돌아간다면 핑계를 대고 회사를 그만두는 것이 아니라 회사에 다닐 때 창업을 준비하고 더 멋지고 당당하게 퇴사를 할 것이다. 나약해진 자신과 타협하듯 사직서를 냈던 게 지금도 마음에 걸린다.

대한민국 간호사들의 '태움문화'를 알 만한 사람들은 다 알 것이다. 여자의 적은 여자라는 말도 많지만 넓은 시야로 본다면 간호인력 부족과 열악한 근무환경 때문이다. 여유 없이 빡빡한 업무 환경에서 배려나 따뜻함은 찾아보기 힘들다. 능력 있는 간호사들이 제대로 된 실력을 발휘하지 못하고 어쩔 수 없이 직장을 떠나는 현상은 정말 안타깝다. 힘들게 공부해서 간호사가 되었지만 비상식적인 문화로 자존감은 바닥으로 떨어진다.

아들이 태어나던 날 쌀쌀맞게 나를 대하던 간호사가 생각이 난다. 힘들어하는 산모에 대한 배려는 전혀 없었다. 힘이 없어서 아이가 빨리 나오지 못하는 거라며 나의 배에 올라타서 배를 마구 누르는데 나는 이러다 내가 죽는 게 아닐까 하는 두려움마저 들었다. 그때의 간호사 덕분에 나는 한 달이 넘도록 배에 피멍이 가득했고 나의 배를 보는 사람마다 경악을 금치 못했다. 결혼을 하지 않은 친구들은 나의 배를 보고 아이를 낳고 싶지 않다는 말까지 했다. 분명 간호사가 되기 위해 나이팅게일을 꿈꾸며 열심히 공부했을 텐데 마음의 여유라고는 전혀 찾아볼 수 없는 산부인과 간호사들의 모습도 안타깝다.

나는 그동안 열정이 가득한 사람들을 많이 만났다. 직장인이든 창업을 한 사람이든 의욕이 넘치고 열정이 남다른 사람들을 마주할 일이 많았다. 하지만 그들의 열정은 그리 오래가지 않았다. 힘든 상황에 부딪히면 당연한 듯 현실에 굴복하는 모습이었다. 특히 여자들은 더 했다. 결혼 전 열정이 가득했던 사람도 결혼 후 출산을 하고 나면 여느 여자들과 비슷한 삶을 선택하는 경우가 많았다. 남편도 있고 아이도 있는데 굳이 악착같이 살 필요가 있나 하는 생각을 많이 하는 것 같았다. 결혼 전의 인생과 결혼 후의 인생을 분리하면서 말이다. 주위에 있는 여자들도 다 그러고 사는데 나만 유독 힘들게 산다는 느낌과 소외감은 결국 대한민국 여성들의 평준화를 만들어낸 듯하다.

그런 와중에도 악착같이 사회에서 버티는 여자들은 남들의 따가운 시선을 삼키며 외로운 전투를 치르는 중이다. 주위의 엄마들은

여자의 인생을 바꾸는 자존감의 힘

아이를 나보다 더 잘 돌보는데, 직장에 다니느라 아이를 제대로 돌보지 못하고 있다는 자책감 그리고 일을 그만두었을 때의 불안감을 안고 산다. 그리고 경력이 단절된 이후 재취업은 하늘에서 별 따기만큼 힘든 일이라는 것을 스스로 잘 알고 있기 때문에, 이러지도 저러지도 못하고 하소연할 데도 없는 엄마들이 많다.

얼마 전 독자들과 만남을 가지면서 한 여성분이 내게 이런 말을 했다.

"제 동생도 승무원인데, 작가님은 정말 대단하세요. 아이를 위해서 회사를 그만둔 것도 그렇고 다시 일을 시작한 것도요. 제 동생은 아이보다 일이 더 중요해서 회사를 그만둘 마음이 없어요. 아이가 어리고 엄마를 많이 찾는데도 냉정하게 뿌리치고 일을 하러 가더라고요. 모성애가 별로 없나 봐요."

나 역시 아이가 어릴 때 아파 고생한 경험이 없었다면 뿌리치고 일을 하러 갔을 것이다. 누구나 직면한 상황에 따라 다른 선택을 할 수밖에 없다. 일을 그만두고 나면 가족 모두 상황이 좋지 않을 테고 원할 때 다시 일을 하기가 쉽지 않다는 것을 잘 알기 때문에 일을 그만두지 못하는 것이다.

아이는 같이 낳았지만 육아에 대한 큰 책임은 여자에게만 지워지는 것이 마음 아프다. 이런 현실에서 출산율을 높인다는 것은 불가능해 보인다. 아이를 낳지 않는 조건으로 결혼을 하는 사람들이 내 주위만 해도 늘어가고 있기 때문이다.

많은 사람들이 살아가기 힘겹고 많이 외롭다 느끼는 현실이다. 한 생명을 만들어내고 평생 책임진다는 게 어쩌면 엄청난 용기와 각오를 필요로 한다는 생각이 든다. 우리는 모두가 스트레스를 관리하기 힘든 현실에서 살아가고 있다. 사회를 떠난 여자들, 사회 속에서 소외감을 느끼는 여성들 모두 자신과의 힘겨운 싸움을 이어가고 있다.

독일의 심리 상담자이자 베스트셀러 작가인 우르술라 누버는 《나는 내가 제일 어렵다》에서 이런 말을 한다.

"현대 사회는 여자에게 냉혹한 메시지를 보낸다. 훌륭하고 멋있는 여자는 직업, 결혼 생활, 가족관계 등에서 모든 것을 거머쥘 수 있다고 믿게 한다. 하지만 그 지점에 도달하기 위해 어떤 대가를 치러야 하는지, 또 홀로 이 모든 부담을 짊어지고 인생을 살아간다는 것이 얼마나 참혹한지에 대해서는 입을 다문다. 이렇게 여자는 모든 부분에서 성공적인 삶을 이룰 수 있다고 믿고, 원하는 것을 얻지 못하면 자책한다."

어쩌면 사회에서 유능한 남자보다 유능한 여자들이 더 많은 것을 감내해낸 결과가 아닌가 하는 생각이 든다. 내 주위에서 사회에서 인정받으며 일하는 여자들은 모두 남편이 자신보다 더 많은 수입을 가져오지 못함에도 불구하고 더 많은 가사 일을 분담하며 육

여자의 인생을 바꾸는 자존감의 힘

아에 더 큰 책임을 느낀다. 그런 현실을 당연하다 여기며 살아가고 있다. 몸과 마음이 얼마나 힘들지 짐작이 된다. 이런 마음의 짐이 유능한 여자들이 사회에서 능력을 제대로 발휘할 수 없게 만든 것은 아닐까.

능력 있는 여자들 중 일부는 힘들어도 버티고 또 버티는 워킹맘으로 살아가고 있고 나머지는 일을 포기한 여자로 살아가고 있다. 명확한 자신만의 기준은 찾기 힘들다. 자신이 처한 환경에 따라 조금 더 요구되는 방향으로 인생을 결정하는 경우가 많다. 자신이 일을 그만두었을 때 생활이 많이 힘들어지거나 가족들이 자신의 경제력에 기대하는 바가 크다면 원해도 그만두기가 힘들다. 반면에 일보다 육아와 가정을 돌보는 것에 더 큰 기대를 자신에게 한다면 그것을 선택할 확률이 높아진다.

이렇게 여자들은 결혼과 동시에 자신의 삶을 스스로 결정하기보다는 환경의 요구에 순응하는 방향으로 일을 바라보고 선택하는 경향이 많다. 결혼한 남자들은 결혼을 하든 하지 않든 자신의 일을 최우선으로 생각하지만 여자들은 결혼 후에 자신의 일을 최우선으로 생각하는 게 쉽지 않은 현실이다. 육아도 가사도 남자에게는 선택의 문제이지만 여자에게는 자신이 짊어져야 할 온전한 책임감을 요구하는 일이기 때문이다. 하지만 이런저런 장애물에도 불구하고 자신의 일을 놓지 않고 끝까지 버텨내는 여자들이 많다.

내 친구 K는 대학을 졸업하고 대기업에 취직했다. 회사에서 남편을 만났고 결혼했다. 아이를 둘이나 낳았지만 육아휴직도 짧게 쉬고 회사로 복귀했다. 남편보다 일에 대한 욕심이 큰 탓에 남편은 그녀를 '가장'이라고 부른다. 육아도 살림도 일도 최고로 해내기 위해 애쓴다. 그녀는 평생 일을 하며 살아온 엄마를 보고 자라면서 여자에게 일이 얼마나 중요한지 뼛속까지 알고 있는 여자다. 일을 그만둔다는 것은 한 번도 상상해본 적이 없다고 한다. 정말 그녀가 대단하다는 생각이 들었다. 그런 그녀가 있기에 훗날 우리의 딸들이 사회생활을 할 때는 더 나은 환경에서 일을 할 수 있지 않을까 하는 생각을 해본다.

육아든 다른 이유에서든 일을 포기한 여자들은 언젠가는 사회에 다시 돌아올 확률이 높다. 원치 않지만 일을 다시 해야만 하는 상황에 놓여질 확률이 높기 때문이다. 아이는 자라면서 돈이 더 많이 들어갈 것이고, 자신을 끝까지 책임질 줄로만 알았던 남편의 능력이 지속되지 않는 경우 어쩔 수 없이 돈을 벌어야 하기 때문이다.

인생을 길게 보았을 때, 조금 힘들어도 사회에서 자신의 자리를 지켜낸다면, 커리어를 쌓아갈 수 있다면 어떤 힘든 상황이 닥쳐도 자신의 인생을 스스로 지켜낼 수 있는 여자로 살아갈 수 있을 것이다. 당장 눈앞의 현실만 바라보고 성급한 판단을 내려서는 안 된다. 어떤 결정이든 아이와 남편 때문이 아니라 자신의 인생을 놓고 진지한 고민 끝에 결론을 내려야 한다.

여자의 인생을 바꾸는 자존감의 힘

지금 아는 것을
그때도 알았더라면

문득 그 동안 내가 생각했던 인생의 가치가 정답이 아닐지도 모른다는 생각이 든다. 삶을 바라보는 안목은 나이를 먹는다고 커지는 것이 아니라 내가 경험한 것에서 어떤 깨달음을 얻었느냐에 따라 달라진다. 일을 바라보는 시각도 사랑을 바라보는 마음도 사람 사이 관계도 말이다. 지금 알고 있는 것들을 어릴 때에도 알았다면 내 인생에 시행착오란 없었을 것이다. 하지만 후회는 없다. 예측할 수 있는 인생은 의미가 없다는 말을 나는 깊이 공감하기 때문이다.

우리는 자라면서 무엇을 잘하는지 어떤 일에 적성이 있는지 빨리 알아내기 힘들다. 획일화된 교육을 받으면서도 누군가는 자신의 재능을 발굴하지만 대부분의 사람들은 깨닫지 못한다. 나 역시 대학교 때까지 어떤 일에 소질이 있는지 잘 알지 못했다. 그저 경제적으로 독립하고 싶다는 생각이 간절했을 뿐이다. 돈을 많이 벌어서 세계 여행을 다니고 싶은 꿈이 있었다. 보수적인 집안 환경 속에서 답답함을 많이 느끼면서 자랐기 때문이다.

나에게 첫 직장은 생계를 위한 수단으로서의 의미가 강했다. 나 자신을 책임지기 위해서는 일이 필요하고 오래 일을 하기 위해서는 남들보다 더 열심히 일해야 하고 더 빨리 진급해야한다는 생각만이 강했다. 나는 책임감이 강한 20대 여성이었다. 시작이 무엇이든 상관없다. 어쨌든 성인이라면 자신의 인생은 스스로 책임질 수 있어야 한다.

일을 열심히 하다 보면 더 잘하게 되고 그러면 자신의 적성이 무엇인지 어떤 일에 더 의욕이 많이 생기는지 알 수 있다. 나 역시 사람을 많이 상대하는 승무원 일을 하면서 사람을 대하는 일이 적성에 잘 맞다는 것을 알게 되었고 다른 사람에게 도움을 줄 때 큰 만족감이 생긴다는 것을 깨달았다. 조금 안타까운 것은 약한 체력으로 취미생활이나 다양한 경험들을 20대 때 많이 해보지 못한 것이다. 직장에 다니면서 틈틈이 다른 것들을 배우면서 시야를 넓혀가는 것이 중요하다는 것을 나중에 알게 되었기 때문이다.

너무나 버티며 살아서일까? 나는 어느 순간 너무 힘겹다는 생각이 문득 들었다. 친구들은 나보다 일찍 결혼을 했기 때문에 나도 그녀들처럼 편하게 살고 싶다는 생각이 간절했다. 그저 내 눈에는 능력 있는 남자를 만나서 편해 보였고 더 이상 악착같이 살지 않아도 되는 모습에 부러운 마음이 생겼다. 지금 생각해보면 그때는 인생을 멀리 내다보지 못했기 때문이다. 하지만 정말 잘한 일은 힘든 와중에도 건강을 잘 챙기며 잘 버텨냈다는 것이다. 나보다 건강했던 친구들이 오히려 몸이 안 좋아져 일을 그만두는 경우가 많았다. 내가 가장 체력이 약했지만 늘 건강을 챙기며 살았기 때문에 일에 대한 성취와 만족을 느끼며 살아갈 수 있었다.

20대는 젊기 때문에 시간의 소중함을 깨닫기가 쉽지 않다. 지금은 하루 24시간을 48시간처럼 살아가고 있지만 그때는 흘러가는 시간의 가치를 크게 느끼지 못했다. 최근에 한 방송에서 아이를 낳고 7년 만에 방송에 복귀한 여자 연예인의 말이 공감이 갔다. 현재 아이를 키우면서 하루를 초단위로 살아가고 있는데 결혼 전에 그렇게 살았다면 크게 성공했을 거라는 말을 했다. 결혼을 한 여자들이라면 모두 공감이 될 것이다. 지금 최선을 다하면서 살아간다고 느끼더라도 우리는 더 많은 것을 해낼 수 있는 사람인지도 모른다.

대한민국에서 결혼이라는 것을 하려면 그전에 후회 없는 시간들을 보내야 한다. 많이 놀아도 보고, 많이 만나 보고, 많이 배우고, 많이 즐기며, '나'라는 사람이 어떤 사람인지 어떤 사람과 잘 맞는지 정도는 명확한 기준을 세우고 해야 한다. 이 세상에 내 인생을 책임질 사람은 자신뿐이다. 부모도 자식도 남편도 아니다. 내가 원하는 대로 살아갈 수 있는 삶은 자신만이 만들 수 있다. 다른 사람에 대한 기대로 내 인생을 채울 수 없다는 것을 이제는 안다. 생계

를 위해 당장 일을 하더라도 미래를 내다보며 꿈을 향한 준비도 할
줄 알아야 한다.

지금 결혼으로 고민하고 있는 청춘들에게는 해줄 말이 있다. 나
혼자서도 제대로 설 수 있을 때 결혼을 하라고 말이다. 상대방에게
의지할 필요가 없을 때 결혼을 하라고 말하고 싶다. 오히려 상대방
이 내게 기댈 때 힘이 되어줄 수 있을 정도가 된다면 참 괜찮다고
생각한다. 중요한 것은 내 인생에 미안하지 않을 때 다른 사람의 인
생도 껴안을 수 있다는 것이다.

그리고 어떤 일이 있어도 자신의 일을 놓지 말라고 말하고 싶다.
누구 때문에 희생하지도 포기하지도 말고 내가 포기해야 모든 일
이 순조로워진다는 생각도 버려야 한다. 뜻이 있는 곳에 길이 있다
고 방법은 찾으면 나오는 것이라는 것을 이제는 알기에 이런 조언
을 해줄 수 있다. 우리는 매 순간 내가 선택해야 하는 내 인생에 잠
시라도 무력감이 지배하지 않도록 해야 한다. 그러기 위해서 자존
감을 끌어올려야 하는 것이다.

어떤 선택을 하든 나 스스로 만족스러운 선택이 아니라면 결국
그 선택이 나의 발목을 잡게 된다. 나를 사랑하는 마음이 최우선되
지 않는 선택은 언젠가 나의 자존감을 갉아먹기 때문이다. 나 역시
내 인생에 대한 깊은 고민 없이 했던 순간적인 결정들이 늘 후회로
남았고 나 자신을 무기력하게 만들었다. 어쩌면 힘든 순간에 '나

지금 알고 있는 것들을 어릴 때에도 알았다면
내 인생에 시행착오란 없었을 것이다.

만 이렇게 힘든 건 아닐까?' 하는 생각이 만들어낸 결과일 것이다.

대기업에서 오래 근무도 해봤고 홀로 창업도 하면서 세상에 나만 힘든 일은 어디에도 없다는 사실을 알았다. 이런 경험은 이전에 수많은 사람들이 했던 경험이며, 내가 이겨낸 고통은 지금도 다른 누군가는 싸우고 있는 현실일 테다. 인생은 고통의 연속이지만 누구나 힘겨움을 안고 살아간다는 사실을 잊어서는 안 된다. 고독을 기꺼이 즐길 줄 알되 틀에 갇힌 생각으로 자신을 옭아매어서는 안 되는 것이다.

회사에 다닐 때는 누구보다 힘든 사회생활을 한다고 느꼈던 나다. 하지만 결혼을 하고 마음고생을 많이 하면서 다시 그때로 돌아간다면 스트레스를 안고 살아갈 것이 아니라 웃으면서 일할 수 있을 것 같다는 생각이 들었다. 당시에는 이런 깨달음을 얻지 못했지만 수많은 어려움을 이겨내면서 나 스스로 강한 사람이 되었다는 걸 느낀다. 그래서 지금 직장에 다니면서 불만을 쏟아내는 사람들에게 많은 이야기를 해줄 수 있다.

얼마 전 친구가 찾아와 내게 하소연을 했다.

"나도 좋아하는 일을 하면서 살고 싶어. 이놈의 회사는 매일 스트레스를 주고 당장이라도 때려치우고 싶어."

하고 싶은 일이 무엇이냐는 질문에 시원하게 답하지 못하면서 현실에 대한 불만이 가득했다. 내가 볼 땐 회사가 주는 스트레스보

여자의 인생을 바꾸는 자존감의 힘

다 자신이 만들어낸 스트레스가 더 많아 보인다. 현실이 싫으면 그 속에서 화만 낼 것이 아니라 미래를 위한 준비를 해야 한다. 그렇다면 직장이라는 곳은 나를 힘들게 하는 곳이 아니라 나의 꿈을 위해 투자할 자금을 마련해주는 곳이 될 것이다. 생계가 보장되지 않는 일은 결국엔 즐겁게 해나가기 힘들다. 하고 싶은 일을 하기 위해 직장을 그만두었다가 결국엔 하고 싶은 일이 나를 힘들게 만드는 일이 되어 다시 직장을 찾아 헤매는 사람들을 많이 봤다.

하고 싶은 일을 할 자유란 거친 풍파 속에서도 자신의 꿈을 향해 노를 젓는 사람에게 주어지는 것이다. 하고 싶은 일을 찾기 위해서는 하기 싫은 일도 기꺼이 해내야 한다. 그런 사람이야말로 좋아하는 일, 하고 싶은 일로 행복을 얻을 자격이 있다고 생각한다. 지금 당신의 삶이 힘들다면 현실에 대한 불만 대신 자신을 다시 한 번 돌아보라고 말해주고 싶다.

진정 원하는 삶이 무엇인지, 어떤 일을 하며 살고 싶은지 깊이 있는 고민을 해야 한다. 20대 때는 많이 도전하고 실패하면서 시행착오를 많이 겪는 것이 중요하다. 요즘은 어린 사람일수록 실패에 대한 두려움이 많은 것 같아 안타깝다. 도전하고 실패에 대한 면역력을 키워야 30대 때는 자신이 원하는 삶에 가까이 다가갈 수 있다. 꿈을 꾸고 이루어가는 데 늦은 나이란 없다. 자신에 대한 믿음이 필요한 시대다. 경쟁해야 할 대상은 친구도 동료도 아니다. 바로 어제의 '나' 자신이다.

지금 남들보다 뒤처졌다고 생각된다면 더 이상 남들 기준으로 자신의 인생을 판단하지 말길 바란다. 현재에 머물지 않고 성장하는 사람은 그런 불평 대신 당장 할 수 있는 일에 집중하고 에너지를 쏟는 열정적인 사람이다. 그리고 자신에 대한 믿음으로 작은 희망의 불씨를 꺼뜨리지 않기 위해 부단히 노력하는 사람이다. 우리는 내 인생에 미안하지 않도록 순간순간 후회 없이 살기 위해 애써야 한다. 자신을 사랑하는 사람이 자신도 세상도 끌어안을 수 있다.

여자의 인생을 바꾸는 자존감의 힘

여자가 경제적 자립을
포기할 때 불행이 시작된다

　작년에 우연히 알게 된 K씨는 이혼 소송 중이었다. 결혼 전에 한 번도 사회생활을 한 적이 없었던 그녀는 자신을 오랫동안 쫓아다니던 남자와 결혼을 했다. 결혼 후 남편의 폭력적인 모습과 시부모님의 무시를 견디다 못해 이혼 소송을 하게 되었다. 재산이 꽤 많은 집안의 남자라 결혼을 하면 고생 안 하고 편하게 살 거라 기대했는데 세상에 공짜는 없다는 것을 깨닫는 데 그리 오래 걸리지 않았다고 한다. K씨가 듣는 데서 험담을 일삼는 시댁 식구들 그리고 제멋대로 자신의 인생에만 집중하는 남편에게서 도망쳐 친정에서 아이들을 돌보고 있었다.

　남편과 시부모님이 위자료와 양육비를 단 한 푼도 줄 수 없다고 했기에 어쩔 수 없이 소송을 한 것이다. 그녀는 친정 부모님의 도움으로 아이들을 양육하고 있었다. 그녀는 이제 용기를 내어 사회에 나가려고 한다. 아무것도 할 줄 아는 것이 없지만 아이들을 위해서 어떤 일이라도 해서 경제력을 키워야겠다는 다짐을 했다. 진즉에 사회생활을 해봤다면 이렇게 처참하지는 않았을 텐데 하며 후회하는 모습을 보니 너무 안타까웠다.

지금은 남자들도 어쩔 수 없는 상황에 가장 노릇을 제대로 하지 못하는 사람들이 많다. 원하지 않는 구조조정으로 직장을 잃은 사람, 사업이 어려워 파산을 한 사람 등 다들 어렵다고 난리다. 이런 상황에서 내 남편은 아직 직장이 있으니까, 아직 사업이 되고 있으니까 하는 생각에 의존하고 있다면 생각을 바꾸어야 한다. 예측하고 당하는 사람은 단 한 사람도 없다. 우리는 늘 위기 상황에 대처할 수 있는 준비를 해야 한다. 남자도 자신을 책임지지 못하는데 배우자의 인생을 끝까지 책임진다는 게 말이 되는 소린가. 과거에는 당연하다고 생각했는데 이제는 말이 안 되는 소리라는 것을 알겠다. 또한 내 인생을 다른 사람에게 저당 잡히는 순간 인생의 주도권을 가질 수 없다는 것 역시 알겠다.

대학을 졸업하고 단돈 50만 원을 들고 나는 서울에서 독립했다. 회사에서 인턴생활을 하면서 월급을 받을 때까지 한 달 동안의 하숙비와 생활비가 전부였다. 배수의 진을 치는 마음이랄까. 돌아갈 곳이 없다는 마음으로 사회생활을 시작했다. 외롭고 힘들어도 악착같이 견디며 내 인생에 대한 책임감 하나로 똘똘 뭉친 나였다.

여자의 인생을 바꾸는 자존감의 힘

첫 달 월급을 받은 날의 기쁨은 이루 말할 수가 없었다. 얼마 되지 않은 인턴 월급이었지만 그 돈으로 부모님께 용돈을 드렸다. 매달 용돈을 드리는 기쁨은 그동안 키워주신 데 대한 감사함과 책임감이 보태진 마음이었다. 내 인생에 대한 책임감 그리고 부모님에 대한 책임감은 나로 하여금 더 열심히 일할 수 있는 원동력이 되었다.

내가 만약 대학을 졸업하고 취업하지 못한 채 부모님께 신세를 지면서 살았다면 마음이 얼마나 힘들었을까 하는 생각이 든다. 요즘은 서른 살이 넘어도 자립하지 않고 부모님의 그늘에서 도움을 얻으며 살아가는 사람들이 많다. 부모가 언제까지 내 인생을 책임져줄 거라는 생각은 버려야 한다. 책임져줄 수 있을 때까지 도움을 얻고자 한다면 남은 인생은 더 힘들어질 거라는 사실을 알아야 한다. 나이가 들수록 자신감은 더 줄어들고 두려움을 커질 것이다.

실패를 하고 시행착오를 겪는 것은 청년들의 특권이다. 그런 과정에서 더 많이 배우고 나에게 맞는 일을 찾아갈 수 있다. 부모가 가진 것이 많아 스스로 무능력한 사람이 되기를 자처한 사람들을 많이 봤다. 하나도 부럽지 않았다. 어려운 여건에서 무언가를 해낸 사람들은 하나같이 말한다. 자신을 게을리할 수 없는 환경에서 자란 것을 감사하게 생각한다고 말이다.

가끔 어머니와 대화를 하다 보면 이런 말씀을 많이 하신다. 부모님이 돈이 많아서 여유 있게 우리를 키웠다면 유학도 보내주고 더 많이 배우게 했을 텐데 하고 말이다. 나는 그렇게 생각하지 않는다. 부모님은 돈보다 더 가치 있는 열정을 심어주셨고 스스로 일어설 수 있는 힘을 만들어주셨기 때문이다. 나 역시 내 아이에게 그런 엄마가 되어야겠다는 생각을 늘 한다.

결혼 후 사직을 하고 얼마 지나지 않아 나는 후회를 했다. 남편과 다툴 때마다 경제력이 없는 나 자신이 한심하게 느껴졌다. 남편이 벌어다주는 돈으로 먹고사니 나를 무시하나 하는 생각이 늘 들었기 때문이다. 시아버지 회사에서 일하던 남편은 욕심이 없는 사람이었고 대학시절 남들처럼 취직을 위해 악착같은 노력도 할 필요가 없는 사람이었다. 남편이 어떤 사람인지 결혼을 하고 나서야 알게 되었다. 고작 6개월 동안의 장거리 연애 동안 몇 번 만나지 않고 결혼을 했으니 당연한 결과였다.

나는 5년 가까이 경력 단절을 겪으며 경제력을 가져야겠다고 느꼈다. 직장에 다닐 때부터 관심이 있었던 쇼핑몰 사업을 시작하기로 마음먹었다. 돈이 많이 들지 않는 블로그로 창업을 시작하고 홀로 외로운 시간을 견뎌내며 열정을 쏟았다. 노력한 만큼 돈을 벌 수 있어서 행복하고 다시 나를 찾아가는 시간이었다. 자신감이 쌓이자 나의 경험과 시행착오를 책에 담아야겠다는 결심을 하게 되었고 책을 쓰고 쇼핑몰 코치가 되었다. 나의 첫 책인《나는 블로그 쇼핑몰로 월 1,000만 원 번다》는 나에게 새로운 꿈을 꾸게 해주었다.

기회는 준비된 자에게 주어진다고 했던가. 불행은 어떤가? 불행은 늘 준비되어 있지 않은 상태에서 온다고 한다. 하지만 준비가 된 사람에게 불행은 더 큰 동기부여가 된다. 주위를 둘러보면 40이 넘어서 가장이 된 여자들이 많이 보인다. 남편이 갑작스런 사직, 사업실패로 경제력을 잃었기 때문이다. 자식은 키워야 하고 이제는 의지할 데가 없으니 스스로 경제력을 가져야겠다고 뒤늦게 깨달은 것이다. 만약 자신의 일을 이미 가지고 있었다면 크게 절망할 일이 아니었을 것이다. 불행은 예고 없이 찾아온다. 불행도 기회와 마찬가지로 받아들일 준비를 하고 있어야 한다. 인생은 고난과 역경이 행복이라는 친구를 따라 늘 나를 찾아오기 때문이다.

여자들은 모이면 남편의 경제력을 서로 비교하며 자신보다 더 팔자가 좋아보이는 여자들을 부러워한다. 여자들은 경쟁의식이 강해서 불리한 이야기는 잘 털어놓지 않는다. 특히 여러 명이 모여 있는 자리에서는 더 그렇다. 시댁에 돈이 많고 남편의 능력이 많으면 가장 팔자가 좋은 여자다. 그런데 그런 조건에 있는 여자들이 가장 심리적으로 불안정한 경우가 많다. 상대적으로 자신의 자존감은 낮아지기 때문이다. 늘 혜택을 받고 사니 그만큼의 대가를 치뤄야 한다는 것을 스스로가 잘 알고 있다. 시댁에서 도움을 얻는 만큼 시댁에 가서 봉사를 해야 하며 남편에게 큰소리 한번 치지 못하는 여자들이 많다.

가장 불행한 사람은 자신의 인생을 자신이 선택하지 못하는 사람이다. 타인의 눈치를 보고 이끌려가는 삶을 살아가는 사람은 죽어있는 것과 마찬가지다. 내 삶의 주인이 되는 것을 포기하는 대가로 돈을 선택하기엔 인생은 너무 소중하다. 행복한 여자는 자신의 인생을 스스로 결정하는 여자다. 누구의 말에도 흔들리지 않고 자신의 길을 걸어갈 수 있을 만큼 자존감이 높은 여자다. 스스로 행복을 선택할 줄 안다.

나는 죽을 때까지 경제력을 잃지 않기 위해 노력할 것이다. 일하며 사랑하며 살아가고 싶다. 내가 좋아하는 일을 하면서 죽는 순간 하지 못한 일에 후회하지 않는 인생을 살고 싶다. 나이가 들수록 힘든 여건에 있는 사람들이 더 눈에 들어온다. 내가 원하는 인생을 살아가면서 누군가에게 도움을 주기 위해서는 더더욱 경제력을 가져야 한다. 사랑하는 사람들에게 많이 베풀고 세상에 선한 영향력을 주는 사람으로 살아가기 위해서 능력을 충분히 갖출 것이다. 내가 하고 싶은 일에 대한 욕망이 내가 더 열심히 살아야 하는 이유가 된다. 여자일수록 더욱 강해져야 한다. 어떤 상황에서든 경제적 자립을 포기해서는 안 된다.

나를 이기지 못하는 고통은
나를 더 강하게 만든다

"기대한 만큼 안 되어도 실망하지 않는 게 진짜 강한 거지."

드라마 〈흑기사〉를 보다가 주인공이 던진 말이 마음에 와 닿는
다. 누구나 강한 사람이 되고 싶어 한다. 어떤 사람이 강한 사람일
까? 남들에게 강해보이는 사람이 강한 사람일까 아니면 스스로 강
하다고 생각하는 사람이 강한 사람일까? 시련도 역경도 없이 순탄
한 인생을 살아가는 사람이 강할 수 있을까? 어쩌면 이런 사람들은
강해질 필요가 없는 환경에 살고 있는지도 모른다.

자신을 사랑하는 사람은 자신을 고통스럽게 만드는 환경에 결
코 지지 않는다. 반드시 극복해야만 하는 이유가 있기 때문이다.
단 하나의 이유, 세상에서 가장 소중한 '나'를 위해서다. 나는 나
를 정말 사랑한다. 시련 속에서 나 홀로 외롭게 허우적거리게 만
들고 싶지 않다. 절망 속에서 나를 일으켜 세워줄 '자기애'가 필요

한 세상이다.

그동안 나를 성장시킨 것은 나를 둘러싼 시련과 역경이었다. 그것을 통해서 나만의 통찰력을 키울 수 있었고 진정한 나를 발견할 수 있었다. 시련을 피하지 않고 받아들인다면 나 자신을 더욱 강하게 만들어줄 것이다. 앞으로 살아갈 큰 힘을 장착한다고 볼 수 있다. 힘든 인생도 내 삶의 일부분으로 안고 가야 한다. 우리는 도전을 통해서 더 많이 배우고 성장한다. 도전을 하지 않는다면 내가 어떤 사람인지조차 모르고 살아갈 것이다.

내가 이 책을 쓰는 이유는 스스로 자존감이 높다고 생각하는 나 역시 힘든 상황에 놓여질 때 어김없이 자존감이 떨어지기 때문이다. 그리고 대한민국에서 흔들리고 있는 수많은 여자들을 위해서다.

나의 책을 읽고 찾아오는 사람들을 만나 컨설팅을 하면서 그들 역시 힘든 시련이 있다는 것을 알았다. 그럴 때 가장 먼저 그들을 떠나려고 하는 것이 '자존감'이라는 것도 알게 되었다. 특히 결혼 후 자존감이 떨어진 경력 단절 여성들이 가장 많았다. 나와 비슷한 과정을 겪으면서 살아가는 그녀들을 보고 있으면 여자에게 자존감이 얼마나 중요한지 새삼 깨닫게 된다. 그들에게 더 큰 용기를 주는 멘토, 자존감을 끌어올려주는 코치가 되어야겠다고 늘 다짐한다. 지금 힘들지만 이 시기를 잘 극복한다면 분명 시련이 곧 선물임을 알게 될 것이라고 말해준다.

여자의 인생을 바꾸는 자존감의 힘

평온할 때가 아니라 전쟁 속에서 영웅이 나오는 법이다. 우리는 고통 속에서 내가 어떤 사람인지 뼈저리게 느끼게 된다. 나약한 사람인지 강한 사람인지 평상시에는 잘 알 수도 판단할 수도 없다. 여자는 약하지만 엄마는 강하다고 했던가. 엄마는 강하지만 엄마가 아니라도 강해질 수 있다. 나 역시 결혼 전에 보기에는 약해빠진 20대 여자였지만 마음만은 강한 사람이었다. 이런 나는 결혼 후 아이를 낳고 더 강해졌다. 내가 열심히 살아가야 하는 이유, 아들이 있기 때문이다.

태어나고 생후 한 달도 되지 않아 신생아 중환자실에서 홀로 외롭게 병과 싸웠던 아들을 떠올리면 나는 어떤 것도 포기할 수가 없다. 하루 10분씩 짧은 면회를 하고 집으로 돌아가면서 수많은 눈물을 흘리고 잠을 이루지 못하면서 나는 진짜 엄마가 되어갔다. 누구보다 강한 엄마가 되기 위한 시련이었다고 생각한다.

그런 고통의 시간이 있었기에 아들과 나는 남다른 애착관계를 형성할 수 있었다. 눈빛만 봐도 서로의 마음을 읽을 수 있고 진심으로 마음을 나누는 모자 사이가 되었다. 사람이 강해지기 위해서는 그만큼의 고통을 감내해야 하는 것 같다. 마치 신이 나를 시험이라도 하듯이 말이다. 독일의 철학자 니체의 말처럼 살아가야 할 이유가 있는 사람은 어떤 어려움도 견딜 수 있는 것 같다.

나는 힘들 때 나만의 치유법이 있다. 혼자서든 아니면 나를 믿어주는 사람을 만나서든 실컷 울어버린다. 내가 원치 않았던 현실을

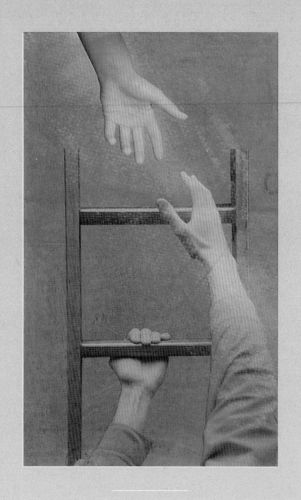

시련을 피하지 않고 받아들인다면
나 자신을 더욱 강하게 만들어줄 것이다.
앞으로 살아갈 큰 힘을 장착한다고 볼 수 있다.

원망하며 펑펑 운다. 눈물이 많은 편이라서 드라마를 보다가도 남들이 울지 않는 포인트에서도 눈물이 주르륵 흐를 때가 많다. 그런데 이상하게도 스트레스가 많이 해소되는 느낌이 든다.

중학교 시절 매달 즐겨 읽던 《좋은 생각》이라는 책에서 읽었던 문구가 늘 가슴에 남아있다. "눈물로 씻기지 않는 슬픔은 없다"는 말이었다. 그 말처럼 나 역시 살아오면서 눈물로 씻기지 않는 슬픔은 없었다. 당장 해결할 수 없는 고통스런 일을 당하더라도 실컷 울고 나면 냉정한 현실을 제대로 들여다보고 해결책을 모색할 수 있다. 그래서 나는 마음속에 한이 별로 없는 편이다. 그때그때 해소하는 성격에 마음에 앙금을 남기지 않고 털어 내버린다. 내 안에 있는 슬픔을 모두 쏟아내고 나면 다시 일어설 수 있었다.

파울로 코엘료의 《연금술사》에 이런 말이 나온다.

"누군가 꿈을 이루기에 앞서, 만물의 정기는 언제나 그 사람이 그동안의 여정에서 배운 모든 것을 시험해보고 싶어 하지. 만물의 정기가 그런 시험을 하는 것은 악의가 있어서가 아니네. 그건 자신의 꿈을 실현하는 것 말고도, 만물의 정기를 향해 가면서 배운 가르침 또한 정복할 수 있도록 하기 위함일세. 대부분의 사람들이 포기하고 마는 것도 바로 그 순간이지."

나는 너무 힘들어 포기하고 싶을 때, 그 순간을 견뎌내면 상상

이상의 성과를 얻을 수 있다는 것을 잘 안다. 그래서 시련이 찾아올 때마다 선물이라는 생각을 한다. 물론 고통스럽고 힘들지만 그 시련에 지고 싶은 마음이 없다. 현실에 안주하고 두려움에 아무것도 도전하지 않는 사람과 달리 늘 도전하고 성장을 꿈꾸는 사람에게는 시련이 자주 찾아온다. 사람이 성장하기 위해서는 장애물이 반드시 생겨난다. 아무것도 하지 않는 사람에게는 아무 일도 일어나지 않는다. 나는 그런 인생을 죽어 있는 삶과 다르지 않다고 생각한다. 인생은 다양한 체험 속에서 많은 배움과 깨달음을 얻을 수 있기 때문이다.

승무원 시험에 유일하게 단번에 합격한 나에게는 다른 사람과는 다른 강도 높은 장애물이 있었다. 최종 면접 전날 불행히도 다리를 다쳐 당일에 붕대를 하고 통통 부은 다리로 면접을 보아야 했다. 구두를 신고 걸을 수 없는 고통에도 나는 구두를 신고 당당하게 걸어 들어갔다. 1분 전만 해도 구두 속에 발이 들어가지 않았는데 나의 간절함으로 끝까지 최선을 다했고 신은 나에게 기적을 선물해주었다. 그래서 나는 말할 수 있다. 하늘은 스스로 돕는 자를 돕는다는 것을 말이다. 그리고 포기하지 않는 꿈은 반드시 현실이 된다는 것을 말해주고 싶다.

지금 힘들다면, 지금 고통스럽다면 당신은 성장하고 있다는 증거다. 힘들지 않는 인생은 어디에도 없다. 고통 없는 성장 또한 없다. 우리는 고통 속에서 시련 속에서 더 강해질 수 있으며 내면을 단단하게 할 수 있다. 같은 고통이 반복될 때 가볍게 넘길 수 있는 내면의 면역력을 높이는 것이다. 긴 인생에서 시련이라는 친구는 언제 어떤 모습으로 나를 찾아올지 모른다.

　인생에서 고통의 총량은 같다는 말을 들어보았을 것이다. 그 말이 사실이라면 한 살이라도 젊었을 때 시련을 많이 만나는 것이 좋지 않을까? 많이 도전하고 많이 실패하면서 자신의 길을 더 빨리 찾을 것이고 더 빨리 성장할 수 있을 것이다. 탄탄대로의 길을 걷다가 나이가 많이 들어서야 시련에 부딪히는 사람들은 고통을 감내할 에너지가 적다. 그러니 젊은 사람일수록 많이 도전하고 많이 실패해보아야 한다. 그 어떤 고통에도 지지 말자. 나를 이기지 못하는 고통은 나를 더 강하게 만든다. 지금 힘든 고통을 견뎌낸다면 당신은 반드시 어제와는 다른 삶을 살게 될 것이다.

머물러 있기에 내 인생은
너무 소중하다

아버지가 돌아가시고 나는 부산으로 발령 신청을 해서 엄마와 단둘이 지냈다. 그때 나는 전신마취를 해야 하는 수술을 한 적이 있다. 건강 검진을 하다가 쓸개 쪽에 염증이 발견되었다. 수술 당일 아침에 하염없이 눈물을 흘리시던 엄마의 모습이 떠오른다. 나도 참 눈물이 많지만 엄마와 함께 있으면서 눈물을 보이지 않으려 늘 애썼다. 수술대 위에 누워서 여러 명의 인턴들이 나를 위해 편안하게 말을 걸어주었다. "왜 이렇게 말랐어요?"부터 "직업이 모델이세요?" 등의 질문이 많았다. 내 몸은 정말 뼈밖에 없는 것처럼 살이 빠진 상태였다. 기운이 하나 없이 수술대에 누워서 서서히 눈이 감겼다. 아무 일 없기를, 수술이 잘 되기를 기도하며 잠이 들었다.

마취가 깨지 않아 인턴 한 명이 나를 억지로 깨워 눈을 떴다. 고통이 이루 말할 수 없었다. 입은 말을 하지만 소리가 나오지 않았

여자의 인생을 바꾸는 자존감의 힘

다. 엄마는 안도의 한숨을 쉬셨다. 퇴원 후 한 달을 처음으로 아무 것도 하지 않으며 쉴 수 있었다. 건강의 소중함, 내가 지켜야 하는 것들에 대해 많은 생각을 하며 보냈다. 엄마를 위해서 나는 더 강해져야겠다는 생각이 들었다. 부산에서 지낸 2년 동안 서울에서 생활하느라 엄마와 하지 못했던 여행, 데이트를 하기도 했다. 결혼 전 2년, 내게 소중했던 그때가 지금도 그립다.

부산에서 홀로 계신 어머니를 생각하면 나는 아무리 힘들어도 아무것도 포기할 수가 없다. 늘 도전하며 열심히 살아가는 둘째 딸을 늘 생각하고 걱정하고 응원해주시기 때문이다. 나는 엄마 인생의 희망이다. 엄마의 자랑스러운 딸이다. 늘 이런 마음을 갖고 살아간다. 서울에서 홀로 일할 때도 내가 견딜 수 있었던 건 엄마의 존재가 가지는 힘이었다. 난 엄마의 힘으로 강하게 살았고 나 역시 강한 엄마로 아들에게 자존감 높은 엄마로 살아가고 있다. 아들에게도 네가 원하는 것은 무엇이든 될 수 있다고 늘 말해준다.

주위 친구들을 보면 결혼 후 자존감이 많이 떨어진 경우가 많다. 작년의 모습도 올해의 모습도 별반 다르지 않는 모습이 대부분이다. 그들이 나를 바라볼 땐 어디로 튈지 모르는 여자다. 가만히 있지 뭐 하러 그렇게 힘들게 사냐는 말을 자주 하곤 한다. 후배들은 나를 '원더우먼'이라고 부르기도 한다. 나는 그들처럼 평범하고 안정적인 일상보다 내 삶이 좋다. 머물러 있기에 내 인생은 너무 소중하기 때문이다.

당신이 엄마라면 더더욱 현실에 굴복해서는 안 된다. 그리고 자신의 자존감을 높이기 위해 노력해야 한다. 자존감은 자식에게까지 되물림되기 때문이다. 자신감 없고 자존감 낮은 아이들은 대부분 엄마의 자존감도 낮은 경우가 많다.

내가 아는 L은 결혼 후 입버릇처럼 자신은 자존감이 너무 낮다는 말을 하고 있다. 그녀에게는 아들이 한 명 있는데 아들 역시 자신을 닮아 자존감이 낮다고 걱정을 한다. 분명히 시험을 잘 쳤는데도 자신보다 더 잘하는 친구들이 더 많다며 자신의 실력을 스스로 인정하지 않는다고 했다.

엄마와 가장 많은 시간을 보내는 아이는 엄마의 자존감에 영향을 받을 수밖에 없다. 같은 점수를 받아도 어떤 아이는 스스로를 대견하다 여기는데 또 다른 아이는 이것밖에 못하는 자신에게 실망하는 것이다. 어떤 아이가 제대로 성장할까? 당연히 전자다. 자존감은 나이와 상관없이 누구에게나 중요한 문제인 것이다.

아들은 아빠가 늘 바빴기 때문에 태어날 때부터 나와 보내는 시간이 대부분이었다. 그래서 나와 떨어지는 것을 불안해해서 나 역시 단 하루도 아들과 떨어져 시간을 보낸 적이 없었다. 자식이 하나지만 과잉보호하며 너무 애지중지 키우고 싶지 않았다. 그러면 나중에 본인 인생이 힘들어질 게 뻔하기 때문이다. 걷기 시작했을 때는 넘어져도 놀라며 일으켜주지 않았다. 처음엔 울면서 어쩔 줄 몰라 했지만 시간이 지날수록 눈물보다는 스스로 일어날 줄 아는 아이가 되었다.

아들이 5살이 되자 태권도를 보내기 시작했다. 지금까지 5년 동안 쉬지 않고 다닌다. 운동을 하고 누나, 형, 동생들 사이에서 규율을 지키며 더 강해질 거라는 믿음에서였다. 5년 동안 아들은 자립심이 강하고 무엇이든 스스로 하려고 노력하는 아이가 되었다. 정신 건강까지 챙길 수 있는 운동은 계속 시킬 생각이다. 험한 세상에서 자신을 제대로 지킬 수 있다는 것만으로도 자존감은 높아질 테니 말이다.

나는 하는 일이 없을 때에도 낮잠을 잔 적이 없다. 그만큼 시간을 알뜰하게 보내기 위해서 노력했다. 어떤 해에는 음식 만들기에 심취해서 요리에만 빠져서 지낸 때도 있었고 어떤 때는 재봉틀 배우기 또 어떤 때는 꽃꽂이에 빠져 지내기도 했다. 나는 놀면서 아무것도 하지 않는 것이 가장 힘들다. 내가 유용한 존재가 아닌 것 같은 느낌이 들어서인 것 같다. 오늘 지금이란 시간은 지나가면 돌아오지 못한다는 것을 늘 생각하며 지냈다.

집에는 다양한 자기계발 서적들과 자격증 관련 도서, 창업에 대한 책들이 수북이 쌓여있다. 틈나는 대로 책을 읽었고 내 인생에 대해 끊임없이 질문을 던졌다. 과연 나는 행복한지, 내가 원하는 인생이 무엇인지, 앞으로 나는 어떤 삶을 살아야 하는지 늘 고민했다. 나에 대한 깊은 고민은 시간이 지나면 작은 힌트라도 내게 주었고 나는 작은 노력, 작은 실행을 통해서 몇 년 동안 몰라보게 성장했다.

아이들은 많이 컸지만 그것에 만족하며 나이를 먹어가는 엄마들이 많다. 나는 아이의 성장과 함께 엄마도 성장해야 한다고 생각한다. 아이는 매일 엄마를 보면서 자라기 때문이다. 매일 옆에 있어주는 엄마가 직장 때문에 많은 시간을 함께하지 못하는 엄마보다 무조건적으로 아이에게 도움이 된다고는 생각지 않는다. 매일 함께해도 자신의 인생을 돌보지 않는 엄마는 아이에게 좋은 영향을 줄 수 없기 때문이다.

직장에 다니더라도 짧은 시간이지만 아이에게 좋은 에너지를 전달할 수 있는 엄마면 괜찮다. 아이는 함께 있는 시간의 양보다 질을 더 중요하게 생각한다. 잠깐 놀아주더라도 영혼과 진심을 담아 놀아주는 것이 중요하다. 아이의 마음을 잘 읽어주는 엄마가 좋은 엄마고 자신의 자존감을 지켜주는 엄마가 훌륭한 엄마다.

나는 아들이 자라는 것을 지켜보면서 내가 왜 더 열심히 살아야 하고 나 자신을 함께 키워가야 하는지 깨달아가고 있다. 나를 보면서 책을 가까이 하고 생각을 노트에 담는 아들을 보면서 나를 많이 닮아간다는 것을 느낀다. 집에 있더라도 무언가를 하느라 늘 바쁜 엄마에게 "사랑한다"는 말을 열 번도 넘게 하는 아들이 있어서 행복하다. 아들의 반짝이는 눈을 바라보며 엄마의 사랑을 전할 수 있는 오늘이 감사하다.

여자들은 20대든 30대든 40대든 상관없이 나이의 한계를 스스로 만들어내는 것 같다. 20대 후반이면 좋은 시절은 다 갔다고 느끼며, 30대 후반이면 이제 40을 향해간다고 슬퍼하고, 40대 후반이면 정말 중년이 되는 것 같아 아쉬워한다. 나이의 적고 많음이 행복을 결정하는 것이 아니다.

20대에는 30대의 인생을 위한 열정과 도전의 시간이 필요하다. 30대는 20대보다는 더 성숙한 마음으로 그동안의 시행착오를 바탕으로 자신의 인생의 방향을 진지하게 고민해볼 필요가 있다. 물론 40대의 도전도 필요하다. 하지만 20~30대 때 열정을 쏟고 도전하는 것이 습관이 되어 있지 않으면 모든 것이 무섭고 두려워지는 시기가 40대다. 나이가 들수록 자신감은 떨어지고 이룬 것보다 실패한 것들을 더 크게 받아들이게 될지도 모른다. 중요한 것은 죽는 순간까지 자신을 알아가기 위해 노력해야 한다는 것이다.

아무것도 하지 않고 실패하지 않는 인생보다 도전하고 많이 실패하는 인생이 더 가치 있다. 한순간도 그냥 흘려보내고 싶지 않다면 당신은 자신의 인생을 진정으로 사랑하는 사람이다. 2,500년 전 그리스의 철학자 헤라클레이토스가 했던 말이 생각이 난다.

"우리는 같은 강물에 두 번 발을 담글 수 없다. 모든 것은 변한다는 것만이 변하지 않는 진리이다."

  세상의 만물이 끊임없이 변화한다. 세상의 변화에 따라 우리의
인생도 원하든, 원하지 않든 변화할 수밖에 없다. 그저 변화에 이
끌려갈지 주도적으로 원하는 것을 선택하며 살아갈지는 자신이 선
택할 수 있다. 지금, 삶을 대하는 당신의 태도가 모든 것을 바꿀 것
이다. 머물러 있기에 우리의 인생은 너무나 소중하다.

                                                 여자의 인생을 바꾸는 자존감의 힘

그래도 나는
여자라서 행복하다

얼마 전 청계산 근처에 있는 힐링 센터에 간 적이 있다. 피로를 풀기 위해서 지인들과 함께 갔었다. 편백나무의 기운을 얻으며 심신의 안정을 얻을 수 있는 다양한 찜질방이 있었다. 찜질을 시작하기 전에 심신의 상태를 테스트하는 기계에서 상담을 받아보았다. 나는 함께 간 지인들보다 심신이 많이 안정되어 있는 걸로 나왔다. '나이팅게일 에너지'라고 분류가 되었는데 사람들에게 좋은 에너지를 주는 사람, 절대 포기하지 않는 사람이라는 말을 듣고 기분 좋은 하루를 시작했던 기억이 난다. 나 역시 다양한 스트레스 속에 노출되어 있지만 스스로 동기부여를 하며 심리적 안정을 잘 유지하고 있다는 것을 확인할 수 있어서 좋았다.

내 인생은 아이를 낳기 전과 낳은 후로 나누어진다. 아이를 낳은 후 힘든 시간을 보내면서 진짜 나를 찾았기 때문이다. 그리고 한 생명에 대한 숭고한 책임감을 가지게 되었다. 내 목숨과 바꾸어도 아깝지 않을 내 아들을 만나고 나는 이기적인 여자에서 진짜 어른 여자로 성장해갔다. 결혼 후 임신과 출산의 과정을 겪으면서 주기만 해도 행복한 사랑에 대해 깨달았다.

요즘은 결혼을 하지 않는 미혼 남녀들이 늘어나고 결혼을 하더라도 아이를 낳지 않는 사람들이 많다. 아이를 낳든 낳지 않든 그것은 중요하지 않다. 아이를 낳는 것은 선택의 문제이지만 이미 낳았다면 잘 키워야 하는 책임감을 가져야 한다. 자신을 잃지 않는 여자로 살아갈 수 있다면 좋은 엄마가 되기에 충분하다.

인생에 굴곡이 없다면 의미가 없다. 그래서 나는 내가 여자로 태어난 것이 어쩌면 다행이라는 생각이 든다. 진정한 사랑에 대해 깊이 있는 고민을 하고 불리한 사회 분위기에서 나를 찾아가고 다양한 경험을 할 수 있어서 좋다. 나는 다시 태어나도 여자로 태어나고 싶다. 지금보다 더 깊이 있는 사랑을 경험하고 싶고 더 용감한 여자로 살아가고 싶다. 세상에서 가장 위대한 사람은 바로 엄마이니까. 위대한 남자도 어머니가 있지 않은가. 세상을 만드는 사람은 바로 여자다.

다행히 나는 여자들이 많은 대기업에서 오래 근무를 했었기 때문에 사회 초년생시절부터 남녀의 차별을 당해본 기억이 없다. 하지만 주위 내 친구들을 지켜보면서 사회생활에서 받는 불이익과 알게 모르게 여자라서 불리한 것들에 대해 알게 되었다. 물론 여자가 많은 조직이라고 해서 아무런 문제가 없는 것은 아니었다.

얼마 전 내게 메일을 보냈던 독자의 이야기가 생각난다. 그녀는 미혼의 직장인이었다. 얼마 전 아이를 낳고 육아휴직을 하던 선배가 아이를 안고 회사로 왔다고 했다. 복직이 불가능하다는 상사의 말에 눈물을 흘리며 우는 어린 아이를 안고 가는 모습에 자신의 미래를 보는 것 같다고 했다. 결혼을 하고 출산을 하는 것에 대한 두려움이 생겼고 결혼 전에 창업을 해서 직장에서 처절하게 거절당하는 경험은 하고 싶지 않다고 했다.

어쩌면 지금도 수많은 워킹맘들이 불안감을 지닌 채 일을 하고 있을지도 모른다. 그런 불안감은 결혼을 하지 않은 동료 여자들에게도 전이된다. 여자들의 문제를 결혼의 유무로 분리해서 생각할 수 없는 이유다. 결혼을 하지 않은 여자들은 이미 결혼을 한 여자들에게서 희망을 본다. 여자들의 출산을 늘리기 위한 노력들이 단지 결혼을 한 여자들에게 한정 지어져서는 안 된다.

학창시절에는 남자들과 똑같이 경쟁하고 미친 듯이 공부하며 성적으로 승부를 냈었는데 왜 졸업과 동시에 불공정한 환경에 놓여지는 걸까? 직장 내 성희롱을 당하면서도 생계를 이어나가기 위해 견뎌내는 여자들은 또 얼마나 많은가? 이토록 여자들에게 힘겨운 사회에서 높은 자존감을 가지기란 정말 쉽지가 않아 보인다.

하지만 우리가 현실에 굴복한다면 우리의 자녀들은 똑같은 고통을 안고 살아야 한다. 우리 이전에 많은 여자들이 노력한 덕분에 우리도 조금은 나은 환경에서 살아가고 있다. 사회가 여자에게 불이익을 준다고 우리가 스스로 좌절하고 포기할 필요가 있을까? 어린 시절 상처를 가진 여자들은 스스로를 혐오하며 낮은 자존감으로 평생을 살아가는 경우가 많다. 자신의 의지가 아닌 상태에서 우리는 불행을 맞이할 수도 있다. 하지만 모든 잘못을 자신에게 지우며 자신의 인생을 포기해서는 안 된다.

내 친구 중 한 명은 직장 내에서 여러 차례 회식자리에서 성추행을 당해왔다. 하지만 그 자리에서 화를 낸다면 분명히 사표를 써야 할 것이 분명하기 때문에 참고 또 참았다고 했다. 하지만 문제는 그런 자신을 내내 용서하지 못하며 살아가고 있다는 것이다. 결국 생계를 위해 자신의 자존감도 자존심도 다 버렸지만 매일 자신에 대한 죄책감에 시달리며 살아가는 결과를 낳은 것이다. 견디다 못해 이제는 사직서를 내려고 한다.

살아가면서 돈을 정말 필요하다. 생계를 위한 최소한의 돈은 있어야 한다. 하지만 그것 못지않게 최소한의 자존감 또한 우리는 반드시 필요하다. 내가 인간으로서 가져야 하는 최소한의 자존감 말이다. 나를 함부로 대하게 놔둘 수 없는 최소한의 자기애는 있어야 한다. 그것 없이는 우리는 절대 행복할 수도 제대로 살아갈 수도 없다. 우리는 생각을 하며 살아가는 사람이기 때문이다.

남자보다 더 많은 고통을 안고 살아가야 하는 여자이지만 나는

여자의 인생을 바꾸는 자존감의 힘

나는 다시 태어나도 여자로 태어나고 싶다.
지금보다 더 깊이 있는 사랑을 경험하고 싶고
더 용감한 여자로 살아가고 싶다.

여자라서 행복하다. 한 아이의 엄마가 되면서 한 사람에게 우주가 되는 경험을 하고 있기 때문이다. 또 사회에 대한 불만은 나의 성장을 촉진시키는 원동력이 된다. 장애물이 없다면 그것을 뛰어넘기 위해 노력할 필요도 없다. 인생을 살아가면서 내게 주어지는 장애물은 모두가 나의 인생을 더욱더 나은 방향으로 이끌어주었다.

내가 지금껏 살아오면서 흔들리는 자존감을 그래도 잘 지켜온 것은 남들과 나의 인생을 비교하며 시간을 허비하지 않았기 때문이다. 현재의 내 인생에서 있는 그대로의 내 모습을 사랑했기 때문이다. 남들이 뭐라고 하든 내가 원하는 선택을 했고 후회도 철저히 내 몫으로 내 삶을 감싸안았다.

대한민국에서 여자로 살아가기 힘든 현실에서 내가 할 수 있는 무언가가 있다는 사실만으로도 내 삶의 이유를 찾을 수 있다. 나는 여자가 행복해야 세상이 행복하다고 믿는다. 세상을 이끌어갈 모든 사람들은 엄마의 배에서 나오며 아이는 엄마의 행복을 그대로 이어받기 때문이다. 나는 대한민국에서 살아가는 한 명의 여자이며, 한 아이의 엄마이며 딸이다. 앞으로의 인생은 여자들의 창업을 돕고 그들의 자존감을 높이며 작은 성공이라도 이룰 수 있도록 도우며 살아가려고 한다.

나이를 먹으니 하나 깨달은 부분이 있다. 다양한 일을 경험하고 나니 확실히 알게 된 사실이다. 인격의 유무와 상관없이 자신의 분야에서 미친 실력을 가진 사람은 돈을 많이 번다는 것이다. 하지만 그 분야에서 더 오래 살아남기 위해서는 이러한 미친 실력보다 타인을 이롭게 하려는 마음과 자신을 사랑하는 올바른 자존감이 함께 보태어져야 한다는 사실이다. 내 주위에 독보적인 실력으로 그분야에서 꽤 돈을 많이 버는 사람이 있다. 하지만 그리 오래 갈 것 같지가 않다. 자신을 진정으로 생각해주는 사람의 마음을 볼 줄 모르며 당장 눈에 보이는 수익만을 생각하며 살아가기 때문이다. 인격은 실력보다 더 중요하며 더 오래 성장을 지속시키는 힘이다. 인격 없는 실력은 오래지 않아 무너질 것이다.

나는 사회의 약자를 바라볼 줄 알고 그들과 함께 성장하고 싶은 마음으로 지금 책을 쓰고 있다. 여자고 엄마지만 살 만하다는 생각이 들 정도로 여자들에게 희망을 보여주는 세상을 만들기 위해 나의 작은 노력을 보태려고 한다. 그래서 나는 여자라서 너무 행복하다.

지금 자존감이 떨어져 힘들다면 부정적인 마음이
내 정신을 지배하지 않도록 체력을 먼저 끌어올려야 한다.
진정한 자존감 회복은 마음이 아닌 몸에서 시작되기 때문이다.

Chapter 2

_____

자존감이 여자의
몸과 마음을 지배한다

낮은 자존감이 행복하지 않은
첫 번째 이유다

자존감은 단지 행복을 결정하는 척도가 아니다. 현대 사회를 살아가면서 주도적인 인생을 살아가기 위해 지켜내야 할 필수적인 요소다. 자존감을 지키는 것이 바로 나 자신을 지키는 것이기 때문이다. 어쩌면 인생은 좋은 자존감을 만들어가는 과정이라는 생각이 든다. 태어나면서부터 자존감이 낮은 사람도 높은 사람도 없기 때문이다. 살아가면서 내 삶의 크고 작은 선택을 결정하는 것이 바로 자존감이다.

지금 행복하지 않다면 자신의 자존감을 점검해볼 필요가 있다. 자존감이 낮으면 나를 힘들게 하는 부정적인 감정들이 발생하기 때문이다. 지금까지의 삶에서는 관심이 없었더라도 지금부터는 제대로 자신을 들여다보자. 어떤 기준으로 자존감이 낮고 높은지 정답은 없다. 나보다 낮은 자존감을 가진 사람이 나보다 더 큰 행복감을 가지고 살아갈 수도 있기 때문이다. 내가 행복해지기 위해 어떤 자존감을 가져야 하는지에 집중하는 편이 낫다. 바로 좋은 자존감을 갖기 위해 노력하는 것이다.

자존감이 낮으면 행복하지 않지만 자존감이 높다고 해서 무조건 행복한 것은 아니다. 힘든 상황에서 자존감이 높은 사람은 상대적으로 자존감이 낮은 사람보다 상황을 담대하게 받아들인다. 힘들다고 자신을 포기하지는 않는다는 말이다. 자존감이 높은 사람들은 실패에 대응하는 태도가 다르다. 실패를 겪더라도 빠르게 회복하는 능력을 가지고 있다. 위기 상황에서 신체에 미치는 영향 또한 크게 타격을 입지 않는다. 자신에 대한 믿음이 정신 건강과 육체 건강에 미치는 영향이 크다는 것을 알 수 있다. 마음이든 신체든 건강하지 않으면 우리는 행복할 수가 없다.

나 역시 자존감이 낮아질 때도 있었고 회복되는 순간이 오기도 했다. 심적으로 힘든 상황에 지속적으로 스트레스를 받으면 나도 모르게 자존감이 떨어지곤 했다. 그러다 잘 견디고 다시 일어서면서 자존감이 다시 회복되는 경험을 많이 했었다. 지금은 자존감이 낮은 여자들이 더욱 살아가기 힘든 세상이다. 이것이 내가 책을 쓰는 이유다. 나는 주위의 다른 여자들보다 자존감이 높은 편이다. 왜 그럴까를 곰곰이 생각해보았다. 아무래도 나 자신에 대해 들여다보고 고민하는 시간을 오랫동안 많이 가져왔기 때문인 것 같다.

중학교 시절 나는 철학서적을 많이 읽었다. 내가 지금껏 살아오면서 나의 인생관을 결정한 건 아마도 중학교 시절에 읽었던 책들이었던 것 같다. 마르쿠스 아우렐리우스의 《명상록》을 좋아했고 《탈무드》를 즐겨 읽었다. 책을 통해서 사람을 대하는 자세, 인생을 살아가는 지혜를 많이 얻었다. 또 감성이 풍부해서 시와 에세이를 즐겨 읽었고 낭만에 빠져 있던 시절이 있었다. 덕분에 남들보다 상상력이 풍부한 면이 있다.

나는 매일 하늘을 나는 꿈을 꾸기도 했다. 보수적인 집안 분위기 때문에 언젠가는 세계 여행을 하고 싶다는 생각을 늘 했었다. 지금은 비록 우물 안 개구리처럼 살아가고 있지만 언젠가는 정말 하늘을 훨훨 날며 살아갈 거라는 믿음이 있었다. 그래서일까? 그런 상상력이 나를 승무원이라는 직업으로 이어준 것은 아닐까 하는 생각이 든다.

학창시절 자존감이 낮은 친구들을 많이 봤다. 부모의 부재, 성적의 부진, 경제적인 상황 등에 자존감이 영향을 많이 받는다. 나는 평범한 집의 둘째 딸로 태어났고 부모님은 우리 삼남매를 대학 공부까지 시키느라 많이 힘드셨다. 하지만 현실과 상관없이 나는 원하는 인생을 살아갈 수 있을 거라는 확신이 있었다. 화려하고 눈부신 인생을 살아가는 내 모습을 늘 상상했고 내 안에 엄청난 힘이 내재되어 있다고 믿었다. 종교는 없었지만 힘이 들 때면 신께 기도했다. 힘든 순간을 이겨낼 힘을 달라고 기도했다. 신의 존재를 믿었고 늘 나와 함께한다고 생각했다.

우리가 살아가면서 겪는 다양한 심리 상태, 문제들은 모두 자존감과 연결되어 있다. 자존감의 사전적 의미는 "자신이 사랑받을 만한 가치가 있는 소중한 존재이고 어떤 성과를 이루어낼 만한 유능한 사람이라고 믿는 마음이다"라고 나와 있다. 미국의 철학자 윌리엄 제임스가 1890년대에 처음 사용했다고 한다. 자존감은 자아 존중감의 줄임말로 자존심과는 다른 의미다. 자존감은 있는 그대로의 모습에 대한 긍정을 뜻하고 자존심은 경쟁 속에서의 긍정을 뜻하는 등의 차이가 있다고 말한다.

심리학자 너새니얼 브랜든은 "자존감이야말로 근본적이고 강력한 인간의 욕구이자, 건강한 적응 즉 인간이 최적의 기능을 유지하고 자기를 실현하는 데 반드시 필요한 욕구라는 것을 깨닫게 되었다"고 말했다. 또 건강한 자존감 없이는 잠재력을 충분히 실현할 수 없으며 한 사회의 구성원들이 스스로 존중하지 않고 자기 몸을 소중히 여기지 않고 자기 정신을 믿지 못한다면, 그런 사회는 잠재력을 실현할 수 없다고 했다.

내가 생각하는 자존감이란, "나는 내가 원하는 인생을 충분히 누리며 살아갈 자격이 있는 사람이라고 생각하는 마음이다"라고 정의하고 싶다. 나에 대한 믿음과 확신이 얼마 만큼이냐가 자존감의 크기를 결정한다고 생각한다. 나 자신에 대해 내리는 스스로의 평가다. 물론 이런 감정에 대해 생각하지 않고 살아가는 사람도 많을 것이다. 하지만 현대 사회를 살아가면서 자존감에 대한 깊이 있는 고민 없이는 강한 자아가 형성되기 힘들다고 느낀다.

자존감이 낮으면 타인에 대한 감정으로 자신의 행복을 방해하게 된다. 시기와 질투가 바로 그것이다. 유독 시기와 질투가 심하다면 자존감에 문제가 있는 건 아닌지 의심해보아야 한다. 자기와 직접적으로 관련이 없는 사람에게든 가까운 사람에게든 시기하는 마음이 심하다면 자신에 대한 확신이 결여되어 있는 경우가 많다. 자신은 할 수 없는 일을 다른 사람은 가능하다고 생각하기 때문에 자신에 대한 가능성을 열어놓지 못했다고 볼 수 있다.

질투하는 마음은 누구나 가지고 있는 감정이다. 하지만 자신의 마음을 괴롭힐 정도로 머릿속에 많은 생각을 차지한다면 생활에 지장이 생길 수밖에 없다. 여자들은 보통 사랑하는 사람에게 그런 감정을 많이 가지게 된다. 사랑하는 사람과 관련된 사람에게 질투를 느끼는 감정을 경험해보지 않은 사람은 없을 것이다. 어떤 감정이든 우리를 찾아올 수 있다는 것을 인정하고 그러한 마음이 생겼을 때 내가 왜 이런 마음을 가지게 되었는지 자신을 한번 돌아보려는 노력이 필요하다. 그런 마음이 나 자신을 괴롭히지 못하게 말이다.

사랑하는 사람에게도 집착보다는 자유를 주어야 한다는 것을 나 역시 경험을 통해 배웠다. 집착을 하면 나에게서 멀어지지만 자유를 준다면 나에게 더 가까이 온다는 것을 안다. 결국 자신에 대한 믿음은 타인과의 관계에 큰 영향을 미친다는 것을 알 수 있다. 나를 진정으로 아끼고 사랑하는 사람이 다른 사람에게도 사랑을 줄

여자의 인생을 바꾸는 자존감의 힘

내가 생각하는 자존감이란,
"나는 내가 원하는 인생을 충분히 누리며
살아갈 자격이 있는 사람이라고
생각하는 마음이다"라고 정의하고 싶다.

수 있는 것이다. 사람은 자신에게 없는 것을 타인에게 줄 수 없기 때문이다.

요즘은 더욱 여자들의 자존감에 관심이 많이 간다. 주위를 둘러보아도 입버릇처럼 자존감이 낮은 것 같다고 말하는 여자들이 늘어가기 때문이다. 결혼의 유무와 상관없이 열심히 살아도 그만큼 보상받을 수 없는 여자들에게 돌아오는 것은 바로 낮아진 자존감이다. 이제는 무엇이 나의 행복을 방해하는지 곰곰이 생각해보아야 한다. 단지 사회적 불평등 때문인지, 그것을 대하는 나의 태도 때문인지 말이다. 나는 불행하다고 외치는 여자들에게 말해주고 싶다. 지금 불행한 것은 바로 당신의 낮아진 자존감 때문이라고.

자신감이 넘치는 여자는
몸짓부터 다르다

나는 대학을 졸업하고 서울에서 홀로 성공적인 독립을 할 수 있었다. 가진 돈은 한 달을 버틸 수 있는 50만 원이 전부였지만 진짜 내 인생을 살아갈 수 있다는 기대감이 컸다. 서울에 올라오기 전에 미리 계약했던 방을 부동산 주인이 말도 없이 다른 사람에게 주는 바람에 첫날부터 눈물을 쏟았던 기억이 난다. 그 기억으로 조금은 무섭고 두려운 마음으로 나는 더 치열하게 하루하루를 살아갈 수 있었다.

어릴 때부터 부모님은 내게 단 한 번도 공부하라는 말씀을 하신 적이 없다. 공부든 그 무엇이든 스스로의 결정과 판단으로 행동하길 바라셨다. 덕분에 나는 항상 스스로 판단하고 행동하는 삶을 살았던 것 같다. 사춘기 시절엔 오히려 남들보다 더 치열하게 공부했다. 어릴 때부터 내가 힘들어할 때마다 따끔한 조언을 아끼지 않았던 어머니, 나의 자존감을 키워주기 위해 늘 칭찬을 아끼지 않았던 아버지, 나는 부모님 덕분에 누구보다 큰 자신감으로 세상을 살아갈 수 있었다.

로맹 롤랑은 이런 말을 했다.

> "행동하다 보면 종종 실수를 한다. 아무것도 하지 않으면 항상 실수를 한다."

좋은 자존감을 가지기 위해서는 생각에 행동이 따라와야 한다. 행동을 한다는 것은 거기에 따른 고통과 실패를 감내한다는 뜻이다. 좋은 자존감을 가지기 위한 노력은 용기가 필요하다. 남들에게 어떤 비판을 받을까 두렵고 실패할까 봐 무서운 마음이 있다면 생각만으로 그쳐야 하기 때문이다. 행동하는 사람들은 답을 미리 알고 있는 것이 아니다. 그저 성공도 실패도 자신의 몫으로 감내할 마음으로 작은 시도를 하는 것이다. 그뿐이다. 남의 비판이 무섭다면 어떤 행동도 할 수 없다. 자신에 대한 작은 믿음으로 행동하는 것이다. 두려움을 벗어던지고 행동하는 여자가 아름답다.

생각이 많은 사람은 절대 행동하지 못한다. 늘 이래서 안 되고 저래서 못한다는 말을 한다. 오랜 시간 행동하지 못한 자신을 스스로 원망하고 자존감은 더욱 낮아지는 악순환을 반복한다. 내가 생각만 하고 있을 때 다른 누군가는 어설프지만 용기 있는 행동으로

여자의 인생을 바꾸는 자존감의 힘

매일 한 걸음씩 나아가고 있다는 것을 알아야 한다. 따라서 생각을 조금만 하고 행동하는 습관을 들여야 한다. 잘되든 잘되지 않았든 우리는 언제나 그 속에서 배움을 얻을 수 있다.

우리는 생각만으로 자신 안에 갇혀서는 안 된다. 행동으로 진짜 자신을 만나고 세상을 향해 나아가야 한다. 그것이 우리가 이 세상에 태어난 이유다. 우리는 자신이 생각하는 것보다 훨씬 더 많은 잠재능력을 가지고 있다. 가만히 있어서는 아무것도 확인할 수 없다. 내가 가진 잠재능력을 알아가기 위해서는 작은 행동이라도 시작해야 한다. 그런 과정에서 건강한 자존감이 만들어지고 자신감은 더욱 커질 것이며 놀라울 정도로 성장해가는 자신을 만날 수 있다.

타인이 아닌 자신에게 집중할 때 자신이 얼마나 괜찮은 사람인지, 얼마나 많은 가능성을 지닌 사람인지 인식하게 되고 자연스럽게 자신감이 높아질 수 있다. 내가 그동안 만나왔던 많은 여자들 역시 타인이 아닌 자신을 들여다보기 시작하면서 낮은 자신감을 끌어올리는 것을 봤다.

자신보다 못한 사람들과 함께 있으면 자신감이 높아지고 자신보다 우위에 있는 사람들과 함께하면 자신감이 낮아진다면 문제가 있다. 어떤 상황에서도 자신감을 잃지 않는 여자들은 자신에게 초점이 맞추어져 있기 때문에 상대에 따라 흔들리지 않는 자존감을 가지고 있다. 늘 남들과 자신을 비교하는 습관이 되어 있는 사람은 건강한 자존감을 가지기가 힘들다.

자신감이 넘치는 사람들도 열등감을 가지고 있다. 어떤 일을 하거나 공부를 할 때 나보다 먼저 이룬 사람, 더 높은 성과를 얻는 사람에게 열등감을 가지는 것은 당연하다. 열등감은 자극이 된다. 더 잘하고 싶다는 마음을 이끌어낸다. 나 역시 나보다 머리가 좋고 빨리 성과를 내는 사람들을 보면 열등감이 생긴다. 하지만 자기 비하로 이어지지는 않는다. 왜냐하면 나는 매일 꾸준히 노력하고 있고 분명히 어제보다는 오늘 더 나은 성과를 얻으며 성장하고 있기 때문이다. 열등감은 좋은 자극제가 되어 나도 더 잘하고 싶다는 동기를 부여해준다. 내가 가지고 있는 자신감과 열등감이 조화를 이루어 긍정적인 영향을 주는 것이다.

나만 열등감을 가지고 있다고 생각하는 사람은 열등감이 긍정적인 영향으로 이어지지 못한다. 열등감을 느끼되 자신에 대한 자신감이 반드시 수반되어야 한다는 것이다. 많은 여자들을 만나면서 스스로 자존감이 낮다고 생각하는 사람들은 대부분 생각이 너무 많은 경향이 있었다. 어떤 일을 해야겠다고 마음먹었을 때 바로 행동하기보다는 이런저런 생각만으로 보내는 시간이 많았다. 자신에 대한 믿음이 약하기 때문에 행동하기 전에 벌써 불안한 마음이 들기 때문이다. 머릿속으로 고민만 하다가 아예 행동으로 옮기지 못하고 스스로 자격이 부족하다고 느끼는 경향이 강했다.

반면에 자존감이 높아 자신감이 넘치는 여자들은 일단 생각하는 것을 행동으로 시도하는 경우가 많았다. 결과를 미리 걱정하기보

여자의 인생을 바꾸는 자존감의 힘

다 일단 해보고 판단하는 것이다. 자신감이 넘치는 사람들은 도전에 대한 결과의 성패에 상관없이 행동하는 것을 더 가치 있게 생각하는 경향이 많다. 나 역시 계속적인 도전으로 실패보다는 경험이 쌓인다고 생각한다. 시행착오를 겪을 뿐이지 결과가 좋지 않더라도 실패한 것이라고 생각하지는 않는다. 생각은 생각을 낳고 고민을 만들어내며 행동은 또 다른 행동을 낳고 에너지를 만들어낸다.

우리는 말을 하지 않아도 상대방의 몸짓으로 생각을 읽을 수 있다. 몸은 내면의 표현이다. 미국의 무용가 마사 그레이엄은 "몸은 말이 할 수 없는 걸 말한다"고 했다. 우리는 자신감이 넘칠 때는 나도 모르게 몸을 자신 있게 펴지만 자신감이 떨어질 때는 자연스럽게 움츠러든다. 몸으로서 나의 심리 상태를 상대에게 드러내고야 마는 것이다.

크리스토프 앙드레는 《나라서 참 다행이다》에서 이런 말을 했다.

"어떤 결과를 얻거나 성공하려고만 들지 말자. 행동 그 자체를 위해 행동할 수도 있어야 한다. 어떤 면에서 인간 존재는 움직이기 위해 태어났다. 그래서 일상적 행동과 인간의 안녕에는 불가분의 관계가 있다. 모든 연구 결과가 움직이고 행동하면 기분이 좋아지고, 기분이 좋아지면 그만큼 행동이 원활해진다는 사실을 입증한다."

그는 회피는 자존감을 무너뜨릴 뿐 아무 소득도 없지만 행동은 겸손을 가르친다고 말한다. 행동을 통해 우리는 배움을 얻는 것이 자존감을 위해 할 수 있는 최선이라고 말이다.

  물론 자신감이 넘친다고 해서 자존감이 높은 사람은 아니다. 하지만 자신에 대한 믿음과 확신이 있는 사람이 자신감을 가지고 행동할 가능성이 높다. 자신감은 높지만 원하지 않는 결과가 발생했을 때 가차 없이 무너지는 사람들은 상대적으로 자존감이 낮은 사람이다. 기본적으로 자기 자신을 세상 그 무엇보다 소중하게 생각하는 사람은 다른 사람의 평가에 연연하지 않고 자신에 대한 믿음으로 자신감을 만들어낸다. 우리는 건강한 자존감을 바탕으로 세상을 향한 자신감으로 용기 내어 한 발 한 발 내딛어야 한다.

상처받은 내 마음과
정면으로 마주하라

몇 년 전, 10년 동안 친동생처럼 지냈던 사람과 믿음이 깨어져 인연을 끊었다. 그 후 나는 상처받았다는 마음이 내 마음속에 가득했다. 친동생처럼 챙겨주고 위해줬는데 나를 속였다는 마음이 용서가 되지 않았다. 그런 마음으로 내내 힘들었다. 하지만 나도 그녀에게 받았던 사랑을 기억하고 내가 주었던 사랑은 되받기 위해서가 아니라 온전히 대가 없이 주었던 마음이었음을 깨달았다. 그 순간 마음이 편안해지고 그녀를 원망하는 마음이 사라졌다.

그 후 가까운 사람일수록 거리를 두어야 한다는 것을 깨달았고 사소한 오해는 그때그때 풀어야 눈덩이처럼 커지지 않는다는 것도 알게 되었다. 일에서든 인간관계에서든 사소하거나 큰 실패는 그 이상의 깨달음과 배움을 준다. 특히 우리는 사람 사이 관계에서 가장 많은 상처를 받는다. 내가 주었던 마음을 돌려받으려는 마음이 나를 고통으로 이끈 것은 아닌지 생각해볼 필요가 있다.

받으려는 마음이 없다면 주는 것만으로도 행복해야 하는 것이 맞으니까. 우리는 늘 남에게 해준 만큼 돌려받고 싶다는 마음이 스스로를 힘들게 한다. 자식을 사랑하는 마음을 생각해본다면 이해가 빠를 것이다. 자식에게는 아무리 해주어도 아깝지 않고 그만큼 돌려받으려는 마음이 적을 수밖에 없다. 누군가를 미워하는 마음은 결국 내 마음에 지옥을 만들어내고 그 속에서 고통스러워하는 나를 마주하게 한다. 결국엔 큰 사랑만이 답이라는 생각이 든다.

웨샤오둥의 저서 《하버드 자존감 수업》이라는 책을 읽어보았다. 하버드 대학을 다니고 있는 수많은 학생들조차 자존감이 낮아 힘들어한다는 것을 알게 되었다. 열등감에 시달리는 학생들, 사랑이라는 감정 앞에서 절망하는 학생들, 자신의 실수를 자책하며 스스로 무너지는 학생들이 많다는 사실에 적잖은 충격을 받았다.

이렇듯 자존감이라는 것은 내가 어느 곳에 있느냐에 따라 결정되는 문제는 아닌 듯하다. 어디에 있든 누구와 있든 상관없이 우리 모두가 지켜야 할 기본적인 것이라는 생각이 든다.

자신을 제대로 들여다보고 상처받은 자신을 인정할 때 좋은 자존감을 가질 수 있다. 진짜 나를 알아가는 것이 어쩌면 우리가 살아가면서 주어지는 가장 큰 과제가 아닐까 하는 생각이 든다.

상처를 받으면 받은 대로, 고통을 느끼면 느끼는 대로, 그 마음을 그대로 들여다보아야 한다. 갑자기 생겨버린 감정을 스스로 막는 것이 아니라 그저 자연스럽게 흘러가도록 내버려둬야 한다. 관찰자의 입장에서 나의 감정들을 바라보는 것이다. 나는 고통이 끝이 없을 것 같았던 순간도 그 고통을 정면으로 바라보고 느낄 때 조금씩 사라지는 것을 경험했다. 하루 종일 누워서 펑펑 울고 나면 어느 새 침착해진 나와 마주하게 된다. 슬프면 슬픔을 느끼고, 고통스러우면 고통을 느끼고, 그런 나 자신을 온전히 바라보는 마음이 필요하다. 나에게 다가온 고통이 남은 인생 내내 나를 괴롭히지는 않는다는 믿음이 필요하다. 결국엔 지나가는 감정인 것이다.

얼마 전, 독자 한 명을 만났다. 책을 읽고 컨설팅을 요청한 독자였다. 그녀는 상당한 미인이었고 재능이 많아보였다. 하지만 이상하게도 자신에 대한 믿음도 확신도 없었다. 그리고 자신을 늘 부족하다고 느끼고 있었다. 얘기를 듣다 보면 스토리가 과거로 거슬러 올라간다. 과거의 어떤 사건이 발목을 잡는 경우가 많다. 그녀 역시 대학시절 아버지의 사업실패로 높은 자존감이 무너졌고 그때 이후 크게 달라지지 않은 모습이라고 했다.

가족들이 자신에게 의존하는 정도가 커지면서 가족을 떠나 지방에서 일하면서 혼자 살고 있었다. 친구들에게는 유학을 간 것으로 말하고 아무도 알지 못하는 곳에서 조용히 살고 있었던 것이다. 옷에 대한 감각도 남다르고 재능도 있고 작은 성과도 이룬 경험이 있었는데 자신에 대한 믿음이 부족해 그만둔 상태였다. 내내 칭찬을 아끼지 않자 몸 둘 바를 몰라 했다. 나는 진심으로 내가 느끼는 부

자신을 제대로 들여다보고 상처받은 자신을 인정할 때
좋은 자존감을 가질 수 있다.
진짜 나를 알아가는 것이 어쩌면 우리가 살아가면서 주어지는
가장 큰 과제가 아닐까 하는 생각이 든다.

분을 말해주었을 뿐인데 그런 칭찬은 가당치 않다는 반응이었다. 지나친 겸손은 미덕이 아니다. 자신에 대한 티끌 같은 믿음만 있어도 우리는 무엇이든 시도해볼 수 있는 존재다.

컨설팅을 마치고 돌아가면서 그녀는 마음이 많이 편안해지고 마치 정신과 상담을 받은 듯 힐링이 되고 자신감이 생기는 것 같다고 말했다. 어떤 일을 하든지 일에 대한 지식보다는 마음가짐이 훨씬 중요하다. 나의 마음 상태가 모든 것을 결정한다고 해도 과언이 아니라고 생각한다.

독자들을 만나다 보면 쇼핑몰 창업에 대한 노하우를 전수받기 위해 만났는데 마음을 들여다보고 자신감을 높여주는 쪽으로 이야기가 많이 흘러간다. 사실 창업이라는 것은 직장 생활보다 더 높은 자존감을 필요로 한다. 스스로 선택하고 자신의 선택에 대한 책임을 스스로 져야만 하기 때문이다. 그래서 창업에 대한 노하우를 알려주기에 앞서 어떤 마음 상태인지, 현재 힘든 부분이 무엇인지 파악하기 위해 노력한다. 대부분의 여자들이 심리적인 고통에 시달리고 있으며 이런 마음 상태가 어떤 것에도 열정을 쏟지 못하게 가로막고 있다는 사실을 알기 때문이다.

요즘 따라 남자든 여자든 극심한 스트레스로 공황장애를 겪는 사람들이 많은 것 같다. 나를 찾아오는 독자 중 많은 사람들이 한 번쯤은 공황장애를 겪었다고 하소연했다. 이런 얘기를 가족들이나 친구들에게는 절대 할 수 없다고 했다. 마음을 터놓고 얘기조차 할 수 없는 상황이다 보니 일에 대한 자신감이 생길 리 만무하고 바닥까지 끌어내려진 자존감이 회복하기 힘든 것이다.

우리는 어떤 마음 상태든 회복시킬 수 있다. 그런 능력을 스스로 가지고 있다. 문제는 바꾸고자 하는 마음이 있느냐다. 그 누구와도 상관없이 내 인생을 위해서 나를 변화시키고자 하는 결심을 했느냐가 중요하다. 그런 마음이 없다면 지금 힘든 현실에서 벗어나기는 힘들다. 내 마음을 결정짓는 사람은 다른 사람이 아닌 나 자신이기 때문이다.

나와 친하게 지내는 멘티 중 한 명은 자존감이 많이 낮아진 상태로 나를 만났다. 어린 나이였지만 연이은 사업 실패로 자신은 무능력하며 아무것도 할 수 없다는 생각을 내내 했었다고 한다. 가게는 이미 임대를 내놨지만 나가지 않아 문은 닫을 수도 없다고 했다. 간신히 생활비를 벌면서 한 달에 단 하루도 쉬지 않고 매일 아침부터 밤까지 가게에서 혼자 일하고 있었다. 그런 그녀가 서점에서 내 책을 집어 들어 읽고 나서 나를 찾아왔다. 책을 읽으면서 자신도 할 수 있을 거라는 자신감이 생겼다고 했다. 그녀는 내가 추천해준 책을 여러 번 읽으면서 부정적인 마음에서 긍정적인 마음으로 바뀌었다.

사업의 실패가 자신의 인생에 대한 실패를 의미하지 않는다는 것을 깨달은 것이다. 스스로가 만들어낸 상처에서 벗어나고 긍정적인 자기애가 생긴 그녀는 지금 제2의 인생을 위해 준비 중이다. 나의 강의에 여러 번 따라다니며 좋은 에너지를 많이 받았다고 했다.

여자의 인생을 바꾸는 자존감의 힘

나 역시 변화된 그녀를 볼 때마다 큰 보람을 느낀다.

나를 만나서 더 나은 인생을 살아가는 여자들이 많아질수록 내
인생도 더 빛날 거라 믿는다. 많은 사람들을 만나면서 그들의 고민
을 들어주는 것만으로도 많은 도움이 된다는 것을 안다. 우리는 이
토록 외로운 세상을 살아가고 있고 긍정적인 에너지를 받을 수 있
는 환경이 되지 못하는 것 같다. 우리는 모두가 고통에 대처할 능
력 그리고 인생을 바꿀 수 있는 힘을 스스로 가지고 있다. 상처받
은 내 마음과 정면으로 마주하라. 답은 내 안에 있다.

진정한 자존감 회복은
다름 아닌 몸에서 시작된다

우리의 몸과 마음은 긴밀하게 연결되어 있다. 가끔은 몸 따로, 마음 따로인 것처럼 느껴지기도 하지만 서로 떼어놓을 수 없는 관계임에는 틀림없다. 나는 심리적으로 힘들 때 너무 생각만하기보다 어떤 행동을 하는 편이다. 운동을 하거나 산책을 하거나 하는 행동으로 전환을 시킨다. 몸을 움직이거나 호흡의 변화만으로도 생각이 많이 달라짐을 느낀다. 건강한 신체는 건강한 정신을 낳는다는 사실은 부인할 수 없다.

우리는 가끔 힘들면 아무것도 하기 싫어질 때가 있다. 나 역시 산후우울증으로 힘들 때 집에서 꼼짝하기가 싫었다. 아이를 돌보는 것 외에는 아무것도 하기 싫은 무기력한 일상이 반복되었다. 그렇게 한동안 지내다가 이래서는 안 되겠다는 생각이 들었다. 기분이 좋지 않을 때 무작정 밖에 나가서 햇볕을 쬐면서 걷는 것만으로도 기분이 많이 전환되었다. 사람을 써서 일주일에 단 몇 시간이라도 아이를 맡겨두고 영어학원에 갔다. 처음엔 복직하려는 마음이 강했기 때문에 영어공부라도 하면서 복직을 준비해야 할 것 같았다. 운전 연수도 받고 운동도 하면서 체력을 끌어올리고 생활의 활력을 얻고자 노력했다. 혼자 외출을 하면서 바깥 공기를 마시고 움직이기 시작하니 기분이 한결 좋아졌다. 나를 위한 시간을 조금이라도 투자하면서 낮아진 자존감이 조금씩 높아짐을 느낄 수 있었다.

당시 추운 겨울 날, 길을 가다가 스쳐지나간 아이 엄마가 문득 떠오른다. 정말 추운 날이었는데 혼자 유모차를 밀면서 걷던 아이 엄마였다. 그런데 추운 날씨에도 그녀는 반팔티셔츠 하나 달랑 입고 있어서 너무 놀랐다. 그녀의 얼굴은 창백하고 우울해 보였다. 쓸쓸해 보이기도 하고 얼마나 힘들고 답답하면 이 추운 날 반팔을 입고 길을 걷고 있을까 하는 생각에 안쓰러웠다. 지금도 창백하던 그녀의 얼굴이 한 번씩 떠오른다. 그녀는 지금 잘 지내고 있을까 하는 생각에 걱정이 된다.

나는 산후우울증을 겪을 때 요가를 시작했다. 호흡을 조절하는 요가 동작을 통해 마음속 우울감이 사라졌다. 몸이 회복되자 마음도 빠르게 회복되는 것을 느꼈다. 우리의 몸은 마음까지 조절하는 기능을 한다. 몸이 아플 때 어떤 열정도 생기지 않듯이 말이다. 건강이 좋지 않으면 오로지 건강해지는 것이 소원이 된다. 그 이상을 생각하기 힘들다. 나 역시 떨어진 체력에 더욱 무기력해진 나를 발견했다. 요가를 다시 시작하면서 가슴을 활짝 펴고 호흡을 가다듬으면서 마음에 여유가 생겼다. 나를 들여다볼 시간을 가지게 되었다. 몽우리에서 꽃망울이 터져 나오듯 굳었던 나의 몸이 예전으로 돌아오고 마음까지 유연해지는 것을 느꼈다.

운동을 하면서 나는 잊고 살았던 나의 꿈에 대해 떠올리게 되었다. 약해졌던 체력을 회복하니 무언가를 할 수 있겠다는 자신감이 생겼던 것이다. 회사를 다니면서 꿈이었던 쇼핑몰 사업을 시작해 보기로 마음먹었다. 체력이 좋아지니 매일 동대문을 다니는 일도 힘들지 않았다. 오히려 즐겁고 삶의 활력이 되었다. 무엇이든 할 수 있겠다는 자신감이 샘솟는 것 같았다.

운동을 하기 전에는 매일 늦게 들어오는 남편에게 집중해 나 자신을 괴롭히는 날이 많았다. 운동을 시작하면서 꿈을 생각할 수 있었고 나 자신에게 집중할 수 있는 인생을 살게 되었다. 나는 어릴 때부터 약한 체력으로 태어나 건강의 소중함을 정말 잘 알고 있다. 중학교 시절엔 매일 집에 오는 길에 코피가 터졌고 잠을 자면서 코피를 쏟는 일도 많았다. 다른 친구들은 모두 건강해 보이는데 나만 유독 약한 것 같았다. 제발 코피가 나지 않았으면 좋겠다는 생각을 매일 했다.

승무원 시절에도 약한 체력으로 남들은 해외에 나가 여행을 다닐 때 홀로 호텔에서 쉬는 날이 많았다. 남들처럼 하고 싶은 거 다 하면서 버틸 수 있는 체력이 아니었기 때문이다. 위는 좋지 않아서

밀가루 음식을 먹지 못하니 해외에 나가서 먹는 것도 늘 걱정거리였다. 남들처럼 먹다가는 호텔에서 내내 체해서 제대로 쉬지도 못했기 때문이다. 음식을 가려서 먹지 않아도 된다면, 체력이 좋아진다면 무엇이든 할 수 있을 것만 같았다. 이렇듯 몸이 정신을 따라오지 못하면 스스로의 한계에 갇힐 확률이 높아진다.

내 친구 Y는 얼마 전 남편의 사업 실패로 경제적으로 힘든 시기를 보내고 있다. 그녀의 남편은 평소에도 체력이 좋은 편은 아니었는데 사업이 실패하면서 건강이 무너져버렸다. 극심한 스트레스로 현재 아프지 않은 곳이 없다고 한다. 삶은 더 무기력해지고 자신감을 많이 잃었다. 그런 남편을 지켜보면서 그녀 역시 스트레스가 이만저만이 아니라고 하소연했다. 최근에 그녀와 통화를 하면서 그녀의 남편은 적극적인 병원 치료와 운동으로 체력이 많이 좋아졌다고 했다. 그리고 자신감을 많이 회복하고 재기하려는 노력을 하고 있다는 기쁜 소식을 전해주었다. 그녀 역시 운동으로 체력을 끌어올리고 재취업을 위해 노력 중이다.

힘든 순간에 비로소 내가 가진 체력이 얼마나 중요한지 깨달을 수 있다. 마음이 힘들 때 건강까지 좋지 않다면 버텨내기가 더 힘들다. 하지만 평소에 건강을 잘 챙겨 체력이 좋은 사람은 위기의 순간에도 좋은 체력으로 정신력까지 무너지지는 않는다. 마음이 힘들고 고통스럽다면 우리는 몸을 먼저 돌봐야 한다.

나 역시 출산 후 제대로 된 산후 조리를 하지 못했고 아픈 곳이 많았기 때문에 삶이 더 무기력해지고 더 우울해졌던 것이다. 주위를 둘러보아도 쉽게 출산을 하고 산후 조리를 잘한 친구들은 산후 우울증도 가볍게 지나갔다. 내가 지닌 내 몸 하나가 내 맘대로 안되는데 다른 욕심을 부릴 수 있는 것은 무리인 것이다.

요즘 나는 힘들 때, 많이 걸어 다닌다. 그리고 좋은 음식을 자주 챙겨 먹는다. 영양제도 꼬박꼬박 챙겨 먹는다. 잘 마시지 않던 물도 자주 마신다. 내 몸이 재산이라는 것을 나이를 먹으면서 더 많이 깨달아가고 있다. 건강이 나빠지면 모든 것이 힘들어질 게 뻔하기 때문이다. 내 인생은 죽는 순간까지 내가 책임질 것이기 때문에 몸도 마음도 튼튼하게 잘 지켜낼 것이다.

특히 여자들은 결혼 전에는 자기 관리를 위해 많은 노력을 하다가도 결혼을 하고 나면 별로 신경을 쓰지 않는다. 아이에게 온 신경이 집중되어 자신의 건강을 돌볼 여유가 없다. 엄마는 아이가 아플 때 정말 고통스럽다. 하지만 아이 역시 마찬가지다. 아이에게 엄마는 모든 것이다. 엄마가 아프면 아이는 더 고통스럽다. 아이를 위한다면 자신의 건강을 더 잘 챙기는 것이 맞다.

나는 결혼 후 출산을 하면서 아프면 안 된다는 강박증에 시달리며 살았다. 매일 새벽이 되어서야 들어오는 남편은 내가 아플 때 단 한 번도 나를 병원에 데려다주지 않았다. 일이 너무 바빴기 때문이다. 아플 때는 아이를 안고 병원에 가야 했고 그 덕분에 하나의 강박증이 생겼던 것이다. 아이가 아프면 내가 돌보면 되지만 내가 아프면 아이를 돌봐줄 사람이 없기 때문이었다. 내가 아프면 아이를 돌볼 수 없다는 걱정이, 나는 절대 아파서는 안 되는 사람이라는 생각을 만들어냈다.

그래서 나는 결혼 전보다 결혼 후에 더 악착같이 건강을 챙겼다. 아이에 대한 강한 책임감 하나로. 극심한 산후우울증을 겪으며 건강의 소중함을 더 많이 깨달았고 더 이상 약한 체력으로 정신력이 무너지는 경험은 하고 싶지 않았다. 그 어떤 상황에서도 무너지지 않는 정신과 체력을 길러야겠다고 결심했다. 지금 자존감이 떨어져 힘들다면 부정적인 마음이 내 정신을 지배하지 않도록 체력을 먼저 끌어올려야 한다. 진정한 자존감 회복은 마음이 아닌 몸에서 시작되기 때문이다.

나를 상처 입히는 것은
나 자신이다

요즘 즐겨보는 드라마를 통해 '상상암'에 대해 알게 되었다. 상상임신은 들어봤어도 상상암은 처음 들어봤다. 정확한 검사 결과도 없이 암으로 돌아가신 어머니와 같은 증세라는 이유로 자신도 암이라고 확신을 가진 한 아버지의 이야기다. 가족들에게 받은 상처로 인해 심적 고통을 겪으면서 암이 아님에도 불구하고 암에 걸린 사람처럼 생각하고 행동했던 것이다. 마치 암 말기에 있는 환자처럼 집을 떠나 생을 마감하기 위해 준비를 하는 모습을 보면서 마음이 아팠다.

죽을병에 걸리지 않았는데도 자신이 그렇게 믿으면 죽을 날을 기다리는 사람과 같다. 자신에 대한 생각과 믿음이 얼마나 큰 힘을 가지고 있는지 모른다. 나를 죽일 수도 있고 살릴 수도 있는 사람은 바로 타인이 아니라 자신에 대해 가지고 있는 나의 생각이다.

여자의 인생을 바꾸는 자존감의 힘

어릴 때 나는 언니, 남동생보다 늘 악착같은 면이 있었다. 지금 와서 생각해보니 그 이유를 알 것 같다. 어린 시절 언니는 집안의 첫 손녀라서 사랑을 한 몸에 받고 자랐다. 고모와 삼촌들의 큰 사랑을 받았고 졸업식 때도 늘 친척들이 많이 와서 축하해주곤 했다. 하지만 둘째는 아들이었으면 하셨던 할머니의 기대를 채우지 못하고 태어난 나는 큰 관심을 받지 못했다. 늘 언니의 옷을 물려받아 입었고 막내로 태어난 동생은 아들이라 할머니 할아버지의 사랑을 독차지했다.

나는 늘 마음속에 관심을 받기 위해서는 뭐든 잘해야 한다는 생각이 있었다. 아파도 말하지 않고 넘기는 일이 많았고 인정받고 싶다는 욕구가 강했다. 그리고 늘 언니와 동생과 나를 비교하며 조금만 차이가 나는 대접을 받아도 많이 서러워했던 기억이 난다. 시험 전날에 나만 심부름을 시키는 것도 너무 싫었고 언니만 피아노를 가르치는 것도 너무 슬펐다. 대학에 가서도 늘 일찍 집에 들어오는 언니 때문에 조금만 늦어도 언니와 비교당하는 현실이 싫었다. 그래서 대학을 졸업하고 독립하고 싶다는 생각이 강했고 그런 절실함으로 단번에 취업을 해서 서울로 갈 수 있었던 것이다.

하지만 시간이 지나면서 깨닫게 된 부분이 있다. 나는 자라면서 지나치게 형제들과 나를 비교했고 부족한 대우를 받는다고 느꼈다는 것이다. 언니는 장녀라서 책임감이 강하고 결혼 전까지 늘 장녀 콤플렉스에 시달렸었다는 것을 알았다. 동생도 항상 알아서 잘하는 누나들 틈에서 자신의 미래를 고민하며 홀로 많이 힘들었다는 것을 뒤늦게 알았다. 누구나 자신의 기준에서 타인을 바라보기 때문에 혼자만 힘들다고 느끼기 쉽다. 하지만 모두가 나름대로의 고충을 안고 살아간다. 표현을 하든 하지 않든 모습은 다르지만 힘든 것은 똑같다는 것을 나이를 먹어가면서 나도 깨닫게 되었다.

누군가 내게 물었다.

"작가님은 힘들 때 어떻게 극복하나요?"

나는 실컷 울고 나면 시원하다 느낀다. 왜 나에게 이런 일이 일어나야만 하는지 세상을 원망하기도 한다. 하루 종일 펑펑 울고 나면 기운이 쏙 빠져버려 더 이상 고민할 기운조차 없는 나 자신과 마주한다. 그리고 금세 정신이 번쩍 든다. '나를 더 강하게 만들려고 이런 일이 생기나 보다' 하는 생각이 든다. 나에게 시련이 온 것은 이유가 있을 거라는 생각이 들면서 어떻게 수습할지 고민하기 시작한다. 더욱 냉정한 자신이 되어본다.

나에 대한 분노, 타인에 대한 분노는 모두 자신을 가장 먼저 상처 입힌다. 분노의 말, 독설로 큰 해를 입는 사람은 바로 자신이다. 그러니 우리는 늘 자신의 생각을 다스릴 줄 알아야 한다. 사랑으로 인한 상처를 치료하기 위해서는 더 많이 사랑하는 것이 약이다. 상처는 상대가 주는 것이 아니라 부족한 나 스스로가 주는 것이다. 미워하고 살기에 인생을 이루는 시간들이 너무 아깝다. 사랑하기에도 부족한 인생이다.

여자의 인생을 바꾸는 자존감의 힘

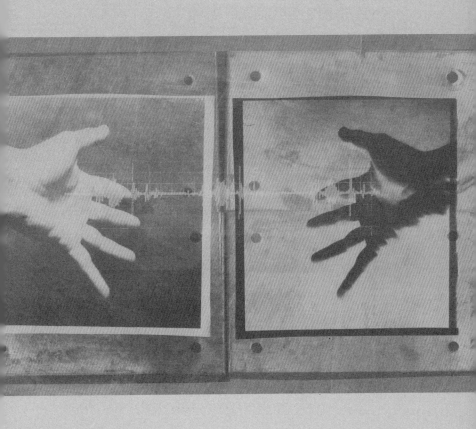

나에 대한 분노, 타인에 대한 분노는
모두 자신을 가장 먼저 상처 입힌다.
분노의 말, 독설로 큰 해를 입는 사람은
바로 자신이다.

우리는 모두가 매일 수많은 생각을 하며 살아간다. 머릿속에 시시때때로 일어나는 생각들을 모두 통제할 수는 없다. 하지만 선택할 수는 있다. 좀 더 나은 기분을 만들 수 있는 생각을 고르기로 마음을 먹으면 된다. '난 괜찮아.', '난 잘 될 거야.', '고통은 곧 사라질 거야.' 등의 의도적인 생각들은 머릿속에 부정적인 생각들을 잠재울 충분한 능력이 있다.

살다 보면 다양한 사람을 만나게 된다. 상처가 많은 사람, 큰 상처를 받지 않고 살아서 긍정적인 사람 등 다양하다. 우리는 사람 사이 관계에서 상처를 받는다. 너무 믿어서 상처받고 너무 기대해서 스스로 상처를 만든다. 나 역시 사람으로 인해 배신을 당하고 상처를 많이 받았다. 그래서 나에게 가까이 다가오는 사람들을 대할 때 나도 모르게 '이 사람을 믿어도 될까?' 의심하는 마음을 갖게 된다. 하지만 긍정적인 성격 탓에 이내 이런 마음은 사라지고 상대방에 대한 믿음이 자리 잡는다. 그래서 나를 잘 아는 사람들은 걱정스런 마음에 나에게 충고하기도 한다. 사람을 너무 믿어서는 안 된다, 너무 가까이 하지 마라, 너를 이용하기 위해 다가오는 사람을 조심해라 등의 말을 많이 하곤 한다.

나를 위해서 하는 말이라는 것을 잘 알지만 계속 듣다 보면 기분이 나빠지는 것은 어쩔 수가 없다. 사람은 겪어보지 않으면 알 수가 없는데 처음부터 불신의 감정을 가지고 거리를 둘 필요가 있을까 하는 생각이다. 사람은 누구나 눈빛과 목소리로 상대방이 자신

여자의 인생을 바꾸는 자존감의 힘

에게 얼마만큼의 애정을 가지고 대하는지 느끼게 되어 있다. 설사 나에게 이기적인 마음으로 접근했다 치더라도 그런 애정을 받게 된다면 달라지는 것이 사람이다. 부정적인 마음은 부정적인 사람을 끌어당기고 긍정적인 마음은 긍정적인 사람을 끌어당긴다고 생각한다. 물론 가끔은 내가 뜻하지 않는 관계가 형성되기도 한다. 하지만 긍정 기운이 가득한 사람이 그렇지 못한 사람보다 인복이 많고, 어려움이 생겼을 때 도움의 손길이 다가온다는 것은 부인할 수 없을 것이다. 나 역시 그렇기 때문이다.

사람으로 인해 상처를 받고 많이 아팠지만 또 나를 치유해준 것도 사람이었다. 아무리 믿음을 주어도 나를 배신하는 사람이 있을 수 있고 기대하지 않았는데 나에게 위안을 주는 사람이 있다. 우리는 홀로 살아갈 수 없기 때문에 매 순간 사람을 대할 때 진실된 마음으로 다가서야 한다. 배신을 당하더라도 내 마음이 진실되었다면 그만이다. 고통 속에서도 분명히 더 많은 깨달음을 얻게 될 것이기 때문이다.

그러니 누군가 상처를 준다고 마음 아파할 필요는 없다. 그런 마음으로 스스로 만들어낸 고통이 나를 더 상처낸다는 것을 알아야 한다. 더 이상 상처에 지지 말자. 화가 나고 분노가 일어서 눈물이 나더라도 그런 감정이 나를 삼켜버리기 전에 멈추어야 한다. 나는 사람을 잘 믿는 대신 믿을 수 없음을 알게 되는 순간, 놀라울 만큼 냉정해진다. 아마도 믿음이 컸던 만큼 실망 또한 커졌기 때문일 것이다. 아니라는 확신이 들면 관계에 미련을 갖지 않는다. 최선을 다한 관계일수록 끊어낼 때도 아쉬움이 많이 남지 않는다.

누군가가 내게 물어보았다. 극심한 스트레스를 어떻게 극복하냐고. 나는 책을 읽는다. 책을 읽으면 빠르면 5분 이내 기분이 전환이 된다. 화가 나 미칠 것 같은데 책을 펼친다는 게 말이 되냐고 하는 사람이 있을 것이다. 나 역시 처음에는 쉽지 않았다. 하지만 지금은 습관적으로 기분이 좋지 않거나 누군가와 문제가 생겼을 때 그냥 아무 생각 없이 책을 펼친다. 내가 가장 좋아하고 읽으면 긍정 기운이 올라오는 그런 책 말이다. 신기하게도 단 몇 분 만에 기분이 전환이 되어 다른 일을 할 수 있는 마음 상태가 된다.

나를 상처 입히는 것도 나 자신이고 내 인생을 풍요롭게 만드는 것도 바로 나 자신이다. 매 순간 살아 있다는 것을 느끼는 것, 성장하고 있다는 만족감이 나의 상처 입은 마음을 치유해준다. 그러고 보면 우리는 어떻게 마음 먹느냐에 따라 다른 삶을 살게 되는 것 같다. 내 안에 우주가 있다는 느낌이 든다. 생각 하나로 천국이 될 수 있고 지옥이 될 수 있다. 그렇다면 이제부터 내 마음을 다스리는 공부를 시작해보는 것은 어떨까.

상황이 나 자신을 지배하도록
내버려두지 마라

결혼 후 나는 늦은 새벽까지 늘 혼자였다. 임신 기간 내내 그리고 출산 후에도 남편은 늘 새벽에 퇴근했다. 힘들고 아파도 나를 도와줄 사람이 없었다. 그럴수록 나는 내 선택에 대해 후회를 거듭하며 자존감이 많이 떨어졌다. 이른 저녁 손을 잡고 데이트를 하는 부부를 볼 때면 '왜 나는 저렇게 살지 못할까?'라는 생각으로 비교하기 일쑤였다. 아이가 태어나 눈을 뜨고 잠들 때까지 홀로 모유를 먹이고 돌보며 나의 신세를 한탄했다.

모유를 한 시간 간격으로 먹이느라 잠을 제대로 잔 적이 없음에도 불구하고 새벽 늦게 들어오는 남편을 기다렸다가 잔소리를 하고 싸우고 우는 일이 반복되었다. 그렇게 매일 고통스런 일상이 반복되었다.

어느 날 더 이상 이렇게 살면 안 되겠다는 생각이 들었다. 그날부터는 남편이 새벽에 들어와도 신경 쓰지 않고 잠이 들 수 있었고 나 자신을 먼저 돌봐야겠다는 생각이 들었다. 지금 당장의 상황은 내가 선택한 것이 아닌 것처럼 보이지만 애초에 결혼이라는 것을 선택한 것은 나다. 그 누구의 강요에 의해서도 아니었고 오직 내 결정으로 선택한 결혼이었다. 그러니 누구를 원망할 수도 없는 노릇이었다.

당시 친한 언니 한 명도 나처럼 남편이 사업으로 인해서 늘 새벽에 왔었는데 그 언니는 결혼한 지 10년이 넘어도 여전히 스트레스를 받으며 살고 있었다. 주말에도 바쁜 남편 때문에 부부싸움이 잦았고 어떤 것도 포기하고 싶지 않다고 했다. 나는 언니의 모습에서 다른 것보다 언니 자신을 포기한 모습에 마음이 아팠다. 나의 미래를 보는 것 같아서 정신을 차렸던 것 같다.

우리는 매일 주어진 상황에서 크고 작은 선택을 하며 살아간다. 자존감이 높은 사람은 자신의 선택이 훗날 좋지 않은 결과를 가져오더라도 크게 좌절하지 않는다. 하지만 자존감이 낮은 사람은 잘못된 선택을 한 자신을 질책하고 자존감이 가차 없이 무너지는 경험을 한다.

잘못된 결정을 하면 어떤가. 그 속에서도 많은 깨달음을 얻을 수 있다. 나 역시 최근까지도 힘든 일에 부딪혔을 때 주위에서 애초에 잘못된 결정이라고 질책하는 말을 많이 들었다. 하지만 후회하지 않는다. 내가 정답을 알고 모든 일을 결정할 수 있다면 얼마나 좋겠

여자의 인생을 바꾸는 자존감의 힘

냐마는 그럴 수 있는 사람은 없다. 내가 항상 인생에 대한 깊이 있는 고민을 하고 큰 깨달음을 얻을 때는 평온할 때가 아니라 잘못된 결과를 얻었을 때였다. 중요한 것은 좋지 않은 결과가 아니라 그것을 대하는 우리의 태도다. 좋은 자존감을 가진 사람은 어떤 상황에서도 배움을 얻고 깨달음을 얻는다.

우리는 아주 어릴 때 무엇이든 할 수 있는 사람이라는 생각이 강했다. 하지만 오랜 시간 같은 교육을 받고 자라면서 많은 부분을 통제받고 불가능이라는 것을 배웠다. 오히려 가지고 태어난 많은 잠재력을 스스로 차단하는 삶을 살아온 것이다. 인생이 우리에게 건네는 모든 것에 우리는 그대로 받아들일 필요가 없다. 사회가 만들어낸 시나리오대로 충족시키면서 살아갈 필요가 없다는 것이다.

나를 통제할 수 있는 것은 오직 나 자신이다. 내가 가능하다고 믿으면 가능하고 불가능하다고 믿으면 아무것도 통제할 수 없다. 세상이 나에게 가하는 저항을 얼마나 이겨내고 극복할 수 있느냐에 따라 내 삶에 대한 만족도는 달라진다. 늘 좋은 일만 가득하고 선택하는 모든 일이 좋은 결과를 얻으면 좋겠지만 인생은 늘 계획한 대로 되지 않는다. 그래서 미리 준비하는 마음이 필요하고 어떤 상황에서도 나 자신에 대한 믿음을 잃지 않는 최소한의 자존감도 필요하다.

예전에 잠시 일했던 곳이 있었다. 하고 싶어서 시작한 일이었지만 시간이 흐를수록 나의 자존감을 갉아먹는다는 생각이 들었다.

수입도 괜찮았고 보람도 컸지만 비정상적인 회식문화, 인신공격적인 발언, 핸드폰에서 벗어날 수 없는 일상에서 회의를 느꼈다. 결국 일을 그만둘 수밖에 없었다. 내 영혼이 더 이상 원하지 않는다는 생각이 강하게 들었기 때문이다.

내가 누구보다 열정을 쏟을 수 있는 일은 비전이 있어야 하는 일이다. 그리고 나 스스로에게 가치 있는 의미를 부여할 수 있어야 한다. 내가 하는 일에 의미를 가진다면 행복해도 불행해도 괜찮다고 느꼈다. 사람은 어떤 일을 하든 그 의미를 가질 때 고통도 감내할 수 있다고 생각한다.

우리는 때때로 홀로 가시밭길을 걸어가고 있다는 느낌이 들 때가 있다. 내가 어디로 가고 있는지, 왜 여기에 있는지 모른 채로 말이다. 그럴 때 나 자신을 제3자의 입장에서 잠시 거리를 두고 바라보는 것이 좋다. 내가 처한 현실, 내가 느끼는 마음 상태를 한 번 깊이 있게 들여다보는 시간을 가져야 한다. '이까짓 것이 뭐라고 나를!' 이렇게 생각을 바꾸어본다면 기분이 한결 가벼워짐을 느낄 것이다.

어쩌면 우리는 행복을 추구하는 것보다 지금 처한 상황, 나를 둘러싼 환경, 옆에서 기운을 빼는 사람 등 나를 힘들게 하는 요소들을 제거하는 것이 우선일지도 모른다. 요즘은 SNS를 통해서 과장되게 포장된 모습을 드러내며 매일 타인과 나를 비교하는 일이 일상이 되었다. 나는 나름대로 잘 살고 있는데도 끊임없이 자신보다 잘난 사람들과 비교를 하며 상대적 박탈감에 어떤 식으로든 만족할 수 없는 것이다. 우울함, 질투심, 시기심 등이 우리의 자존감을 무너뜨리고 삶의 질까지 떨어뜨린다.

쇼핑몰 창업을 목표로 조언을 얻고자 나를 찾아오는 사람들은 대부분 현재 처한 상황이 자신을 꼼짝달싹하지 못하게 만든다고 하소연한다. 반드시 해야만 하는 이유보다 하기 힘든 이유에 대한 이야기를 많이 한다. 자신을 힘들게 하는 사람, 힘든 여건들 때문에 과연 이런 환경에서도 창업을 할 수 있을지가 궁금한 것이다. 나는 이 모든 이유가 낮아진 자존감 때문이라고 생각한다. 자신의 인생에 주도권을 쥐고 있지 않기 때문에 주위 사람을, 환경을 탓하는 것이다. 자신도 모르게 남들의 생각에 끌려다니는 삶이 익숙해졌기에 불평이 자꾸만 늘어난다.

나이를 조금씩 먹어가니 좋은 점이 한 가지 있다. 경험이 쌓이고 시행착오를 겪어갈수록 상황판단이 빨라진다는 점이다. 별게 아닌 일에도 상처받는 일이 줄어들고 어떤 선택을 해야 할지 몰라서 막막하진 않기 때문이다. 그리고 내가 원하지 않는 일에 대해 과감하게 거절할 줄도 알게 되었다. 불행과 역경에서 얻은 깨달음으로 나를 더 소중하게 생각하게 되었고 나이와 함께 자존감은 더 건강하고 튼튼하게 내면에 뿌리를 내리고 있다.

나는 남들보다 머리가 좋지도 않고 좋은 환경에서 태어나 많은 것을 누리며 살아온 것도 아니다. 단지, 보통의 여자들보다 자신을 좀 더 사랑하고 자존감이 높은 편이라 자부한다. 고통스런 순간에 긍정적인 마음을 가진다는 것은 쉽지 않다. 하지만 자신을 사랑하는 여자는 어떤 순간에도 자신을 포기하지 않는다. 지금은 힘들지만 내일은 나아질 거라는 희망으로 버틴다. 나 역시 힘든 상황이 나를 지배하는 것을 내버려두어서는 안 된다는 생각이 든다. 고통스런 마음보다 그 속에 있는 내 마음을 구하고자 하는 마음이 훨씬 크다. 힘들 때일수록 이대로 무너지고 싶지 않다는 자기애가 커진다.

대한민국에서 여자로 살아가려면 어떤 상황에서도 나를 지켜낼 수 있는 건강한 자존감이 필요하다. 자신에 대한 믿음은 위험한 상황으로부터 나를 구해주며 내 모든 삶의 기초가 된다. 상황이 나를 지배하도록 내버려두지 말고 나의 상황을 나 스스로 바꾸려는 내면의 힘이 필요하다.

여자의 인생을 바꾸는 자존감의 힘

나의 약점이 아닌
강점에 집중하라

대학시절 우연한 기회에 유명 연예기획사에서 제의를 받은 적이 있다. 연예인이 되고 싶다는 생각을 해본 적이 없지만 순간 혹하는 마음도 있었다. 얼굴이 개성 있게 생겨서 교육을 받으며 잘될 수 있을 거라고 했다. 그리고 마지막으로 내게 던진 말은 만약에 필요하다면 성형수술을 해야 할 수도 있다는 것이었다. 그 말에 나는 단번에 거절을 했고 그 뒤 여러 차례 연락이 왔지만 흔들리지 않았다. 내 외모가 100% 마음에 들어서가 아니라 부모님이 만들어주신 얼굴에 스스로 자부심이 강했기 때문이다. 어릴 때부터 나는 나의 약점보다 강점에 집중하는 아이였다.

오늘은 일요일이지만 컨설팅 일정으로 멀리 지방에서 오신 분과 하루 종일 데이트를 했다. 30대 초반의 여성이며 나의 책을 보고 컨설팅을 의뢰한 사람이다. 나와 잠시 통화를 했을 때 인생의 전환점이 될 거라는 느낌이 강했다고 했다. 편하게 이야기를 나누며 그녀는 그동안 힘들었던 이야기를 풀어내기 시작했다. 누구에게도 말하지 못했던 힘들었던 이야기, 그리고 자존감이 떨어진 현재의 상황에 대해서 솔직하게 말해주었다. 나는 늘 컨설팅을 하면서 자존감이 떨어져 힘들어하는 여자들을 마주한다. 그녀들에게 동기부여를 해주고 용기를 주는 것만으로도 보람을 느낀다.

내가 지금 이 책을 쓰고 있는 가장 큰 이유다. 현재 대한민국에서 살아가고 있는 여자 중 대부분은 자존감이 떨어져 있다. 대부분 과거에는 그렇지 않았는데 어떤 상황을 겪으면서 자존감이 떨어져 힘들어 하는 경우가 많다. 또 내가 보기에는 충분히 괜찮은데 스스로 자신을 너무 낮게 평가하고 자신의 강점이 아닌 약점에 집중하는 경향이 많았다. 오늘 몇 시간 동안 그녀와 함께하면서 처음과 다르게 표정이 밝아진 얼굴을 마주할 수 있었다. 무엇이 잘못되었고 어떻게 극복해나가가며 미래를 준비할지 하나씩 깨달아가는 것 같았다. 그녀는 힘들 때 상의할 사람이 없고 조언을 구할 수 없다는 것이 힘들었다고 했다.

나는 정신과 의사는 아니지만 가끔은 사람들을 만나면서 그들의 마음을 조금이라도 치유할 수 있다는 것에 감사한다. 그리고 용기를 주고 새롭게 시작할 수 있는 자존감을 끌어올려줄 수 있어서 행복하다. 자존감이 낮은 사람들의 특징은 자신이 가지고 있는 엄청난 것들에게 대해 너무 낮게 평가한다는 점이다. 자신을 제외한 다

여자의 인생을 바꾸는 자존감의 힘

른 사람들은 모두 잘나 보이고 자신은 거기에 비해서 많이 부족하다고 생각한다. 그리고 어떤 일을 시작하기에 늘 준비가 부족하다고 느낀다. 지금도 시작하기에 충분하다고, 당신은 이미 능력을 갖추고 있다는 말에 깜짝 놀라기도 한다. 모든 답은 자신 안에 있다는 것을 잘 알지 못한다. 나를 만나 자신감이 많이 생겨서 할 수 있을 것 같다는 인사를 남길 때 큰 보람을 느낀다.

내가 보기엔 많은 것을 가지고 있는데도 불구하고 자신을 무능력하다고 생각하는 여자들을 많이 봤다. 자신이 잘하는 것, 가지고 있는 것에 집중하기보다 부족한 부분에만 집중한 사람들이다. 아무리 더 많은 성과를 이루어도 낮은 자존감으로 인해 만족할 줄을 모른다. 늘 남보다 부족해 보이는 자신과 마주하기 때문이다.

처음 아시아나 항공에 입사했을 때 나를 제외하고 모든 친구들이 너무나 잘나 보였다. 어학연수 한 번 다녀오지 못했던 나는 남들과 자꾸 자신을 비교하며 작아지는 것 같았다. 신입 훈련은 많은 인내를 필요로 했고 체력 또한 좋아야 했다. 잠을 거의 잘 수가 없었기 때문에 홀로 생활하며 힘든 점이 많았다. 교육을 받고 비행을 시작하면서 나는 남들보다 성실하고 요령을 피우지 않는 사람이라는 것을 알게 되었다. 책임감이 강한 성격이어서 비행을 하면서 선후배들과의 관계도 원만했다. 회사의 규칙을 잘 지키고 교육받은 부분은 변함없이 지키려는 마음이 강해 국제선 교육 중에는 혼자

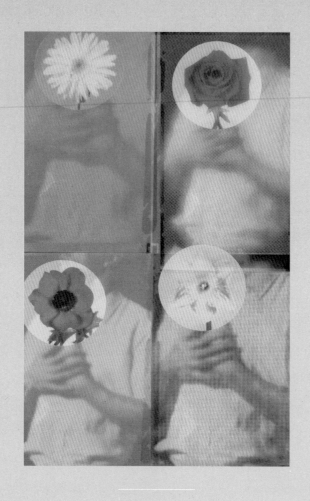

세상에는 나보다 잘난 사람이 너무 많지만
그들보다 내가 나은 점이 반드시 있다.
그렇기 때문에 나보다 잘나 보이는 사람에게
기죽을 필요 없고 자격지심을 가질 필요도 없다.

상점을 받기도 했다. 그 상점은 훗날 진급할 때 큰 도움이 되었다.

남들보다 부족하다고 생각했던 나였지만 시간이 흐를수록 그것은 나 스스로가 나를 낮게 평가하고 가치를 매겼기 때문이었음을 알았다. 남들이 떠벌리는 자랑들은 생각보다 별거 아니라는 것을 알게 되었고 오히려 큰소리치는 친구들이 결과를 내지 못했다. 내가 생각하는 것보다 나는 작은 사람이 아니며 다른 사람들 또한 내가 바라보는 것보다 크지 않다는 것을 깨달았다. 우리는 자신에 대한 믿음과 자신감이 부족할 때 나 스스로를 작게 만들면서 다른 사람들을 더 크게 보려는 경향이 있다.

사람은 누구나 열등감을 가지고 살아간다. 직장 안에서 동료들이 나보다 더 잘나 보일 수도 있고 친구 사이 아니면 형제간에도 그들이 나보다 낫다는 생각에 사로잡혀 자신을 한없이 부족한 사람으로 몰아갈 수도 있다. 세상에는 나보다 잘난 사람이 너무 많지만 그들보다 내가 나은 점이 반드시 있다. 그렇기 때문에 나보다 잘나 보이는 사람에게 기죽을 필요 없고 자격지심을 가질 필요도 없다. 다른 사람보다 내가 한없이 부족하다는 생각은 우리의 몸과 마음을 모두 지치게 한다. 의욕을 상실하게 하고 열등감에서 헤어나오지 못하게 만든다.

나는 조직 생활 속에서 많은 깨달음을 얻으며 나의 약점보다 강점에 집중하게 되었다. 내가 남들보다 부족한 부분보다는 더 나은 부분을 더 발전시키려고 노력했고 그 결과 회사생활 내내 뭐든 우선순위로 기회가 주어졌다. 나의 능력은 나 스스로가 높게 평가해야 자신감이 생긴다는 것을 몸소 깨달았다. 그리고 사회생활을 하는데 있어서 여자의 자존감이 얼마나 중요한지 알게 되었다. 스스로 자신이 가치 있다고 생각할 때 더 많은 능력을 발휘할 수 있다. 또한 남들과 비교하기보다는 어제의 나와 경쟁할 때 성장할 수 있다.

사실 내가 첫 책을 내고 가까운 친구들에게는 제대로 된 축하를 받지 못했다. 그렇게 친하지 않는 사람들이 오히려 책을 구입하고 인증사진을 보내주기도 했다. 사람은 가까운 친구의 성공을 가장 견디기 힘들어한다고 한다. 그 말처럼 언제 책까지 썼냐고 말을 할 뿐, 내가 쓴 책에는 별로 관심이 없었다. 질투하고 시기하는 마음은 자신은 남보다 부족하다는 마음이 강해서다. 내가 가지지 못한 것을 상대방이 가졌다고 느낄 때 그런 마음이 든다. 하지만 자신이 가지지 못한 것이 아니라 자신이 가진 것에 집중하는 사람은 가까운 친구의 성공을 진심으로 축하해줄 수 있지 않을까.

누구나 약점과 강점을 가지고 있다. 하지만 성장하는 여자는 자신의 약점보다 강점에 집중한다. 아무리 내 눈에 잘나 보이는 사람도 약점이 있고 콤플렉스가 있다. 완벽한 사람도 완전한 사람도 없다. 그저 내 눈에 보이는 것으로 남보다 부족하다고 좌절할 필요가 없다. 나는 내가 생각하는 그 이상으로 괜찮은 사람이라는 믿음이 필요하다.

자존감이 높은 사람은 자신의 약점보다 강점에 집중하며 타인을 바라볼 때도 약점보다는 장점, 강점을 먼저 본다. 자신의 약점에 초점을 맞추는 사람은 강점을 발견하지 못한 채 자신의 가치를 낮게 매길 수밖에 없다. 자연스럽게 자신감 또한 줄어드는 악순환이 반복된다.

외향적으로 보았을 때 상당히 자존감이 높을 것 같은 느낌이 드는 사람도 이야기를 나누다 보면 자신감도 자존감도 낮은 경우가 많다. 우리는 일상에서 늘 타인과 나를 비교하는 과정에서 이미 자신의 가치에 대한 점수를 매겨놓고 판단을 끝내버리는 건지도 모른다. 타인을 기준으로 자신에게 점수를 매긴다는 것은 자신의 인생을 타인에게 맡겨버리는 것과 다르지 않다.

사실 약점은 다른 관점에서는 강점이 될 수도 있다. 나는 성질이 급한 탓에 해야겠다고 마음을 먹으면 바로 행동으로 옮긴다. 성급한 결정으로 일이 틀어지면 성질이 급한 것이 치명적인 약점이 되지만 바로 행동해서 좋은 결과를 얻었다면 행동력이 강한 사람이 되는 것이다. 어떤 관점으로 바라보느냐에 따라 약점이 될 수도 강점이 될 수도 있다. 약점도 강점도 모두 나의 일부라는 사실을 자연스럽게 받아들이는 마음이 필요하다. 부족한 부분은 채우고 좋은 점은 강화시키는 데 집중한다면 반드시 더 나은 자신을 만들어갈 수 있을 것이다.

여자 스스로가 "여자라서 불가능하다"라는
말을 하지 않았으면 한다.
회사 생활을 하든 창업을 하든
어디서도 인정받는 것은 성과지 남녀의 성별이 아니라는 것을
여자 스스로가 깨우쳐야 할 필요가 있다.

Chapter 3

현명한 여자는
자존감을 잃지 않는다

나를 버려야 할 때는
한순간도 없다

인생을 살아가면서 무엇을 선택하든 당신의 인생을 바꿀 것이다. 하지만 아무것도 선택하지 않는 것조차 당신의 인생을 바꿀 수 있다는 것을 알아야 한다. 인생의 방향을 아주 조금씩 바꾸어놓는 것이 바로 매 순간 우리의 선택이다. 사소한 것들이 인생을 결정한다는 것이 지금껏 살아온 내 인생에 가장 큰 깨달음이다. 어떤 이유에서든 나를 버려야 하는 순간은 없다.

우리는 인생을 살아가면서 좋은 일, 나쁜 일을 함께 경험한다. 고통스런 순간들도 인생의 한 조각이다. 긍정적인 사람은 어떤 상황에서도 배움을 얻는다. 성공에서도 실패에서도 말이다. 인생은 다양한 경험이 쌓여서 우리를 성장시킨다. 나는 예상치 못한 힘든 상황에 처하게 되면 처음에는 '왜 하필 나에게 이런 일이 생길까?'를 생각하다가 시간이 조금 지나면 이와 같은 경험을 하는 타인들

여자의 인생을 바꾸는 자존감의 힘

을 떠올려본다. 그들도 이런 심정일까를 생각해보는 것이다. 그리고 점차 고통스럽고 원망스러운 흥분된 감정에서 나를 떨어뜨려놓고 생각해본다. '나는 이런 고통을 통해서 더 강해지겠구나' 하는 긍정적인 생각으로 바뀐다.

'하늘은 얼마나 더 나를 강하게 만들려고 나를 트레이닝시키는 걸까?' 하는 생각을 하면 절대 고통에 지지 말아야겠다는 강한 마음이 생기곤 한다. 내가 무너져서는 안 되는 이유들을 생각해본다. 나를 믿는 사람들, 내가 사랑하는 사람들, 나를 사랑하는 사람들을 떠올려보면 힘이 난다. 어차피 한 번 사는 인생, 이런저런 다양한 경험으로 많은 깨달음을 얻는다면 분명 그렇지 못한 사람보다 더 여유로운 인생을 살아갈 수 있다고 믿는다.

나는 어릴 때부터 사람 사이 관계, 사람의 마음에 대해 관심이 많았다. 어떤 마음으로 살아가는 것이 가치 있는 삶인가 하는 의문을 많이 가졌고 사람을 대할 때 어떤 태도를 가져야 온전히 나의 삶을 살아갈 수 있을까 하는 생각을 많이 했다. 중학교 때는 서점에 가서 주로 철학 서적을 많이 찾아서 읽었다. 그래서 그런지 주위 사람들에게 나의 별명은 '애늙은이'였다. 나이 많은 사람들이 할 법한 말을 아무렇지 않게 내뱉으니 그런 말을 들을 만도 했다. 어릴 때부터 인생에 대한 고민을 많이 하면서 타인보다 나 자신의 마음에 집중하는 훈련을 해왔는지도 모른다.

결혼 전에는 무소의 뿔처럼 혼자서 가기 위한 자기계발 도서를 늘 곁에 두고 읽었지만 결혼 후에는 마음을 비울 수 있는 책, 정신과 의사들이 쓴 책들을 많이 읽으며 힘든 마음을 견뎌왔다. 힘든 건 나 혼자만이 아니라는 것을 알았고 내 마음을 좀 더 깊이 있게 들여다보기 시작하면서 산후우울증을 극복하고 나를 힘들게 했던 관계들도 정리할 수 있었다. 그런 경험으로 주위에서 과거의 나처럼 힘들어하는 사람들에게 따뜻한 위로의 말을 건넬 수 있고 전문가는 아니지만 공감하고 작은 조언을 해줄 수 있게 되었다.

대학을 지원할 때 사실 심리학과에 가고 싶었다. 내가 어릴 때부터 관심을 가졌던 부분이기 때문에 심리학을 전공해서 마음이 힘든 사람을 위해 살아가고 싶다는 생각을 해본 적이 있다. 결국 심리학과와는 다른 신방과에 들어가게 되었지만 어쩌면 내가 관심을 가지고 좋아했던 분야이기 때문에 지금 이렇게 자존감에 대한 책을 쓰고 있는지도 모른다.

인생을 살아가면서 내가 하는 생각들은 어떤 식으로든 현실의 한 점과 연결이 된다고 믿는다. 자주 떠올리는 생각, 관심이 많은 것은 결국 내가 하는 일에 영향을 주게 되는 것 같다. 하나하나씩 보면 다른 분야인 것 같아 보이지만 내 인생 전체를 보았을 때는 모든 일에 연결고리가 있다. 어떤 방식으로든 서로 유기적으로 연결되어 내가 반드시 이루어야만 하는 큰 비전을 만들어낸다. 사명감이라고 하면 좋을 것 같다.

나는 결혼 후 자존감이 떨어질 수 있는 환경에 수없이 놓여졌다.

여자의 인생을 바꾸는 자존감의 힘

하지만 단 한순간도 나를 버려야 할 때는 없다는 것을 깨달았다. 과거의 잘못된 선택도 경솔했던 판단도 결국엔 현실에서 모습을 드러낸다. 온전히 나의 책임임을 안다. 이제는 사소한 결정도 앞을 내다보고 신중하게 판단해서 하게 되었다. 모든 시련은 깨달음을 얻기 위한 과정인 것이 분명하다. 아무리 힘든 순간에도 정신을 바짝 차리고 나 자신을 들여다보기 위해 노력한다. 힘들 때 행하는 모든 것은 엄청난 빛을 발한다고 생각한다.

대부분의 현대인들은 스트레스에 대한 면역력이 약하다. 극심한 스트레스를 잊기 위해 정신을 놓을 정도로 술을 마신다거나 다양한 방식으로 사회에 보복하듯 화를 표출하는 것은 자신의 인생에 전혀 도움이 되지 않는다. 요즘은 인터넷상에서 댓글 폭력이 난무한다. 날카로운 칼보다 더 잔인한 댓글들은 타인에게 지울 수 없는 상처를 준다. 누군가는 무심코 던진 글 하나로 목숨을 끊을 수도 있다. 자신의 인생을 소중하게 여기고 자신의 인생에 집중하는 사람은 결코 그런 행동을 하지 않는다. 타인에게 상처를 주려는 마음은 결국 너덜너덜해진 자신과 마주하게 할 것이다. 그것도 이전보다 더 부정적이고 에너지가 사라져버린 초라한 나로 말이다.

10년을 몸담았던 회사에 사표를 던지던 날, 사무실에서 많은 눈물을 쏟았다. 하지만 회사를 등에 지고 돌아서면서 나 자신과 약속을 했다. '언젠가는 꼭 멋지게 사회에 돌아오리라'라고 말이다. 그동안의 노력을 인정해주고 사표를 만류하는 상사 덕분에 자신감을 얻고 돌아설 수 있었다. 지금도 그때의 다짐이 기억난다. 나는 지난 몇 년간 정말 치열하게 살았다. 세상에서 가장 소중한 나 자신과의 약속을 지키기 위해서 말이다. 첫 번째 책을 쓰면서, 두 번째 책을 쓰면서 그리고 지금 세 번째 책을 쓰면서 나는 깨닫는다. 인생은 수많은 점들이 모여서 선을 이룬다는 것을 말이다. 절대 무너지지 않을 단단한 나를 만들어가는 과정이다. 힘든 시간들이 많았지만 나를 잃지 않고 조금씩 성장해가는 나 자신이 자랑스럽다.

　나의 책을 읽고 나를 찾아오는 독자, 멘티들을 생각하면 나는 어떤 것도 포기하지 않겠다는 마음이 생긴다. 그들에게 희망이 되어야겠다는 생각, 포기하는 모습을 보이지 않겠다는 강한 마음이 든다. 나를 통해 희망을 찾는 사람들을 위해서라도 그리고 나 자신을 위해서라도 오늘도 내일도 나는 한 걸음씩 나아간다.
　특히 여자들은 사랑할 때 자기도 모르게 자존감이 낮아지는 경우가 많다. 사회에서 잘나가고 있든 그렇지 않든 상관없이 말이다. 유독 사랑하는 사람에게는 주도적이지 못하고 끌려다니는 경우가 허다하다. 왜 그럴까? 생각해보니 과거에 나도 그랬던 것 같다. 사랑에 빠지면 나도 모르게 그 사람에게 심리적으로 의존하게 되는 성향이 많았던 것 같다. 헤어지면 큰일 날 것 같고 서운하게 하면 견디지 못하는 감정에 휩싸인 적이 많았다. 그러다 헤어지고 나면 내가 왜 그랬을까 하는 생각에 다시 정신이 돌아오곤 했다.

　　　　　　　　　　　　　　　　　여자의 인생을 바꾸는 자존감의 힘

현대인들은 스트레스에 대한 면역력이 약하다.
극심한 스트레스를 잊기 위해 정신을 놓을 정도로
술을 마신다거나 다양한 방식으로 사회에 보복하듯
화를 표출하는 것은 자신의 인생에
전혀 도움이 되지 않는다.

남자들은 사랑하는 순간에도 당당한 여자, 자신의 일을 사랑하는 여자에게서 더 큰 매력을 느낀다. 자신만 바라보며 사랑타령만 하는 여자는 싫증 나기 쉽다. 여자도 마찬가지다. 나만 바라보고 나에게만 집착하는 남자가 무슨 매력이 있을까? 나를 사랑하되 자신의 일을 사랑하고 자신을 더욱 사랑하는 남자가 매력 있는 법이다. 사랑에 눈이 먼 순간에도 우리는 자신을 놓아서는 안 된다.

내가 아는 L양은 성실하고 심성이 착한 여자다. 하지만 매우 독단적이고 권위적인 회사 상사로 인해 지속적인 정신적 고통을 겪었다. 당장 회사를 그만두면 갈 곳이 없기 때문에 자존감이 무너지고 미칠 것 같아도 견디며 일했다. 자신이 크게 잘못하지 않아도 멍청하다, 바보 같다는 말을 스스럼없이 내뱉는 상사를 경멸했지만 그가 있는 앞에서는 존경하는 척 연기해야만 하는 자신이 더 견디기 어려웠다고 했다. 1년 가까이 그런 생활에 익숙해지다 보니 밝고 긍정적이었던 그녀는 부정적이고 두려움이 가득한 사람이 되었다. 시간이 갈수록 자신을 잃어가는 모습에 더 이상 견디지 못하고 회사에 사표를 던졌다.

그녀는 지금 월급은 이전보다 적지만 즐겁게 일할 수 있는 곳을 찾아 자기다운 삶을 살아가고 있다. 고통에서 벗어나서 너무 행복하다고 말한다. 나다움을 지켜내는 것이 얼마나 소중한 일인지 새삼 깨달았다고 했다. 고통스런 관계에서 자신을 지켜내는 일은 용기를 필요로 한다. 어쩔 수 없는 상황은 어디에도 없다. 내가 당연

여자의 인생을 바꾸는 자존감의 힘

시하고 받아들으면 어쩔 수 없는 상황이지만 용기를 내어 벗어나면 아무것도 아닌 것이다.

우리는 살아가면서 모든 것을 스스로 선택할 수 있다. 선택하지 않는 것도 선택이라고 했다. 부모가 선택해준 것을 따르는 것도 자신의 선택이다. 매 순간 우리는 스스로의 선택과 타인의 선택 사이에서 고민하며 살아간다. 그 누구도 지금 당신의 삶을 강요할 수 없다. 우리가 잊지 말아야 할 것은 한순간도 나를 버려야 하는 순간은 없다는 것이다.

세상이 정한 아름다움의
기준에 움츠러들지 마라

우리는 아름다움의 기준을 어디에 두고 있을까? 세상이 정한 아름다움의 기준에서 자신을 바라보고 있는 건 아닐까? 외모는 아름답지만 당당하지 않는 여자보다는 많이 부족하더라도 당당한 여자가 훨씬 아름답다. 사람에게는 외모뿐 아니라 그 사람 자체에서 뿜어져 나오는 아름다움과 매력 그리고 에너지가 있다.

패션모델 위니 할로우는 선천적인 피부질환을 지닌 모델이다. 그녀는 백색증을 4세 때부터 갖게 되었다. 백색증이란 피부 속에 멜라닌 세포의 파괴로 인해 여러 가지 크기와 형태의 백색 반점이 피부에 생기고 이게 점차 넓어지는 후천적인 피부질환이다. 언뜻 보면 분장을 한 것이 아닐까 하는 착각이 들게 한다.

그녀는 어릴 때부터 친구들로부터 얼룩말, 괴물이라고 놀림과 따돌림을 당했다. 고등학교를 중퇴하고 여러 차례 자살을 시도하

여자의 인생을 바꾸는 자존감의 힘

기도 했다. 하지만 그녀에게도 꿈이 있었다. 바로 모델이 되는 것이었다. 그녀는 자신의 결함에도 불구하고 끊임없는 도전으로 대중의 사랑을 받는 모델이 되었다. 자신의 콤플렉스를 극복하고 긍정적인 에너지로 사람들에게 희망을 주는 존재가 된 것이다. 그녀의 당당함은 그녀 스스로가 만들어낸 것이다. 세상의 편견과 맞선 그녀의 용기에 큰 박수를 보내고 싶다.

남자들은 모두 외모를 우선으로 판단한다고들 하지만 나는 그렇게 생각하지 않는다. 예쁜 얼굴이 첫눈에 상대방을 사로잡을 수 있을지 모르지만 그것만으로는 오래 가지 못한다. 내면의 아름다움도 함께 가지고 있어야 사랑도 오래 지속되는 법이다. 10대, 20대들은 특히나 더 외모를 중요시하며 남들보다 외모가 떨어진다고 생각이 들면 자존감이 떨어지는 것이 요즘 사회 분위기다. 남들보다 예뻐 보이기 위해서 하지 않아도 될 화장을 하고 자신의 진짜 아름다움을 가리기도 한다.

하지만 젊음이라는 것은 영원하지 않다. 30대를 지나 40대에 접어드니 이제 알겠다. 여자에게 중요한 것은 내면의 아름다움이며 당당함을 잃지 않는 자존감이라는 사실을 말이다. 여러 가지 상황을 겪으면서 더 강해져야 하고 그럼에도 나를 잃지 않는 마음이 필요하다는 것을 깨달았다. 힘든 상황에 놓여질 때마다 빨리 극복하고 한 발 더 내딛을 수 있었던 건 어떤 순간에도 나를 잃지 않겠다는 자신에 대한 믿음이 있었기 때문이다.

얼마 전 기사에서 미혼모들의 인터뷰 내용이 있었다. 그녀들은 미혼모 인식 개선을 위한 영상에 출연했다. 얼굴과 실명이 공개되는데 부담되지 않았냐는 질문에 이렇게 답했다.

"그런 걸 걱정할 만큼 잘못된 행동을 한 적이 없다. 우리가 스스로를 세상에 알리는 데 떳떳하지 못할 거라고, 부끄럽게 여길 거라고 생각하는 것 자체가 편견 아니냐."

그녀들은 사회의 편견 속에서 홀로 아이를 키우면서도 당당함을 잃지 않고 있었다. 똑같은 상황에서 모두가 같은 생각과 판단을 하는 것은 아니다. 세상의 기준으로 아름답지 못하더라도 나 스스로 떳떳하고 당당하면 그 모습이 아름다운 것이다. 어떤 조건에서도 아이들은 사람답게 살 권리가 있다고 말하는 그녀들을 보면서 많은 생각이 들었다.

사람은 실패를 통해 배운다. 누구나 잘못된 선택을 할 수 있고 평범함을 벗어난 행동을 할 수도 있다. 지나간 과거에 얽매여 자신을 질책하느라 에너지를 쏟을 필요가 없다. 내가 오늘부터 바뀌기로 마음먹는다면 나는 새로운 인생을 살게 되는 것이다. 세상이 정해놓은 바람직한 인간상과 멀어져 보인다고 기운 빠질 필요도 없다. 남의 눈에 들기 위해 애쓰지 말고 거울에 비친 나의 모습이 나 자신의 마음이 들게 하라. 세상을 바꾸려 하기보다 나 자신을 바꾸면 내가 바라보는 세상은 자연스럽게 바뀌게 된다.

남들보다 가지지 못했다고, 남들이 못생겼다고 놀려도 기죽지 말자. 마지막까지 나를 응원해 줄 사람은 바로 자기 자신이다. 세상에서 위대한 일을 해낸 사람들은 이미 많은 것을 타고나거나 가진 사람이 아니었다. 별 볼일 없다고 남들에게 손가락질을 받고 수도 없이 눈물을 흘렸던 사람들이다. 우리에게 한계는 없다. 열정에도 한계가 없고 꿈을 꾸는 데도 한계가 없다.

한계라는 것은 나 스스로가 만들어내는 것일 뿐이다. 모든 사람은 남들이 가지지 못한 단 한 가지 좋은 점이라도 가지고 있기 마련이다. 자신이 가지지 못한 것을 보지 말고 자신이 가지고 있는 것을 들여다보아야 한다. 꿈을 가지고 있는 사람은 남들의 기준에서 자신을 바라보지 않는다. 세상이 정해놓은 기준에 자신을 맞추지도 않는다. 오로지 자신에게 초점이 맞추어져 있기 때문에 어떤 잡음에도 흔들리지 않고 한 걸음씩 나아갈 수 있는 것이다.

프랑스의 철학자 피에르 부르디외는 이런 말을 했다.

"여성은 타인을 향해 살아가며, 그들의 눈에 사랑스럽고 매력적이며 능력 있는 대상으로 존재하길 원한다. 따라서 자신이 이에 적당한 몸을 갖추었는지 항상 의심한다. 자신이 속박당해 있는 현실의 몸과 그럼에도 불구하고 지치지 않고 도달하려 애쓰는 이상적인 몸 사이에서 엄청난 격차를 느낀다."

남자들은 외모를 가꾸는 데 많은 시간을 허비하지 않는다. 많은 비용을 쓰지도 않는다. 우리 여자들도 외모가 아닌 능력으로 인정받을 수 있으며 더 많은 여자들이 그런 의식을 가질수록 남자들의 의식 또한 바뀔 거라 믿는다. 외모에 치중하지 말고 인간으로서 자신만의 매력을 찾아내는 것이 현명하다. 여자든 남자든 그 사람 자체에서 풍기는 매력이 사람을 끄는 것이다. 남들보다 조금 더 가지고 있는 유머러스함, 따뜻한 마음씀씀이, 배려심, 이런 것들이 다른 이들로 하여금 다시 보고 싶게 만드는 매력이다.

얼마 전 모 여배우가 자신은 더 이상 외모에 치중하는 삶을 살지 않겠다고 선포했다. 그동안 외모를 최우선으로 챙기며 살아가는 인생이 정말 힘겨웠다고 말했다. 대부분의 여자 연예인들이 아마 자신과 같은 마음일 거라고 했다. 얼굴과 몸에 살이 많이 쪘지만 얼굴에서 편안함이 묻어났다. 그녀의 당당함이 예전보다 더 아름다워 보이고 멋져 보였다. 누구나 부러워하는 최고의 연예인도 나름대로 견디기 힘든 고충이 있는 법이다. 먹고 싶을 때 먹고, 자고 싶을 때 자는 평범한 만족감이 특별해 보이는 사람에게도 예외는 아니다.

여자들이 더 강해져야 하는 세상이다. 남자들이 일만 할 때 여자는 일을 하고 살림을 하고 육아까지 병행해야 한다. 세상이 정해 놓은 아름다움의 기준에 맞추어 살려면 우리는 우리의 일도 육아에 대한 책임감도 모두 버려야 할지도 모른다. 이제는 세상에서 요구하는 모습에 자신을 맞추기 위해 안간힘을 쓰지 말자. 우리는 더 위대한 일을 해내야 하기 때문이다.

여자의 인생을 바꾸는 자존감의 힘

결혼을 하고 일만 하던 남편은 다툴 때마다 자신이 일을 하는 것만으로도 모든 책임을 다하는 것처럼 말했었다. 하지만 내가 일을 하면서 육아를 병행하고 살림을 해보니 알겠더라. 일만 하며 사는 것이 얼마나 쉬운 일인지 말이다. 세 가지를 해보니 하나는 할 만하다는 생각이 들면서 더 강해진 나를 발견했다. 우리들의 고충과 힘겨움은 결국 우리 자신을 강하게 만든다. 그러니 더 이상 세상이 정한 아름다움의 기준에 움츠러들지 말자. 외모보다 능력을 채우고 조금은 더 고통스럽더라도 지치지도 말고 당당하게 세상에 맞서며 살아가자. 자신에 대한 끝없는 사랑과 믿음으로 나다운 삶을 살아가야 할 때다.

우리는 매일 아침 스스로를
바꿀 기회와 마주하고 있다

처칠은 "운이 사람의 분위기를 결정하는 것이 아니라, 현재의 분위기가 그 사람에게 어떤 운이 일어날지를 결정한다"고 했다.

우리가 매일 눈을 떴을 때 하는 습관적인 행동, 생각이 그날을 결정한다. 나는 일상에서 가장 중요하게 생각하는 부분이 기분 좋은 상태를 유지하는 것이다. 예상치 않게 좋지 않은 일이 생기기도 하고 가끔은 관계에서 마음 상하는 일이 발생하지만 속상한 마음이 하루 종일 나를 지배하지 않도록 노력한다.

나는 평소에 예민한 성격이다. 그래서 사소한 일로 예민해지고 고민하는 데 에너지를 빼앗기는 부분이 많다는 것을 깨달았다. 스트레스를 받을 일이 생기면 당장은 고민을 하지만, 책을 읽거나 전환을 하면서 빨리 다른 생각을 하도록 노력한다. 부정적인 생각이 들 때 의도적으로 '생각하지 말아야지' 하면 더 생각이 나는 법이

여자의 인생을 바꾸는 자존감의 힘

다. 행동으로 다른 일에 집중을 하는 편이 훨씬 효과적이다. 내 경험상으로는 그렇다. 몸을 움직이고 다른 업무에 집중하다 보면 고민하던 일에 대한 생각의 비중이 줄어들면서 자연스럽게 스트레스가 줄어드는 것이다.

나는 지난 몇 달간 운영하는 쇼핑몰 사이트에서 이벤트를 진행했다. 사이트에 방문하는 사람들 중 사연을 받아서 무료 컨설팅을 진행했다. 책을 보고 사이트에 찾아와서 사연을 보내주는 독자들이 많았다. 브런치 데이트를 하면서 창업을 준비하는 사람들, 이미 창업을 해서 일을 하고 있는 사람들에게 필요한 조언을 해주고 함께 소통하는 시간을 가졌는데 정말 의미 있는 시간이었다. 처음에 책을 출간했을 때 이런 기회를 만들면 좋겠다고 생각했었는데 실천하지 못했다. 그러나 마음속에 간직해둔 작은 소망이었기 때문에 어느 순간 실천할 수 있었다.

브런치 데이트를 하고 있던 어느 날, 군대에서 한 장교로부터 연락이 왔다. 도서관에서 나의 책을 읽고 엄청난 동기부여를 받았다고 했다. 군대에서 의미 없는 시간을 보내고 있는 장병들에게 힘이 되어주는 이야기를 들려주었으면 하는 부탁이었다. 강의를 다니고 있지만 남자들만 가득한 군대에 가본 적은 한 번도 없었다. 그래서 며칠 고민을 하고 있던 차에 저번에 연락해온 장교에게서 메일이 왔다. 장문의 메일을 읽어보고 순간 눈물이 났다. 내 책 주제와 군대는 전혀 상관이 없다고 생각했는데 진정성 있는 글을 읽으며 어쩌면 내가 군인들에게 작은 도움이 될지도 모른다는 생각이 들었고 거리가 떨어져 있는 곳이었지만 가기로 마음먹었다.

군대에 강의를 하기로 약속한 날을 이틀 앞두고 나는 개인적으로 힘든 일을 겪게 되었다. 도저히 그날 200명이 넘는 장병들에게 용기를 주는 말을 해줄 수가 없을 것 같다는 생각이 들었다. 더 늦어지기 전에 못하겠다고 얘기하는 게 맞다고 판단했다. 담당 장교에게 사정을 말했더니 나를 먼저 이해해주었지만 일정 변경이 힘든 눈치였다. 나는 조금 있다가 연락을 주기로 하고 전화를 끊었다.

담당 장교가 그동안 준비하느라 힘들었는데 개인적인 사정이 생겨서 수백 명의 군인들과의 약속을 깨는 것이 옳은가 하는 생각이 들었다. 생각을 바꾸기로 마음을 먹었다. '그래, 내가 용기를 주기 위해 가는 것이 아니고, 내가 용기를 얻기 위해서 가자!'라고 말이다. 그렇게 마음을 먹고 나니 마음이 한결 편해지고 개인적인 문제에 대한 고민도 조금은 사라지는 듯했다.

군대에 가서 나는 정말 엄청난 에너지를 얻고 왔다. 도착하자마자 나를 반겨주는 대대장님과 장교, 장병들로 인해 기분이 좋았고 강의를 하는 내내 눈이 초롱초롱 빛이 나는 장병들을 보며 에너지를 얻었다. 강의가 끝나고 나서도 꿈에 대해 수많은 질문을 쏟아내는 장병들을 보며 정말 오길 잘했다는 생각이 들었다.

우리는 매일 아침 어떤 인생을 살아갈 것인가를 결정한다. 사소한 결정이라도 어떤 결정을 하느냐는 앞으로의 인생에 생각보다 큰 영향을 미친다. 나는 군대 강연을 다녀와서 큰 힘을 얻었다. 탁 트인 곳에서 장갑차를 시승하며 멀리 보이는 눈 덮인 산을 바라보며 눈물이 날 것 같았다. '힘을 내라고 지금 나를 여기에 데리고 왔구나' 하는 생각이 문득 들었다. 그날 이후 담당 장교의 추천으로 다른 군에서도 연락이 왔다.

누구나 원하지 않는 시점에 힘든 상황에 놓여질 수 있다. 예상치 못했던 일일수록 절망감은 이루 말할 수가 없을 것이다. 나 역시 그러하다. 특히 나의 잘못이 아닌데 타인에 의해 좋지 않은 일이 발생하거나 상처를 받게 되면 마음이 정말 힘들다. 하지만 그렇게 힘든 순간 내가 관점을 조금만 바꾼다면 결과는 완전히 달라진다는 사실을 잘 안다. 고통스럽지만 조금 힘을 내어보는 것, 힘든 것보다 다른 일에 더 몰입해 보는 것 등 내가 노력해볼 수 있는 일이 생각보다 많다.

나는 고통스러울수록 절망적일수록 더 좋은 생각을 많이 하려고 노력한다. 본능적으로 책을 펼쳐서 나의 뇌가 고통 속에 허우적대지 않도록 안간힘을 쓴다. 그러면 나도 모르게 책 속에 빠져들면서 좋은 에너지를 받는다. 나에게 힘을 주는 책들은 내게 그런 존재다. 우리가 매일 눈을 떠서 하루를 시작할 때 어제와 같은 하루를 살아갈지 어제와는 다른 하루를 살아갈지는 오직 자신만이 결정할 수 있다. 우리의 몸 역시 태어나면서부터 계속 바뀌어가고 있

스티브 잡스를 세계 최고의 기업가로 만든 것은
매일 아침 스스로에게 하는 질문 때문이었다.
'오늘이 나의 마지막 날이라면 지금 하려고 하는 일을 할 것인가?'
하는 질문을 매일 아침 자신에게 던졌기 때문이다.

다. 새로운 몸으로 변화하고 있는 것이다. 그러니 우리의 마음 또한 매일 변화를 겪는 것이 당연하다.

몇 년 전 내가 처음으로 블로그 쇼핑몰을 시작했을 때, 남모를 고충이 많았다. 장사를 처음 하는 것이었기 때문에 몰라도 너무 모르는 부분도 많았고, 감정대로 말을 쏟아내는 거래처 사장님들 때문에 마음에 많은 상처도 받았지만 강한 정신력을 키울 수 있었다. 일을 시작한 지 얼마 되지 않아 매출을 많이 올려주는 입장이 아니다 보니 지속적으로 거래를 하지 않으면 거래를 끊겠다고 협박하는 사람도 있었다. 그럴 때마다 내 마음속에는 더 강한 열정이 올라오는 것을 느꼈다. 절대 이대로는 포기하지 않겠다는 마음이 있었다. 지금 그들은 같은 일상을 살아가고 있지만 나는 몇 년 동안 미친 듯이 달려온 덕분에 다양한 일을 하고 있고 인생에 만족도는 더욱 커졌다.

거래처 사장이든, 고객이든 나에게 상처 주는 사람 때문에 힘들 때도 있었지만 나는 그런 마음에 지지 않았다. 얼른 기분을 전환시키려고 애썼고 내가 하고 있는 일에 대한 열정이 식지 않도록 스스로 많은 노력을 했다. 나를 힘들게 하는 사람에 대한 진정한 복수는 내가 더 행복해지고 더 성장하는 길이다. 그들에게 똑같이 욕하고 똑같이 냉정하게 대하는 태도가 아니다. 내 영혼이 더욱 자유로워질 수 있도록 내 일에 더욱 집중하고 매진하는 것이다. 그것이 진정한 승리다. 오늘이라는 시간은 다시 돌아오지 않는다. 내일도 우리는 예측할 수 없다. 하고 싶은 일, 시도해야 할 일이 있다면 바로 오늘 해야 한다. 걱정하고 망설이는 시간에 우리는 스스로 자존감을 회복할 기회를 잃고 만다.

스티브 잡스를 세계 최고의 기업가로 만든 것은 매일 아침 스스로에게 하는 질문 때문이었다. '오늘이 나의 마지막 날이라면 지금 하려고 하는 일을 할 것인가?' 하는 질문을 매일 아침 자신에게 던졌기 때문이다. 그는 늘 사람들에게 다른 사람의 삶이 아닌 자신의 삶을 살아야 함을 강조했다. 자신의 인생을 살아가는 데 정답은 없다. 아이를 키우는 데도, 공부를 하는 데도, 사회생활을 하는 데도 정답은 없다. 우리는 모두 똑같은 사람이 아니기 때문이다. 매일 아침 단 10분 만이라도 내가 원하는 삶에 대한 고민을 해본다면 분명 그날의 삶은 달라질 것이고 나아가 인생 전체가 변화될 거라 믿는다.

꽃은 지지만
마음은 지지 않는다

얼굴에 주름이 생기고 좋은 날은 다 간 것 같아 우울한가? 대부분의 여자들은 20대가 끝나갈 때 가장 우울해지는 것 같다. 나 역시 30살이 되면서 늙은 것 같고 유독 젊디젊은 20대들만 눈에 들어왔었다. 하지만 40대가 되어 보니 이제는 나이에 크게 연연하지 않는다. 인생을 크게 보았을 때 나이만으로도 꽃다워 보이는 시기는 너무나 짧은 시기이기 때문이다. 어리고 젊어서 좋은 반면에 인생을 넓은 시야로 바라보기는 힘들다. 그래서 나이가 적고 많음에 장단점이 공존하는 것이다.

20대는 20대 나름의 세상이 있고 30대와 40대 역시 그 나름의 세상이 있다. 꿈을 가지는 데도 꿈을 이루는 데도 나이는 큰 의미가 없다. 나이를 핑계 대는 청춘보다 나이가 많음에도 불구하고 도전하는 노인이 더 아름답다. 겉모습이 늙는다고 마음이 함께 늙는 것이 아니기 때문이다. 꽃은 한 번만 피고 지는 것이 아니다. 때가 되면 지지만 또 다시 피는 것이 꽃이다.

나는 오늘이 주는 의미가 얼마나 큰지를 안다. 건강하게 새벽 일찍 등산을 가셨던 아버지는 그날 오후 갑자기 돌아가셨다. 작별인사 한마디 못하고 환갑도 채 되지 않았던 아버지를 허망하게 보내고 나는 죽음에 대해, 지금 현재 삶에 대해 더 많은 생각을 하게 되었다. 지금 이 자리에서 최선을 다하고 인정을 받더라도 외부적인 상황이 내 인생을 바꾸어놓을 수도 있고 불의의 사고로 한순간에 인생이 달라지는 사람도 있다.

인생은 매 순간 예측할 수 없지만 모든 순간에 임하는 나의 태도에 따라 내가 원하는 인생을 살아갈 수 있는 확률을 높일 수 있다. 나만 재주가 없어서, 나만 운이 나빠서, 나만 유독 부모를 잘못 만나서가 아니라 그 누구라도 인생에 이변은 만날 수 있다. 어떤 상황을 만나느냐보다 중요한 것은 어떻게 대처하고 행동하는가에 달려 있다. 우리가 마음먹기에 따라 죽어 있는 것과 같은 삶을 살아갈 수도 있고 매 순간 살아 있음을 느낄 수 있는 진짜 내 인생을 살 수도 있다.

여자가 외모로 승부할 수 있는 나이는 없는 것 같다. 외모로 먹고 사는 일을 하는 게 아니라면 말이다. 20대도 30대, 40대도 그 이후에도 우리에게 필요한 것은 열정과 스스로를 책임질 능력이다. 끊임없이 도전하는 마음과 끈기다. 물론 우리가 나이를 먹어감에 따

여자의 인생을 바꾸는 자존감의 힘

라 주름이 늘어나고 피부의 탄력이 줄어드는 것은 사실이다. 하지만 내면은 좀 더 채워져 더 '나' 다워진다는 것을 부인하는 사람은 없을 것이다. 세월 속에서 모가 난 부분이 조금씩 깎이고 깎여 내면으로부터 진정한 나를 찾아가게 된다.

지금 힘든 시기를 보내는 많은 사람들이 떠오른다. 20대의 L양은 하고 싶은 일을 하기 위해서 다니던 직장을 그만두고 일주일에 여러 번씩 동대문에서 밤을 새고 온 열정을 쏟아내고 있다. 하지만 기대만큼 따라오지 않는 결과로 슬럼프를 겪고 있는 중이다. 시작부터 매출이 생겨서 자신감이 많았는데 시간이 갈수록 지속적으로 오르지 않아 자신감이 줄어든 것이다. 어제는 그녀에게 지금 너무 잘하고 있다고 응원의 메시지를 보냈다. 나도 창업을 시작하고 처음부터 매출을 올렸던 것은 아니기 때문이다. 결과가 바로 따라오지 않는다고 움츠러들 필요가 없다. 더 고민하고 연구하는 기회로 삼아야 한다. 슬럼프라는 것도 더 큰 열정을 쏟기 위해 준비하는 과정이라고 생각했으면 한다.

아이 둘을 키우며 육아 용품을 파는 K는 요즘 부쩍 우울감이 늘었다고 하소연한다. 육아에 전념하기 위해 다니던 직장을 그만두었지만 시간이 갈수록 허무한 일상 때문에 창업을 시작했다. 직장에 다닐 때는 인정받고 유능한 직원이었는데 엄마가 된 이후 자신감이 많이 떨어지고 불안감도 커진 듯 보였다. 그녀에게 내가 좋아하는 책 한 권을 선물했다. 힘들 때 읽으면 다시금 꿈을 생각해볼 수 있는 힘이 되는 책이다. 육아와 일을 병행하는 일은 힘들다. 남들 눈치 보고 직장 생활을 하는 것도 힘들고 홀로 시작하는 창업도 만만치가 않다. 하지만 어떤 일도 시작은 누구나 힘들다. 그리고 힘든 과정은 반드시 거쳐야 배우고 성장할 수 있는 법이다.

엄마는 늘 아이들을 염두에 두고 삶을 살아간다. 내 일에 열정을 쏟아내는 모습이야말로 가장 좋은 교육이 된다는 것을 생각했으면 한다. 지금 힘들지만 엄마니까 더 힘을 내었으면 좋겠다. 포기하지 않는 엄마의 모습은 아이들로 하여금 좋은 자존감을 선물해줄 것이 분명하다. 우리 자신 또한 성장을 통해 그럼에도 불구하고 해냈다는 성취감을 맛보며 자존감을 높일 수 있을 것이다.

꽃은 다시 피기 위해 지는 것이다. 그리고 인생을 살면서 한 번의 꽃만 피우라는 법은 없다. 나는 계속해서 꽃을 피우기 위해 단 하루도 내 꿈을 잊지 않는다. 대한민국 여성들의 성장을 위해 동기부여를 해주는 작가, 코치, 강연가 그리고 대한민국 대표 여성 CEO가 되기 위해 오늘도 노력한다. 나를 찾는 고객에게 상품을 판매하고 나의 책을 읽고 나를 찾아오는 독자들에게 동기부여를 해주며 나를 불러주는 곳에서 강연을 하고 이렇게 책을 꾸준히 쓰고 있다.

몇 년 전만 해도 그저 평범했던 경력 단절 아줌마에 불과했던 내가 왜 이렇게 많은 일을 하게 되었을까? 나는 매일 나의 꿈을 잊지 않고 생각하고 끊임없이 상상했기 때문이다. 나는 평범하게 살지 않을 거라는 내면의 확신이 있었기 때문이다. 산후우울증으로 고통을 느끼면서도 나의 미래를 의심하지 않았다.

내가 원한다면 내가 꿈꾼다면 나의 꿈은 반드시 이루어질 거라는 믿음이 있었고 보란 듯이 멋진 인생을 살아가고 싶다는 불타는 욕망이 있었다. 그런 에너지가 지금의 열정 가득한 나를 만들었다. 이 책을 펴냄으로써 더 좋은 일이 많이 생길 것이며 나는 더 성장할 거라는 확신이 있다. 더 많은 사람들에게 용기를 주고 더 넓은 세상으로 나아가게 될 것을 안다.

꿈이라는 것은 나를 또 다른 세계로 데려다주는 역할을 한다. 꿈이 없이 살았다면 그저 어제와 같은 일상에서 비슷한 생각을 하면서 살았을 것이다. 하지만 나는 어제와 같은 공간에 앉아 있더라도 어제와 같은 생각을 하지 않는다. 더 나은 미래를 떠올리고 생생하게 상상하고 오늘 하루를 더 생산적으로 보내기 위해 노력한다. 꿈이 있는 사람은 보이는 것이 전부가 아니다. 내면에 더욱 커지는 열정은 걷잡을 수 없는 긍정의 에너지를 만들어낸다.

40대가 되어 나는 오히려 20대, 30대보다 기운이 샘솟는 것 같다. 주위 남자들을 보면 40대에 기운이 많이 빠지고 불안함도 많아 보이는데 나는 반대다. 아마도 엄마가 되면서 인생 공부를 많이 해서 그런 게 아닐까 생각한다. 20대에는 직장에 목숨 걸었고 인생을 멀리 내다보는 눈은 부족했다. 30대에 결혼에 대한 큰 기대를 가졌지만 어떤 기대도 채우지 못하고 어설픈 엄마가 되었다. 신세를 한탄하며 어울리지 않게 우울감을 가지고 몇 년을 살아갔지만 그런 시간 속에서 나 자신을 찾을 수 있었다.

지금도 내 인생에 큰 비전을 품고 매일 노력하고 있는 중이다. 이렇게 매일 틈틈이 책을 쓰는 것도 포함된다. 눈을 뜨면 독서를 하며 하루를 시작하고 그날 해야 할 일의 우선순위를 정하고 어떤 일이 있어도 해내기 위해 애쓴다. 엄마로 10년을 살아보니 내면이 더욱 단단해지고 내 인생에 대한 책임감이 더 커짐을 느낀다. 남편도 아이도 내 인생을 책임지지 못한다는 것을 너무나 잘 안다. 내가 내 인생을 구제해줄 최고의 전사라는 생각이 든다. 누구보다 내가 가장 투자할 만한 가치가 있는 존재라는 것을 30대가 넘어서야 깨달았다. 인생, 참 살아볼 만하다. 나이는 거저먹는 것이 아닌가 보다. 더 젊지 않아도 피부가 더 탱탱하지 않아도 나는 더 아름다운 인생을 더 멋진 삶을 살아갈 수 있다는 자신감이 있으니 더 이상 무엇이 더 필요하랴.

평생 배움에 대한 열린 마음으로 살아가는 사람이 바로 청춘이다. 성공과 실패가 사람을 나누는 기준이 아니라 배움에 대해 마음이 열린 사람과 그렇지 않은 사람으로 나뉘어져야 한다. 우리는 매일 끝없이 성공과 실패를 경험하며 살아가기 때문이다. 늘 배움의 자세를 가진 사람에게 실패란 없다. 자만하게 만드는 성공 또한 없는 것이다. 내 인생에 꽃이 졌다는 생각이 든다면 다시 한 번 더 힘을 내어 꽃을 피워보는 것이 어떨까.

　　　　　　　　　　여자의 인생을 바꾸는 자존감의 힘

05

똑똑한 여자는 가슴 뛰는
삶을 포기하지 않는다

어제는 오랜만에 열정이 가득한 독자와 데이트를 했다. 그녀는 현재 금융권에서 일하고 있는 20대 후반의 직장인이다. 쇼핑몰을 준비하기 위해 책을 찾아 읽었고 나를 찾아왔다. 다양한 그녀의 이력에서 열정이 가득한 사람이라는 것을 알 수 있었다. 현재에 머물지 않고 자신의 꿈을 찾아가는 그녀에게서 많은 에너지를 느꼈다.

나는 책이 연결해준 다양한 사람들을 만난다. 열정이 가득한 사람들은 보통 한 번의 시련은 겪는 것 같다. 자신의 인생에 대해 깊이 있게 고민하게 만드는 불행한 기억이 하나는 있었다. 하지만 어떤 사람은 그런 기억으로 인해 자존감이 낮아지고 심리적으로 불안한 삶을 살아가는데 또 어떤 사람은 그럼에도 불구하고 자신의 인생을 살아가기도 한다. 고난과 역경이 우리의 자존감을 빼앗아가는 것이 아니다. 상황을 대하는 우리의 태도와 생각이 나를 작아지게 만들고 불안하게 만드는 것이다.

나는 대학시절 추억을 떠올리면 아르바이트 했던 추억이 가장 많이 생각난다. 대학에 들어가서 스스로 용돈을 벌고 학비에 보태기 위해서 수많은 아르바이트를 했었다. 방학 때면 하루 8시간씩 옷가게에서 일을 했고 커피숍, 과외, 초콜릿 공장, 레스토랑 등 다양한 곳에서 일했다. 잠시 스쳐지나가는 곳이지만 최선을 다했고 일하는 곳에서 꼭 필요한 사람, 없으면 아쉬운 사람이 되기 위해 노력했다.

하루는 방학이라 레스토랑에서 오전부터 오후까지 일을 했었는데 저녁시간에 일손이 모자라 밤까지 거의 12시간을 일한 적이 있었다. 하루 종일 서서 일을 하느라 체력적으로 힘들었지만 다음 학기를 잘 보내기 위해서는 현재를 감수할 수밖에 없었다. 어느 날은 학과 친구가 선배들과 레스토랑에 놀러와서 우연히 마주친 적이 있었다. 누구는 돈을 벌려고 이렇게 하루 종일 일하는데 누구는 놀러 다니느라 바쁜 모습을 보며 자존심이 상하기도 했다. 경제적으로 풍족하게 생활하는 친구들이 부럽기도 했지만 그들보다 사회 경험을 더 많이 쌓는다는 생각으로 생각을 바꾸며 보람을 느꼈다.

나를 좋아하던 남자들이 아르바이트하는 곳에 찾아와 매상을 올려주기도 했고 끝나는 시간에 밖에서 나를 기다리기도 했지만 나는 연애보다는 일이 더 소중한 대학생이었다. 서비스업종에서 아르바이트를 하며 사람들을 많이 상대하다 보니 승무원 시절 힘들

여자의 인생을 바꾸는 자존감의 힘

었지만 그런 경험들이 큰 힘이 되었다. 어떤 고생도 헛되지 않다는 것을 알게 되었고 나의 모든 경험들은 나를 채워가기 위해 반드시 필요한 과정이라는 생각이 들었다.

어머니는 고된 시집살이를 하며 우리 삼 남매를 키우셨다. 그런 모습을 보고 자랐기 때문에 꼭 성공해서 효도해야겠다는 생각을 가슴에 품고 자랐다. 지독한 가난과 고통 속에서 원하는 꿈을 이룬 사람들의 이야기를 책을 통해 많이 접하면서 어떤 환경도 인내와 끈기로 노력하는 사람에게는 장애물이 되지 않는다는 것을 어린 나이에 이미 깨달았던 것 같다. '무엇 때문에'가 아니라 '그럼에도 불구하고' 해낸다는 마음이 얼마나 중요한 것인지 말이다.

지금 책을 쓰고 있는 이 순간에도 나는 가슴이 뛴다. 키보드 자판을 두드리며 한 글자 한 글자에 나의 열정과 에너지를 담는 내내 내면 깊숙이에서 열정이 계속 생겨나는 기분이다. 나는 평생 100권의 책을 쓰는 것을 목표로 하고 있다. 이제 겨우 세 권째 쓰고 있지만 이런 나의 목표가 있기에 한 권 한 권 쓰는 마음이 힘들지가 않다. 당연히 나의 일상을 채워야 할 작업이자 삶의 과정이라는 생각이다. 새롭게 만날 독자들과 대화를 하는 마음으로 내 마음과 내 열정을 책에 담는다. 지금도 힘겨워하는 대한민국 여자들을 위해 한 줄기 빛을 전해주기 위해서 쉬지 않고 책을 쓰고 있다.

오늘은 아침부터 기분 좋은 소식이 있었다. 작년에 책 쓰기 코치

일을 하면서 내가 초고를 검토해주었던 작가님이 책 출간 소식을 전해왔다. 쇼핑몰 일과 코칭 일에 전념하기 위해 병행하던 일을 그만둘 수밖에 없었는데 일을 그만두고 나서도 많은 연락이 온다. 아마도 진심으로 그들을 응원하고 도움을 주려고 애썼기 때문인 것 같다. 고맙고 감사한 일이다. 출간 소식을 전해 듣고 바로 인터넷 서점으로 들어가서 구매하고 인증 샷을 보내주었다. 내가 출간 후 첫 번째 독자라고 했다. 그리고 나와 같은 삶을 살아가겠다는 그녀의 말에 코끝이 찡해졌다.

나 역시 처음 책을 냈을 때, 소식을 전해준 수많은 사람 중 가장 먼저 책을 구매해준 사람을 잊지 못한다. 내가 힘들게 쓴 책을 대하는 다양한 사람들의 반응 속에서 그저 말로만 축하해주는 것이 아니라 직접 구매하고 읽고 소감을 말해준 사람이 정말 감사했다. 나는 나에게 출간 소식을 전해주는 작가님들에게 그런 행복감을 주고 싶다. 당신의 책을 기대하고 있었고 정말 응원하고 있다는 내 진심을 전해주고 싶다.

일은 그만두었지만 내게 많은 사람이 남았다. 좋은 소식이 있으면 알려주고 내게 좋은 일이 있어도 알아보고 축하해주는 사람들이 있다. 나이가 들면서 열정을 쏟는 일에는 반드시 사람이 남는다는 것을 깨달았다. 사람이 남지 않는 일은 제대로 된 열정을 쏟은 것이 맞는지 다시 생각해보아야 할 것이다. 우리는 대부분 사람들에게 인정을 받을 때 자존감이 높아지는 것을 경험한다. 내가 누

여자의 인생을 바꾸는 자존감의 힘

나를 사랑하는 여자는 어떤 순간에도
자신을 포기하지 않는다.
그래서 힘들어도 고통스러워도
열정을 쏟을 수 있는 일을 찾게 되는 것이다.

군가에게 도움이 된다는 것, 내가 이 사회에 꼭 필요한 사람이라는 자부심, 나의 진심을 다른 누군가에게 전달하는 것 모두가 우리에게 좋은 자존감을 심어준다. 자신에게 떳떳하게 온 열정을 쏟아 최선을 다할 때 많은 부분들이 뒤따라온다고 믿는다. 사람도 자존감도 자신감도 자부심도 말이다.

오늘은 날씨가 여전히 많이 추웠다. 생각할 것이 많아서 추운 날씨에도 많이 걸었다. 추위에 얼굴이 너무 차가웠지만 걸으면서 많은 고민들이 해결되고 스트레스도 풀리는 것 같았다. 몸을 움직이면서 생각을 하니 머릿속에 부정적인 마음보다 긍정적인 마음이 더 많이 생긴다는 것을 몸소 체험하는 날이었다. '그래, 무엇이든 잘 해결된다'는 마음을 매일 수십 번씩 되새긴다. 특히 잠들 때, 스스로에게 용기가 되는 글귀를 보고 마음속으로 여러 번 외치고 잠이 든다. 그러면 아침에 일어날 때 좋은 기운을 가지고 눈을 뜰 수 있다. 하루를 건강하고 활기차게 시작할 수 있다.

오늘 아침에 라디오를 들으니 많은 여자 예능인들이 활동을 하면서 자존감이 낮아지는 경험을 한다는 얘기가 나왔다. 남자 예능인들에게는 예능인으로서의 능력을 가장 중요하게 보지만 여자 예능인에게만큼은 여자로서의 매력을 어필하기를 기대하기 때문이다. 남자와 동등한 입장에서 웃음을 주고 싶은데 뭔가 다른 시선으로 바라보는 느낌이 자존감을 무너뜨린다는 것이다. 여자들 스

여자의 인생을 바꾸는 자존감의 힘

스로가 무엇이 잘못되었는지 깨닫고 세상에 외치는 현실에서 언젠가는 여자 예능인들에게 기대하는 편견들도 사라지겠다는 희망이 생긴다.

나를 사랑하는 여자는 어떤 순간에도 자신을 포기하지 않는다. 그래서 힘들어도 고통스러워도 열정을 쏟을 수 있는 일을 찾게 되는 것이다. 나 역시 내가 살아 있다고 느낄 때는 어떤 일에 몰두할 때이다. 부정적인 생각이 나의 머릿속을 잠식할 만큼 힘든 상황에도 나는 미친 듯이 어떤 일에 에너지를 쏟으며 고통을 스스로 희석시킨다. 그렇지 않으면 고통이 나를 삼켜버릴 것이 분명하기 때문이다. 정말이지 인생은 짧고 할 일은 많다. 우리는 자신의 인생을 위해 심장의 온도를 높아야 한다. 특히 시시때때로 시련과 마주하는 여자일수록 심장의 온도를 자주 체크해야 할 것이다. 똑똑한 여자는 가슴 뛰는 삶을 포기하지 않는다. 자존감을 잃게 만드는 그 어떤 것에도 굴복하지 않는다.

나를 찾기에
늦은 나이란 없다

어제는 과천에 있는 '여성비전센터'에서 〈여성 소규모창업 토크 콘서트〉를 하고 왔다. 강의를 신청한 사람들은 대부분 40대, 50대 경력 단절 여성들이다. 경력 단절이 짧게는 몇 년, 길게는 20년이 된 분도 있었다. 하지만 창업을 하려는 그들의 열정은 20대 못지않았고 강의 내내 나 또한 많은 에너지를 얻을 수 있어서 좋았다. 결혼 전에는 능력을 인정받고 누구보다 멋진 커리어우먼의 삶을 살았지만 결혼 후 자신을 꿈을 잊고 살면서 자존감마저 무너진 사람들이 많았다. 나이는 숫자에 불과하다며 새로운 도전을 하려는 그녀들을 크게 응원한다.

76세에 그림을 그리기 시작해 101살까지 1,600점의 작품을 남긴 할머니가 있다. 그녀는 88세에 올해의 젊은 여성, 93세에 《타임》지 표지 모델이 된 모지스 할머니다. 그녀는 이렇게 말한다.

여자의 인생을 바꾸는 자존감의 힘

"좋아하는 일을 천천히 하세요. 때로 삶이 재촉하더라도 서두르지 마세요."

그녀는 어릴 때부터 그림을 좋아했지만 나이가 들어서야 하고 싶은 일에 도전할 수 있었다. 생계를 위한 일을 하며 살았던 삶을 원망하지 않았기에 현재를 미워하지 않고 행복한 삶을 살 수 있었다고 한다.

당장 하고 싶은 일을 하라고 해서 그렇게 할 수 있는 사람이 얼마나 될까? 그렇게 살아갈 수 없는 수많은 사람들은 가족을 위해, 생계를 위해 하고 싶지 않은 일도 기꺼이 감수하며 살아가고 있다. 하지만 현실을 원망하기보다는 자신이 원하는 일을 꾸준히 찾아가면서 여유를 가지며 준비하는 자세가 필요하다. 지금 당장 원하는 일을 하지 못하면 어떤가. 결국 하게 될 거라는 믿음이 있다면 시간이 걸려도 그런 희망으로 행복할 수 있는 게 아닐까. 오히려 조급함이 우리의 성장을 가로막는 것이다.

20대를 만나도 30대를 만나도 40대를 만나도 늘 같은 말을 한다.

"지금 시작하는 것이 너무 늦은 건 아닐까요?"

그 누구도 지금이 늦은 건 아닌데 말이다. 지금보다 더 빠른 시기란 없는 법이니까. 나의 진짜 인생은 30이 넘어서 시작되었다. 20대보다 더 많은 도전을 30대에 했다. 무기력하고 우울할 때 나는 블로그에 글을 쓰기 시작했다. 혼자 생각하는 것들을 블로그에 쓰기 시작하면서 다양한 사람들과 소통할 수 있었다. 나의 글로 위안을 얻었다고 하는 사람도 있었고 도움을 얻었다고 말해주는 사람도 있었다. 혼자만의 생각을 글로 옮겼을 뿐인데 내 생각을 공감해주는 이들이 많아 오히려 내가 위로를 얻었다.

블로그에 상품을 판매하고 일상 글로 이웃들과 공감하며 하루하루 즐겁게 일할 수 있었던 것 같다. 나만의 스토리를 만들어가는 블로그라는 공간이 너무 좋았고, 누구의 간섭도 받지 않고 혼자 일할 수 있다는 것도 너무 감사했다. 20대에는 직장에 다니면서 오로지 회사 일만 생각하면서 여유 없이 살았지만 오히려 힘든 시간을 겪었던 30대에 나는 나의 꿈을 이루기 위한 진짜 인생을 살아가게 된 것이다. 누구의 지시도 간섭도 받지 않고 오로지 나의 열정 하나로 시작한 나의 일은 내가 다시 살아 있다는 것을 느끼게 해주었다.

첫 번째 개인저서 《나는 블로그 쇼핑몰로 월 1,000만 원 번다》를 출간하고 처음으로 저자 강연회를 하는 날이었다. 태어나서 이렇게 많은 사람들 앞에서 강연을 하는 것이 내겐 처음 있는 일이었다. 사회생활을 하면서도 그럴 기회는 없었고 결혼과 출산 후 더더욱 그럴 기회는 없었기 때문이다. 저자 강연회를 열기 한 달 전부터 늘 긴장감에 시달리며 지냈다. '과연 잘해낼 수 있을까?' 하는 의문이 들었기 때문이다. 저자 강연회 때 도움을 주셨던 분이 내게 했던 조언이 많은 도움이 되었다. 저자 강연 연습을 하며 누구보다 내게 자신감을 주었고 나에게는 많은 잠재력이 있다고 말해주었다.

여자의 인생을 바꾸는 자존감의 힘

지금 생각해보며 그녀의 그런 응원과 용기 주는 말이 나를 넘어서는 데 큰 힘이 되었던 것 같다.

저자 강연회 날, 너무 긴장한 나머지 정신이 몽롱할 정도였다. 60여 명이 나를 기다리며 강연장에 앉아 있는데 입장을 하면서도 내 정신이 아니었다. 심호흡을 하며 나의 이야기를 하기 시작하니 어느 덧 긴장이 풀리기 시작했다. 시간이 지날수록 나의 이야기에 공감하고 고개를 끄덕이는 사람들과 눈을 맞추며 마음이 한결 편안해지기 시작했다.

내가 지금껏 살아온 이야기, 힘들지만 도전했던 스토리를 들려주며 스스로 동기부여를 많이 받는 시간을 보냈다. 마지막에 내가 좋아하는 감동적인 문구를 함께 읽으며 눈물을 흘리는 여자들을 보았다. 그녀들이 내 이야기에 많은 공감을 해주고 강연 시간동안 자신의 꿈을 들여다보고 있었다는 것을 알 수 있었다. 내 나이 30대 그것도 후반에 접어들어 나는 새로운 도전을 시작했다. 대중과 소통하며 그들에게 동기부여를 해주는 진정한 동기부여가로서의 삶을 시작한 것이다.

요즘은 독자들로부터 문자나 메일이 자주 온다. 연령대는 다양하다. 하는 일도 다양하다. 책의 주제와 상관없는 일을 하는 사람들이 책을 구매해서 읽었다는 말을 전해 들으면 그렇게 감사할 수가 없다. 사람은 대부분 자신의 관심분야 외에는 신경 쓰는 것이 쉽지 않기 때문이다. 그것도 책을 읽고 그 느낌을 말해준다는 것이 참 감사하다.

얼마 전에는 미용실을 운영하는 한 중년의 여성분이 블로그에 글을 남겼다. 미용실을 운영하면서 요즘 참 무기력하다 느꼈었는데 책을 읽으면서 동기부여를 강하게 받았고 더 열심히 살아갈 열정을 충전했다는 말에 정말 행복했다. 물론 좋은 얘기만 하는 독자들만 있는 것은 아니다. 조금은 마음이 상하는 말을 하는 사람도 있다. 하지만 진심을 담아 답장을 보낸다. 그런 나의 답장에 "우문현답에 감사하다"는 말을 전해주기도 한다. 어떤 글과 말이든 나에게 관심을 가져준다는 것에 감사할 뿐이다.

어쩌면 남자들의 인생보다 여자들의 인생에 굴곡이 더 많아 보인다. 학창 시절에는 참 비슷한 삶을 살았었는데 어느 순간부터 여자들은 방향을 잃고 길을 가다가 다시 방향을 찾아 가는 일을 반복하는 것 같다. 결혼을 해서 많은 부분을 희생당하기도 하지만 결혼하기 전부터 미리 체험을 시작하기도 한다. 학교를 졸업하는 순간부터 험난한 인생이 기다린다. 같은 여자들도 여자보다는 남자를 채용하는 편이 훨씬 안전하다고 느끼는 경우가 많기 때문이다.

하지만 방향을 잃은 여자들도 나이를 먹으면서 자신을 찾아가는 경우가 많다. 40대에 가장이 되어 어쩔 수 없이 사회생활을 다시 시작하거나 처음 시작해야 하는 여자들도 흔히 보인다. 그러니 여자의 인생은 40부터라고 해도 무리가 아닐 듯하다. 20대, 30대 때 많은 기회를 잃더라도 절망하지 말아야 하는 이유다. 자신의 진짜 일을 찾기 위해 애를 쓰는 시간으로 생각해야 한다. 나를 알지 못하면 나의 일도 영원히 찾지 못한다.

여자일수록 우리는 탄탄한 자존감을 가져야 한다. 평생 잃지 말아야 하는 것 중 첫 번째가 바로 자존감이다. 끊임없이 편견에 대항해야 하고 현실을 바꾸어나가야 할 존재가 바로 여자이기 때문이다. 그런 엄마의 모습을 보면서 우리의 자녀들은 더 나은 세상에서 살아갈 수밖에 없다. 위대한 여자는 더 많은 위대한 여자들을 만들어내고 더 많은 일에 도전하게끔 한다. 더 많은 기회를 누리기 위해서 우리 스스로가 먼저 노력해야 하는 것이다.

나는 대학이나 군대에 강의를 가서도 꼭 말해준다. 꿈을 이루는 데 늦은 나이란 없다는 것을 말이다. 인생은 장기전이다. 지금 당장 남들보다 부족하다고 실망할 필요가 없다. 오늘 당장 할 수 있는 노력을 조금씩 하다 보면 어느 순간 놀랄 만큼 성장한 자신을 만나게 될 것이다. 상황도 나이도 탓하지 말고 지금 당장 내가 원하는 것이 무엇인지 들여다보자. 외적인 젊음은 영원한 것이 아니다. 나이가 들면 외적인 젊음보다 더 중요한 것을 찾게 된다. 그때는 몰랐던 또 다른 세상을 만나고 깨닫는 날이 온다. 현재 잃은 것에 집중하지 말고 새롭게 끌어안아야 할 것에 집중하자. 나를 찾기에 결코 늦은 나이란 없다.

이 세상에 깨지지 않는
유리천장은 없다

'유리천장'이라는 말을 많이 들어보았을 것이다. 유리천장은 '눈에 보이지 않지만 결코 깨뜨릴 수 없는 장벽'이라는 의미로 사용되는 경제 용어다. 능력과 자격을 갖추었지만 조직 내에서 여성에 대한 부정적인 인식으로 인해 승진이 차단되는 상황을 비판적으로 나타내는 말이다.

아주대 의대 연구교수 박은정(50) 씨는 글로벌 정보분석기업 클래리베이트 애널리틱스가 선정한 '2017년 연구성과 세계 상위 1% 연구자(HCR)'에 오른 한국 최고 과학자 32인 중 한 명이다. 그녀는 흙수저 출신에 경력 단절 주부였고 계약직 연구 교수다. 대학을 졸업하고 한국전력에 별정직으로 입사했지만 입사 1년도 못 되어 첫 아이를 임신하자 연수원으로 발령 나 퇴사했다. 아이가 세살이 지나서 모교 약대 대학원에 입학했다. 하지만 아이가 백혈병

여자의 인생을 바꾸는 자존감의 힘

에 걸려 중간에 공부를 쉬어야 했다. 시부모님은 췌장암으로 세상을 떠났고 시아버지는 식도암 말기 판정을 받았다. 간병을 하며 힘든 시간을 보냈다.

그녀는 석사 졸업 후 8년이 지난 36세 때 박사과정에 다시 도전했다. 가족의 계속된 발병이 궁금했던 그녀는 나노 독성학을 연구했다. 경력 단절 연구교수 신분인 그녀는 끊임없는 도전과 열정으로 수많은 성과를 만들어냈지만 나이 쉰이 된 비명문대 출신의 '경력 단절녀' 박사를 환영하는 곳은 없다. 하지만 그녀는 좁은 연구실이지만 지금의 삶에 만족한다고, 그리고 노벨상 한번 받아보겠다고 말한다. 이 세상에 깨지지 않는 유리천장은 없다는 것을 그녀의 인생으로 인정해 보이고 있다.

인생에서 중요한 것은 얼마나 좋은 조건을 가지고 태어났는가가 아니라 열악한 조건에서도 어떻게 나쁜 조건을 극복하느냐라고 생각한다. 우리가 봤을 때 부러울 정도로 모든 것을 다 가지고 태어난 사람이 그리 만족스러운 인생을 살지 못하는 경우도 많다. 애쓰지 않아도 원하는 것을 가질 수 있는 사람에게 그 이상의 열정이 필요할까? 검증된 인생은 가치가 없다고 플라톤이 말하지 않았던가. 답을 알 수 없기에 인생은 살아갈 만한 것이라고 생각한다. 인생에 한계라는 것은 남이 아닌 스스로가 만들어내는 것이라는 것을 알아야 한다.

나는 금수저가 아니라서, 나는 외모가 훌륭하지 않아서, 나는 남들보다 머리가 나빠서 등 이런저런 핑계로 자신을 자신이 만들어놓은 한계에 가둬두고 날개짓도 못하게 막는 건 아닌지 생각해보라. 팔다리가 없어도 그림을 그리는 사람이 있고 머리가 나빠도 남들보다 열 배 백 배 노력해서 그 이상을 해내는 사람이 있다. 가진 것이 없는 부모 밑에서 태어나서 환경에 굴복하며 살아가는 사람이 있는 반면에, 그 환경에서 벗어나기 위해 간절함을 동력으로 이용하는 사람도 있다.

나는 새로운 일을 도전할 때 누군가 불가능한 일이라고 말하면 오히려 오기가 생긴다. 불가능하지 않다는 것을 내가 보여줘야겠다는 생각이 든다. 사람은 죽기 전에 자신의 잠재능력을 단 몇 %만 사용하다 죽는다는데 더 많은 능력을 끄집어내려는 노력을 게을리하지 말아야 한다. 그게 내 인생에 죄를 짓지 않는 것이다. 남에게만 배려하는 인생이 아니라 자신의 인생에 대한 기본 배려가 훨씬 중요하다.

한국뿐 아니라 세계 클래식계에서 여성 지휘자들이 활약하기까지 오랜 시간이 걸렸다. 한국에서는 1989년 김경희가 대전시향을 객원 시휘하면서 시작되었다. 김경희는 그동안의 편견을 깨고 동양 여성으로 처음 독일 베를린국립음대 지휘과를 졸업하고 남성의 구역에 첫발을 내디뎠다. 그 뒤 장한나, 성시연 등 여성 지휘자들이 늘어나고 있는 추세다. 스타 첼리스트였던 장한나는 2007년 지휘자로 데뷔한 후 세계적으로 인정받는 여성 지휘자가 되었다. 남성 지휘자들의 변하지 않는 편견 속에서 여자들은 계속해서 도전하고 있다. 여성 지휘자들은 아직도 보수적인 클래식계에서 싸우며 자신의 입지를 높여가고 있다.

신문에 반가운 기사가 올라왔다. 여성의 '투쟁'을 지원하는 단체 '타임스 업(time's Up)의 출범을 알리는 선언문이 《뉴욕타임즈》에 실렸다고 한다. 내로라하는 할리우드 배우들이 올린 광고였다. 선언문에서 이들은 "남성 중심의 일터에 진입해 승진하고, 단지 인정받기 위한 여성의 투쟁은 끝나야 한다"며 "뚫을 수 없을 것 같았던 남성 독점의 시간은 끝났다"고 주장했다. 이들은 조직적인 성 불평등과 권력의 불균형을 해소하고 전 영역에서 여성 리더의 숫자를 늘려야 한다고 주장한다.

'타임스 업'의 목표는 2020년까지 엔터테인먼트 회사에서 남녀 임원 비율을 똑같이 하는 것을 목표로 한다. 기사를 읽는 내내 부럽다는 생각이 들었다. 아름다움을 너머 여성들의 권리를 위해 투쟁하는 그녀들이 멋져 보인다. 정말이지 남성 독점의 시대가 끝나는 것은 당연한 시대의 흐름이라는 생각이 든다.

세계적인 스타 셰프는 남성들이다. 국내 특급호텔의 총주방장 자리 역시 여성이 넘볼 수 없는 자리였다. 하지만 제주 신화월드 F&B총괄 디렉터 안나 김(48)이 편견을 깼다. 그녀는 건축으로 유

어쩌면 중요한 모든 일은 남자보다는
여자의 결정권이 더욱 중요하다는 생각이 든다.
그러니 여자들은 끌려다니기보다 더 큰 목소리를 내어
당당하게 생각을 말하고 의견을 주장해야 한다.

학을 갔지만 아르바이트로 지중해 음식점에서 일을 하며 자신의 천직이라고 느꼈다. 결국 학교를 그만두고 요리에 뛰어들었다. 그녀는 4년 동안 190번의 크루징을 하며 36개국의 요리를 만들면서 많이 배울 수 있었다고 한다. 한 언론과의 인터뷰에서 여자라서 어려운 점은 없냐는 질문에 이렇게 답했다.

"오히려 안정성 같은 여성적 덕목은 도움이 됐다. 남자는 갑자기 욱하고 사고를 치기도 하지만 여자는 근무 태도가 일정하고 요리도 섬세하다."

그리고 어제 값비싼 미쉐린 레스토랑에서 맛있게 먹었다고 오늘 먹는 몇 천 원짜리 김치찌개가 맛없는 건 아니며 셰프는 모든 고객에게 인상적인 요리를 해야 한다고 말한다. 여성이라서 불리한 것이 아니라 오히려 여성이라서 섬세함이 강점이 될 수 있음을 보여준다. 여자라서 안 되는 세계는 존재하지 않는 것 같다. 단지, 그런 편견이 여자들로 하여금 도전하지 못하게 만드는 것이다. 여자일수록 사회의 편견을 깨뜨려야 한다. 우리 스스로 한계를 만들어내서는 안 된다.

박나래(32)는 무명생활 10년 만에 남성 중심의 예능계에 새로운 바람을 몰고 왔다. MBC방송연예대상에서 여성으로는 8년 만에 대상 후보에 올라 버라이어티 부문 여성 최우수상을 수상했다. 그녀는 '개그우먼'이라는 말을 쓰지 않는다고 한다. 같은 연예인이면서 여자를 강조하는 틀을 깨고 싶었기 때문이다. 여성과 남성이 아닌 개그맨으로서 주관을 가지고 성장하는 그녀에게 큰 박수를 보내고 싶다.

얼마 전 청와대에서 저출산, 고령사회위원회의 첫 간담회가 열렸다. 눈에 띄는 점은 스타트업을 운영하는 20대 여성 대표가 위원으로 선정되었다. 그녀는 첫 모임에서 "출산할 권리보다 낙태할 권리에 더 관심이 많다"고 말했다. 출산율이 높을 때는 낙태를 장려하다가 출산율이 낮아지자 출산을 장려하며 여성의 자기 몸에 대한 결정권을 인정하지 않는 현실에 반기를 들었다. 참 공감이 된다.

20대 여성들이 어떤 생각을 가지고 있는지 그녀의 인터뷰에서 나 역시 많은 것을 깨닫게 되었다. 우리 세대는 일을 하면서 육아를 하는 것 또한 당연하게 여겼지만 지금의 20대들은 그렇지 않다. 현재 이미 1인 가구가 40%를 넘었다. 누군가의 삶을, 가족일지라도 책임진다는 것이 참으로 부담스러운 일로 받아들여지고 있다는 느낌이 든다. 최종적인 결정권을 가지고 있는 사람들은 아무래도 지금 청년들의 현실을 살아보지 못한 사람이다. 그런 의미에서 20대 미혼 여성을 위원으로 선정한 것이 마음에 든다. 그저 보여주기 식이 아니라 정말 그들의 현실을 공감하며 실질적인 대책을 마련할 수 있는 기회가 되었으면 하는 바람이다. 저출산 해결을 위해 청년들에게 결혼을 해서 아이를 낳으면 어떻게 해준다는 식이 아니라 결혼 전에 결혼하고 싶은 현실을 만들어주고 결혼을 하고 아이를 낳아도 충분히 행복하게 살 수 있다는 믿음을 가지도록 해주

여자의 인생을 바꾸는 자존감의 힘

어야 하지 않을까.

　당당하게 할 말을 하는 그녀를 보니, 우리 자녀들의 미래에 조금은 희망이 생기는 것 같다. 어쩌면 중요한 모든 일은 남자보다는 여자의 결정권이 더욱 중요하다는 생각이 든다. 그러니 여자들은 끌려다니기보다 더 큰 목소리를 내어 당당하게 생각을 말하고 의견을 주장해야 한다. 세상을 움직이는 것은 여자라는 나의 생각과 믿음은 앞으로도 깨지지 않을 것 같다. 여자들이여, 우리가 당연하다고 여기지 않는 이상 우리가 깨지지 않는 유리천장을 바라볼 일은 없을 것이다.

하이힐을 신고
사다리를 올라라

요즘은 드라마에서도 성공을 향한 큰 욕망을 가진 여자를 멋지게 그려내고 있다. 예전에는 남자의 성공을 위해 헌신하는 여자의 모습을 많이 그렸지만 지금은 많이 달라졌다. 성적인 면을 부각시키기보다 자신의 성공을 삶의 최고 목표로 살아가는 주체적인 여자의 모습을 볼 수 있어서 좋다. 요즘 JTBC에서 방영 중인 드라마 〈미스티〉의 여자 주인공이 했던 대사가 가슴에 파고든다.

"나는 살아오면서 더 이상 앞으로 나갈 수도 물러설 수도 없는 상황을 여러 번 만났다. 그럴 때 도망치거나 피하지 않고 정면 돌파했다. 그래서 지금껏 한 번도 진 적이 없다."

자신의 자리를 지켜내기 위해 벼랑 끝에서도 포기하지 않고 방법을 찾아내고야 마는 그녀를 보면서 내 심장이 마구 뛰었다. 남자의 성공은 나이와 상관없이 치켜세우면서 어리지 않은 여자가 끝까지 포기하지 않고 자리를 지켜내려는 의지를 억척스럽고 보기 흉하다고 생각하는 사람들이 얼마나 많은가. 그런 여자들을 보면서 욕했던 사람들도 드라마 속 주인공을 보면서는 내심 통쾌함을 느끼는 것 같다. 내 옆에 있는 여자가 아니라서 조금은 더 객관적으로 바라볼 수 있기 때문이 아닐까 하는 생각이 든다.

대부분의 여자들은 힘든 순간 정면 돌파하지 못한다. 나 역시 그랬다. 나를 제외하고 아무도 내 길이 옳다고 말해주지 않아도 굴복하지 않고 내 길을 가지 못했다. 스스로 나약한 선택을 할 때마다 자기변명으로 어쩔 수 없었다고 위안을 하곤 했다. 우리는 자신의 일을 지켜내기 위해 홀로 외로운 싸움을 견뎌내야 한다. 간절함, 절실함, 절박함이 없어서 자신의 자리를 지켜내지 못하는 것이다. 반드시 이루어내야만 하는 내 삶의 의미를 가지지 못했기 때문이다. 그저 멋있어 보이고 싶어서가 아니라 명확한 목표의식이 있어야 하는 것이다.

어떤 상황에서도 여자는 당당함을 잃어서는 안 된다. 실패가 두려워 시도조차 하지 않는다면 언젠가 우리가 인생을 마감할 때 분명히 후회를 하며 눈물을 흘릴 것이다. 베르톨트 브레히트는 말한다. "싸우면 때때로 패배한다. 그러나 싸우지 않으면 무조건 패배한다!" 내가 직장생활을 할 때 고속 승진을 했던 선배가 한 명 있었다. 사람들은 그녀를 말할 때 이렇게 표현하곤 했다. 승진을 위해서 자식도 내팽개치고 오직 회사에만 목을 맸다고 말이다. 한편으로는 부러움을 담은 표현이라는 생각이 들었다. 나를 비롯해서 대부분의 여자들이 육아를 위해 일을 버릴 때 누군가는 자신의 일을 지키기 위해서 남들에게 욕을 얻어가며 악착같이 버티는 것이다. 그렇게 원하는 것을 얻어도 시원하게 인정받기가 힘들다. 남자들이 초고속 승진을 하면 사회생활을 잘하는 것이고 왜 여자들이 초고속 승진을 하면 못된 엄마, 나쁜 아내가 되어야 하는지 안타깝다.

물론 우리가 자랄 당시의 아들과 딸에게 거는 기대가 달랐던 점을 무시할 수는 없다. 힘들게 공부를 시켜서 아들은 성공하고 딸은 성공적인 결혼을 시키는 것이 대부분의 부모님 마음이었으니까 말이다. 남들에게 지고 싶지 않았고 남들 놀 때도 열심히 공부했던 나는 누군가의 아내, 엄마가 되기 위해 열심히 살았던 것은 아니었다. 나도 사회에서 누구보다 멋진 커리어우먼으로 성공하고 눈부신 인생을 살아가고 싶었기 때문이다.

아마 내 또래 대부분의 여자들이 같은 마음이었을 것이다. 결혼 전까지는 말이다. 결혼을 하면서 현실에 굴복하고 가족을 위해 희생해야 한다는 마음이 강해지면서 자연스럽게 자신의 일보다는 가족을 먼저 생각하게 되었으리라. 누구보다 이기적이었던 여자들이 결혼 후에는 다른 사람이 되는 경우가 흔하다. 사회에서 그런 여자의 모습을 당연하게 바라보는 것도 이유다.

나도 한때는 한 집에 두 명에게 운이 오지 않는다는 그릇된 믿음으로 한 명이 잘 되어야 한다면 당연히 남편이 잘 되는 것이 우리 가족에게 바람직한 일이라는 생각을 했던 적이 있었다. 지금은 그런 과거의 내 생각에 동의할 수 없다. 한 명이 잘 되어야 한다면 당연히 내가 잘 되어야 한다는 생각이 강할 정도로 사고가 변했다. 내 인생은 그 누구도 책임지지 못한다는 것을 뼈저리게 느꼈기 때문이다.

엄마의 성장은 아이에게 희망을 준다. 무기력하고 꿈이 없고 자존감이 낮은 엄마를 바라보는 아이의 마음은 아프다. 엄마를 닮아가는 자신을 미워하는 지경에 이를 수도 있다. 어제 책을 쓰고 있는 내 모습을 보면서 아들이 말했다.

"엄마는 정말 멋있어! 나도 엄마처럼 작가가 될 거야. 나도 오늘부터 조금씩 책을 쓰기 시작할래."

아들은 여느 아이들처럼 핸드폰으로 게임을 하지 않는다. 내가 책을 쓰는 동안 혼자 그림책을 쓴다. 읽었던 동화책의 내용이나 혼자 상상했던 내용으로 자신만의 책을 쓴다. 나를 닮아 상상력이 풍부하다. 공부하라고 말하지 않아도 무언가를 하라고 시키지 않아도 스스로 좋아하는 일을 찾아서 하는 아들의 모습을 보면서 엄마의 마음 상태가 얼마나 중요한가를 다시 한 번 깨닫게 된다.

대한민국에서 여자가 경력 단절을 겪지 않고 직장에서 안전하게 승진의 사다리에 오르는 일을 쉽지 않다. 하지만 세상에 불가능은 없다고 생각한다. 나 스스로가 안 될 거라고 포기하고 안주하는 순간 기회는 없다. 하이힐을 신고 사다리에 오르는 우리의 동료들이 늘어갈수록 미래는 희망적이다. 그들을 시샘하고 깎아내리지 말고 진심으로 응원할 때 우리 사회에서 여자에게 주어지는 기회들이 더 자연스럽게 받아들여질 거라 믿는다. 여자의 적은 여자가 아니다. 우리는 힘든 상황에 놓였을 때 나도 모르게 나약해지는 자신과 경쟁해야 한다.

승무원 시절 나의 목표는 임원까지 올라가는 것이었다. 힘든 신입 교육을 마치고 비행을 하면서 나는 초심을 잃지 않고 머리끝에서 발끝까지 완벽한 용모와 복장에 신경을 썼고 매 순간 최선을 다했다. 나는 누가 보든 보지 않든 나 스스로 만족스러울 만큼 완벽한 이미지 관리를 위해 노력했다. 유니폼을 입은 이상 회사의 얼굴이라고 생각했기 때문에 회사에 누가 되지 않도록 노력했다. 구겨진 유니폼을 입는 날이 없었고 구두는 늘 광이 나고 머리카락 한 올도 빠져나오지 않도록 신경을 썼던 기억이 난다. 남들만큼 해서 남들보다 나을 수 없다는 생각이 늘 함께했다.

많은 여성들이 출산과 육아로 인해 사회를 떠난다. 나 역시 그랬지만 마음 한구석에는 나 스스로 더 이상 노력하는 것이 힘들어서 포기한 것도 사실이다. 육아를 핑계로 나를 더 성장시킬 수 있는 기회를 스스로 버린 것이다. 사회 조직에 남녀차별이 아직도 만연해 있지만 진정으로 실력 있는 여성들은 가차 없이 버려진다고 생각지 않는다. 스스로 포기했는지, 조직에서 불필요한 사람이어서 기

여자의 인생을 바꾸는 자존감의 힘

회를 잃었는지 스스로 생각해보아야 한다. 결혼을 핑계로 자신의 인생에 안일한 마음을 가진 것이 아닌지 말이다.

나처럼 뼛속까지 열정이 가득한 사람은 일시적인 판단으로 일을 포기했어도 결국엔 다시 제자리를 찾아가려는 습성을 가지고 있다. 잃어버린 시간만큼 아쉬움을 짊어진 채로 다시 사회로 나올 수밖에 없는 것이다. 지금 생각해보면 분명히 방법이 있었는데도 스스로 포기한 부분이 많았다. 하늘은 스스로 돕는 자를 돕는다고 했다. 간절한 사람에게는 어떤 환경도 장애가 되지 않는다. 길은 어떻게든 열리게 되어 있다.

아무도 가지 않는 좁은 길일지라도 용기와 끈기로 한 발씩 내딛는다면 어느 새 자신도 모르게 크게 성장할 수 있으리라 믿는다. 대한민국의 수많은 여자들이 지금 당장 조금은 더 힘들더라도 견뎌내고 자신의 능력을 스스로 저버리는 선택을 하지 않았으면 한다. 육아의 책임을 떠안고도 당당하게 성공할 수 있는 여자라면 그 어떤 남자의 성공보다 더 빛이 날 것이다.

여자 스스로가 "여자라서 불가능하다"라는 말을 하지 않았으면 한다. 회사 생활을 하든 창업을 하든 어디서도 인정받는 것은 성과지 남녀의 성별이 아니라는 것을 여자 스스로가 깨우쳐야 할 필요가 있다. 세상에 편견을 만들어내는데 우리까지 보탤 필요가 없지 않을까. 지금 포기하고 싶다면 포기해야 할 시점은 지금이 아니다.

이 순간을 버텨낸다면 분명 그 이상의 결과를 만들어낼 것이다. 우리에게 더 이상 한계는 없다. 우리 스스로가 인정하지 않는 한 하이힐을 신고 사다리에 오르지 못할 이유는 없는 것이다.

여자의 인생을 바꾸는 자존감의 힘

Chapter 4

여자의 인생을 바꾸는
7가지 자존감 수업

자존감 회복은
관계 회복으로부터 시작하라

나는 '따뜻한 말 한마디'에 대한 가치를 늘 생각한다. 죽어가는 사람을, 벼랑 끝에 서 있는 사람을 살릴 수 있는 것이 바로 따뜻한 말 한마디다. 누군가가 힘들어할 때 따뜻한 말 한마디를 건넬 수 있는 사람이라면 좋은 자존감을 가진 사람이다. 사람은 자신에게 없는 것을 남에게 줄 수 없다. 자신을 존중하는 사람, 자신을 따뜻한 마음으로 들여다볼 수 있는 사람이 타인의 마음도 감싸 안을 수 있다.

우리는 원하지 않는데 상대방에 의해 어쩔 수 없이 끌려가야 할 때 자존감의 손상을 입는다. 나 역시 사회생활을 하면서 그랬던 경험이 수도 없이 많았다. 하지만 관계에 의한 자존감 회복에는 용기가 필요하고 조금만 용기를 낸다면 생각처럼 무서운 일이 발생하지 않는다는 것을 깨달았다.

회사에서 선배나 상사에게 하고 싶은 말을 제대로 하지 못하고 불이익을 당할 때 자존감이 많이 낮아지는 경험을 하게 된다. 먹고 사는 문제가 급선무다 보니 하고 싶은 말 다 하면서 사회생활을 하는 사람은 아마 대한민국에 없을 것이다. 그렇기에 그런 심리를 악용해서 자신의 이익만을 챙기는 사람이 너무 많다.

내가 아는 K는 조직에서 부하직원을 통해 자신을 증명하는 것을 가장 큰 가치로 생각하며 살아가는 사람이다. 자신이 어떤 말을 하든 무조건 호응을 하고 잘한다는 칭찬을 들어야 만족감이 생기는 것이다. 자신의 가치를 판단하는 기준이 마치 부하직원들에게 달려 있는 것 같았다. 가끔 회식을 하면 인신공격하는 발언을 아무렇지 않게 해서 그로 인해 회사를 그만두는 사람들이 늘어날 정도였다.

어느 조직에서나 이런 사람은 꼭 있기 마련이다. 자신으로 인해서 사람들이 얼마나 고통을 받는지 생각하지 않고 관심도 없다. 이런 사람의 특징은 외로움을 유난히 잘 탄다는 것이다. 그리고 의외로 자존감이 낮다. 외롭다면 사람들에게 더 따뜻하게 대해야 할 텐데 오히려 반대로 대하고 있으니 외로움이 더욱 커질 수밖에 없다.

상대방에게 강해 보이기 위해 노력하는 사람의 대부분이 자존감이 낮다. 자신의 일에 대한 스스로의 만족보다 상대방이 인정해주고 치켜세워주는 것에 초점이 맞춰져 있기 때문에 자신의 감정의 결정권자는 자신이 아니라 타인이다. 다른 사람에 의해서 자신의 가치를 인정받고 그렇지 않은 경우 자신이 작아진다고 판단한다.

자신의 인생에 집중하는 사람은 절대 타인을 괴롭히지 않는다. 그런 나쁜 마음은 곧 자신에게 가장 큰 상처를 준다는 것을 잘 알기 때문이다. 자존감이 높은 사람은 타인의 말과 행동에 의해 자신의 가치를 판단하고 결정하지 않는 것이다.

물론 무조건 받아들이기만 하는 부하직원들에게도 책임은 있다고 본다. 나 역시 지나친 인신공격과 배려 없는 태도에 좋아하는 일을 그만둘 정도로 힘든 시기가 있었다. 더 이상 이렇게 살아서는 안 되겠다는 마음 속 깊숙이에서 울려대는 외침을 더 이상 외면하고 싶지 않았다. 아니라는 판단이 서면 과감하게 투쟁하든 벗어나든 둘 중 하나는 필요하다. 어느 한 사람 불평불만을 하지 않으니 당연한 듯 무례한 행동은 일삼는 사람들이 너무 많다. 사람 위에 사람 없고 사람 아래 사람 없다고 했다. 자신이 아무리 잘났어도 상대에게 함부로 말하고 함부로 대할 권리는 없는 것이다. 그 누구라도 말이다.

나의 자존감을 떨어뜨리는 관계로부터 우리는 벗어나야 한다. 관계를 다시 형성하든 벗어나든 둘 중에 하나는 선택해야 한다. 그러한 불공정한 관계는 우리 자신을 더욱 작게 만들고 자신을 한심한 존재로 만든다. 조직에서 성추행을 낭하년서도 아무 말 하지 못하고 어쩔 수 없이 직장생활을 영위하고 있는 수많은 여성들이 그것을 말해준다. 하지만 고통스러울 만큼 힘들다면 용기를 낼 필요가 있다. 가장 힘든 순간에 행하는 것이 가장 큰 영광을 준다고 하

누군가가 힘들어할 때 따뜻한 말 한마디를
건넬 수 있는 사람이라면 좋은 자존감을 가진 사람이다.
사람은 자신에게 없는 것을 남에게 줄 수 없다.

지 않던가. 자존감은 누가 지켜주는 것이 아니라 스스로가 지켜내야 하는 것이기 때문이다.

자존감이 낮은 경우, 대부분 과거에 얽매여 있는 경우가 많다. 어린 시절 그리고 과거의 자신을 힘들게 했던 사건과 사람에게서 벗어나지 못하는 경우 말이다. 자신의 낮은 자존감은 어떤 사건이나 누군가의 책임이라고 생각한다. 하지만 알아야 할 것이 있다. 똑같은 일을 겪고 똑같은 상황에 놓여진다고 해서 모든 사람이 똑같이 반응하는 것은 아니라는 점이다. 나보다 훨씬 못한 환경에서 자라고 더 힘든 일을 겪었어도 나보다 자존감이 높을 수도 있고 나보다 훌륭한 환경에서 자랐어도 낮은 자존감으로 힘들어하는 사람도 있다.

나를 힘들게 하는 관계로부터 벗어나는 것이 필요하다. 나쁜 사람이 될까 봐, 소외당할까 봐 끌려다니며 상처받는 관계는 이제 청산이 필요하다. 용기가 필요하다. 나 역시 끝나지 않는 악순환을 반복하는 관계에서 벗어나면서 온전히 나 자신에게 집중하는 삶을 살게 되었다. 누구나 외롭고 홀로 남겨질까 두려워하는 마음을 안고 산다. 누군가와 함께 있어도 외롭고 혼자 있어도 외롭다 느껴질 때가 많다. 인생은 원래 그런 것이다.

나 역시 마음이 힘들고 자존감이 떨어졌을 때 다른 사람에게 의존하는 마음이 커졌던 기억이 난다. 나의 힘든 마음을 위로해줄 사람이 필요했고 그래서 그 사람에게 집착하고 자주 연락하고 자주 보는 것이 답이라고 생각했었다. 하지만 어느 순간 깨달을 수 있었다. 그 누구도 나의 근본적인 외로움을 해결해주지 못한다는 사실을 말이다. 스스로 단단한 마음을 가지고 있지 못하면 남에게 휘둘리기 쉽고 그 속에서 반복적으로 상처를 받게 된다는 것을 경험으로 깨닫게 되었다. 나의 일을 시작하고 운동으로 건강을 회복하면서 나의 이런 잘못된 인간관계도 정리할 수 있었다. 어떤 일에도 흔들리지 않는 단단한 마음을 가지는 것이 가장 중요하다는 것을 깨닫게 된 후 나는 훨씬 행복해졌다.

나는 끌어당김의 법칙을 강하게 믿는 사람이다. 긍정적인 마음은 긍정적인 일을 끌어당기고 부정적인 마음은 부정적인 것을 끌어당긴다고 믿는다. 나 역시 긍정적인 마음을 유지할 때 원하는 것들을 이루었기 때문이다. 사람 사이 관계도 마찬가지다. 부정적인 감정은 부정적인 사람들을 끌어당긴다. 자존감이 낮은 사람은 자신과 비슷한 사람을 만나게 된다. 나 역시 자존감이 떨어지고 정신이 약해졌을 때 내가 원하지 않는 사람들을 만났던 기억이 난다. 이는 분명히 생산적이지 못한 관계를 형성한다. 자존감이 낮은 사람은 자신보다 우월하다고 느껴지는 사람을 가까이 하지 않는다. 남들과 자신을 비교하는 마음이 강하기 때문에 그런 사람을 만나는 자체가 더욱 자신을 나락으로 떨어뜨리기 때문이다.

남녀 관계, 결혼도 마찬가지다. 홀로 있을 때도 행복할 때 배우자를 만나라고 하지 않은가? 사랑이라는 감정도 내가 먼저 서고 상대방이 있는 것이다. 내 마음이 온전하지 않은데 누구를 온전히 사랑할 수 있단 말인가. 자신에게 주지 못하는 사랑을 남에게 줄 수 있는 사람은 없다. 내 마음이 사랑으로 가득 차 있을 때 상대에게도 사랑을 줄 수 있는 것이다. 자신을 사랑하지 않는 사람은 다른 사람도 사랑할 수 없는 것이다. 내 마음이 만족스러울 때 건강한 자존감을 가진 사람과 만날 수 있다.

낮은 자존감은 행복과 거리가 먼 나의 모습을 만들어낸다. 나는 자존감이 낮아졌을 때 결혼을 선택했다. 그래서 극심한 산후우울증을 겪었던 것 같다. 자존감이 낮아지면 나 자신을 통제하는 힘을 잃는다. 출산 후 더 불안해진 나는 한 달 동안 집에 머물렀던 산후도우미의 잘못된 육아방식에 휘둘리기까지 했다. 출산한 산모가 에어컨 바람을 많이 쐬면 좋지 않은데 나는 하루 종일 에어컨 바람 앞에서 생활해야 했다. 잘 나오지 않는 모유를 시키는 대로 먹이면서 나와 아들 둘 다 힘든 시간을 보냈다. 지금 생각하면 참 어이가 없다. 낮은 자존감은 위기의 상황에서 판단 능력을 흐리게 만든다는 것을 몸소 깨달았다.

사람은 누구나 주위사람들과의 관계에서 자존감이 낮아지는 경험을 한다. 사람들과 관계가 좋지 않은 사람들은 스스로 문제가 있다는 것을 늘 의식하며 살아야 하고 이는 곧 자존감의 하락으로 이어진다. 나에게 상처를 줬다고 생각하는 사람과는 좋은 관계를 이어갈 수 없다. 그 사람을 용서하지 않는다면 절대 관계는 좋아지지 않을 것이다. 늘 봐야 하는 사람이라면 고통만 커질 것이 분명하다. 자존감이 자꾸 낮아진다면 당신이 맺고 있는 관계를 한번 돌아볼 필요가 있다. 이러한 마음은 나를 힘들게 하는 관계에서 벗어나면 해결되는 경우가 많다.

나 역시 가까운 사람에게 크게 실망하고 나서는 아무리 가까워도 큰 기대를 하지 않는다. 나의 기대를 원하는 만큼 채워줄 사람은 없다는 것을 알게 되었기 때문이다. 그저 나와 다르다는 것을 인정하고 나니, 나에게 상처를 준 사람을 용서하는 것도 그리 어렵지 않았다. 누군가를 용서하지 못해 힘든 마음은 나 자신을 더 괴롭게 만든다. 나이를 먹을수록 그런 고통에 나를 내던지고 싶지 않다는 강한 마음이 든다. 사람 사이 어떤 관계도 나 자신보다 중요하지 않다.

자존감 회복을 위해서는 다른 사람과의 관계도 중요하지만 자기 자신과 화해하는 일이 가장 우선되어야 한다. 나는 그 누구보다 소중한 사람이라는 자기 인식이 필요하며 스스로 상처를 주는 일은 없어야 한다. 세상에서 가장 나를 사랑해야 하는 사람은 다른 사람이 아닌 바로 자기 자신이다.

자신의 모든 면을
인정하고 수용하고 사랑하라

나는 애교가 없는 부산여자다. 싫으면 얼굴에 티가 팍팍 나는 스타일이다. 처음에 서울에서 직장생활을 할 때 그런 내 모습에 선배들은 오해를 많이 했었다. 혼이 나고 마음속으로 반성을 하고 있는데도 무표정한 내 얼굴을 보고 더 혼을 내기도 했다. 잘 보이기 위해서 일부러 싹싹하게 구는 일이 없었던 나는 신입시절 많이 힘들었던 기억이 난다.

하지만 시간이 지날수록 한결같이 연기력은 없지만 성실하고 솔직한 내 모습에 선배들은 그런 말을 했었다. 처음에 오해를 많이 했었다고 말이다. 진심은 언젠가 통한다고 했던가. 긴 사회생활 동안 사람의 진심은 반드시 통한다는 것을 깨달았다. 직장생활을 하다 보면 후배들한테는 너무 못하면서 선배들한테는 갖은 여우짓으로 점수를 따는 사람들을 종종 볼 수 있었다. 하지만 시간이 지날수록

여자의 인생을 바꾸는 자존감의 힘

그런 사람 곁에는 사람이 없다는 것을 알았고 진실은 결국 밝혀진다는 것을 눈으로 보았다.

자신의 성격이 좀 무뚝뚝해서 아니면 연기력이 떨어져 사회생활에 손해를 많이 본다고 자책하는 사람들이 적지 않다. 상대적 박탈감으로 자신을 무능하다 느끼는 사람도 있을 것이다. 하지만 타고난 성격보다 중요한 것은 사람을 대하는 진심 어린 태도다. 그런 마음을 전달하는 데 있어서 연기력은 그리 중요하지 않다. 진심 없는 연기는 결국 드러나기 마련이니까. 우리는 타고난 성격을 탓하기 보다는 내면을 채우는 데 집중할 필요가 있다. 내가 생각하는 모든 면을 갖춘 사람은 세상에 단 한 사람도 없다.

내가 아는 동생 한 명은 독신주의자였다. 스스로 자존감이 너무 낮다고 생각했고 그런 자신을 온전히 사랑할 남자는 없다고 판단했기 때문이다. 그런 그녀가 내년에 결혼을 한단다. 자신을 진심으로 존중해주는 남자를 만났기 때문이다. 자신이 얼마나 괜찮은 사람인지 그 사람을 통해 알게 되었다고 한다. 이제는 스스로를 사랑할 줄 아는 여자가 되었다.

우리가 누군가를 진심으로 사랑할 땐 그 사람의 모든 면을 수용한다. 단점도 장점도 있는 그대로 받아들이게 된다. 깊이 사랑할 땐 상대방의 마음에 집중하기 때문이다. 좋지 않은 모습도 사랑으로 감싸안을 수 있고 그 모습마저 사랑하게 된다. 자존감이 높은 사람 역시 자신을 있는 그대로 바라볼 줄 아는 사람이다.

어제 나를 잘 아는 지인과 대화를 나누다가 이런 이야기를 들었다.

"너는 다 좋은데, 무언가를 결정할 때 너무 성격이 급해. 좀 더 신중하게 결정했다면 그런 일이 생기지 않았을 텐데……."

맞다. 나는 성격이 너무 급하다. 어떤 일에 꽂히면 앞뒤 가리지 않고 바로 실행하는 성격이다. 그리고 깨지고 또 무너지고 나면 그때 깨닫는 성격이기도 하다. 그럴 때면 주위에서는 나의 성급함에 대해 이렇게 조언을 해주곤 한다. 처음 겪는 상황, 새롭게 하는 도전에 나는 늘 긍정적이었다. 한순간도 안 될 거라는 생각을 해보지 않는다. 그래서 그 선택이 아름답게 성과로 이어지는 경우도 있고 생각처럼 좋은 결과가 나오지 않는 경우도 있다. 하지만 오직 나의 주도적인 선택으로 행한 일이기 때문에 잘되든 못되든 후회는 없다. 잘된다면 나의 도전 정신에 조금이라도 더 큰 자신감이 생길 테고, 실패한다면 그 안에서 더 큰 깨달음을 얻으면 그만이기 때문이다.

하지만 나도 사람인지라 어떤 일이 잘되지 않았을 때 주위에서 하는 이런저런 충고에 상처받기도 한다. 혼자 큰 자신감으로 시작한 일도 잘되지 않았을 땐 주위의 이런 말들로부터 빠져나갈 도리가 없기 때문이다. 그러던 찰나에 우연히 이런 글귀를 보았다.

"현명한 판단은 경험에서 나오고, 경험은 그릇된 판단에서 나온다."

여자의 인생을 바꾸는 자존감의 힘

나는 이 글귀를 보면서 엄청난 공감을 했다. 정말 나에게 위로가 되는 글이었다. 처음 시도하는 일에 대한 결과는 알 수 없다. 옳은 판단인지 그릇된 판단인지는 결과가 나와 봐야 아는 것이다. 인생에 정답을 알고 살아가는 사람은 없다. 실패는 없고 경험만이 있을 뿐이라는 사실을 잊어서는 안 된다.

안 될까 봐 두려워 시도조차 하지 않는 사람보다는 결과에 상관없이 한번 도전해보는 나를 사랑한다. 그런 도전 정신으로 참 다이내믹한 삶을 살아가고 있지만 그런 다양한 경험들은 더 나이가 들기 전에 겪어보는 것이 차라리 나을 거라는 생각이 드는 요즘이다. 다양한 도전을 하는 만큼 남들보다 힘들고, 지치고 상처도 많이 받지만 후회는 없다. 멈추어 있는 인생은 내게 의미가 없기 때문이다. 오늘 뿌리는 씨앗들은 반드시 열매를 맺을 거라 믿는다. 지금 힘들지만 그 고통마저도 한 떨기 꽃을 피워내는 과정이라고 생각한다.

자꾸 타인과 자신을 비교하는 사람들은 상황이 더 나아진다고 해도 달라질 것이 없다. 나보다 잘나 보이는 사람들은 끝도 없이 많기 때문이다. 하지만 조금씩 성장하고 있는 나 자신에게 집중한다면 그리고 어제의 나와 비교한다면 자신감이 높아지게 된다.

나는 자존감이 높은 편이다. 하지만 늘 그런 건 아니다. 힘들고 상처받는 일이 생기면 절망하고 세상을 한탄하기도 한다. 부당한 대우를 받으면 견딜 수 없을 만큼 화가 나고 감정 조절에 대한 어

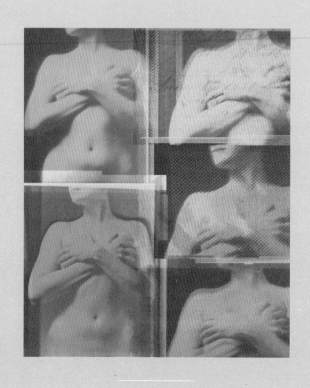

내가 부족한 점 또한 내가 안고 가야 하는
내 모습이라는 것을 잘 안다.
그럼에도 불구하고 나는 소중한
사람이라는 것을 잊지 않는다.

려움을 겪기도 한다. 하지만 가장 절망적인 순간에 정신이 번뜩 든다. 이제는 고통의 늪에서 벗어날 때라는 생각이 문득 드는 것이다. 나를 힘들게 하는 사람을 놓아야 하는 시점, 나의 자존감을 무너뜨리는 일을 포기해야 하는 시점이라는 것을 깨닫는다. 그렇게 더 이상 밑도 끝도 없이 절벽 아래로 내려가지 않는다. 더 이상 상처가, 타인이 나를 괴롭히게 내버려두지 않는다. 최후의 순간에 나를 지키기 위해 안간힘을 쓴다. 그 순간 바닥까지 내려갔던 나의 자존감이 힘차게 솟아오르는 것을 느낀다.

내가 부족한 점 또한 내가 안고 가야 하는 내 모습이라는 것을 잘 안다. 그럼에도 불구하고 나는 소중한 사람이라는 것을 잊지 않는다. 자신에 대한 좋은 점과 나쁜 점 또한 자연스럽게 받아들이는 마음이 좋은 자존감이라고 생각한다. 우리는 자신의 부족한 부분을 채우기 위해 끊임없이 노력하는 자세가 필요하다. 나를 단련시키고 좀 더 나은 내가 되기 위해서 책을 읽기도 하고 타인에게 조언을 얻기도 하며 가슴 아픈 경험 속에서 깨달음을 얻어 같은 실수를 반복하지 않도록 노력하는 것이 아닌가.

나는 어떤 일에 호기심이나 관심이 생기면 바로 행동하는 편이다. 누가 뭐라고 해도 흔들리지 않을 만큼 강한 열정으로 시작하고 빠져드는 성격이다. 엄청난 집중력으로 빠른 시일 내에 원하는 것을 얻어내는 편이라 스스로 만족감이 크다. 하지만 내가 생각했을 때 더 이상 배울 것이 없다거나 잠시 거리를 두어야겠다는 생각이 들면 아깝다는 생각이 들어도 과감하게 내려놓기도 한다. 남들 눈치 보느라 아니라는 생각이 들면서도 그 일을 계속한다거나 변덕스럽다는 말을 듣기 싫어서 억지로 끌고 가지 않는다. 나에게는 포기할 권리가 있기 때문이다. 남들 눈치 보지 않고 행동할 권리가 있기 때문이다. 누가 뭐라고 하든 내가 열심히 했고 최선을 다했다면 후회가 없다.

그런 스스로의 만족으로 또 다른 일에도 과감히 도전할 수 있는 것이다. 어떤 일을 시작하고 그만둘 때마다 남들 눈치를 봐야 했다면 지금의 나는 없을 것이다. 6개월 전보다 1년 전보다 지금 더 성장할 수 있었던 건 스스로의 권리를 포기하지 않고 행동했기 때문이다. 남들이 뭐라고 한들 어떤가. 내가 만족하고 내가 후회가 없으면 되는 것이다. 그리고 어떤 결과에서든 좌절하지 않고 열정을 이어갈 수 있다면 충분하다.

나는 완벽주의자다. 하지만 나이가 들수록 조금씩 내려놓게 된다. 나 자신이 너무 힘들기 때문이다. 집안이 엉망이어도 가끔은 그냥 내버려두기도 하고 기분이 좋지 않으면 약속을 과감하게 취소하기도 한다. 완벽하지 않아도 대중 앞에 서기도 하고 이유 없는 자신감 하나로 방송에 나가기도 하며 말이다.

우리는 모두가 세상에 단 하나뿐인 소중한 사람이다. 아이가 태어났을 때 조건 없이 무한한 사랑을 쏟았듯이 모든 사람은 비교 불

여자의 인생을 바꾸는 자존감의 힘

가의 가치를 지닌 존재다. 그 어떤 사람도 충분히 사랑받을 자격이 있다. 자신의 모든 것을 인정하고 수용하고 사랑하라. 좋은 자존감은 자신을 사랑하는 만큼 채워진다.

홀로 있을 때
더 아름다운 여자가 되라

나는 친구들에게 늘 입버릇처럼 말한다. 무인도에 홀로 있어도 나는 아름다운 여자이고 싶다고 말이다. 누군가와 함께 있지 않더라도 나는 나의 외모와 내면을 잘 가꾸는 편이다. 그리고 더욱 단단한 내가 되길 바란다. 누군가가 평가하는 내가 아닌 내가 바라보았을 때 만족스러운 내가 되기 위해 노력한다. 대부분의 사람들은 남이 나를 인정하는 기준에 따라 자신의 존재감을 확인한다. 자신만의 공간은 없는 것이다.

나는 결혼을 하고 자신을 가꾸지 않는 여자들이 이해가 되지 않았다. 더 이상 잘 보일 사람이 없어서 예전처럼 신경 쓰지 않는다고들 했다. 그렇게 자신은 잃어가면서 남편과 자식만 신경 쓰다가 나이가 들어서 늘어난 주름을 보면서 왜 이렇게 살았을까 후회해 봤자 소용없다. 누군가에게 잘 보이기 위해서 자신을 가꾸어야 한

여자의 인생을 바꾸는 자존감의 힘

다는 생각은 이제 멈추어야 한다. 홀로 있을 때조차 자신의 모든 면을 위해 노력해야 한다.

나는 책을 쓰기 전에 깨끗이 씻고 집을 정리하고 깔끔한 옷으로 갈아입고 자세를 갖추고 책을 쓴다. 내 모습이 마음에 들지 않으면 글도 잘 써지지 않을 것 같아서다. 글을 쓰다가 가끔 거울 속에 비친 내 모습이 내 마음에 들었으면 하는 바람이다. 좋은 모습, 좋은 얼굴 표정에서 좋은 글도 나온다고 생각한다.

니콜로 마키아벨리는 그의 저서 《군주론》에서 말한다.

"당신이 진짜 어떤 사람인지 아는 사람은 거의 없다. 사람들은 당신이 어떻게 보이는지만 알 뿐이다."

사람들은 겉모습만을 보고 성급하게 평가할지 모르지만 겉으로 보이는 나의 모습은 내면의 상태가 겉으로 표출된 모습이지 분리해서 생각할 수 없다. 그리고 다른 사람들이 나에게 내리는 평가를 완벽하게 무시하며 살아갈 수 있는 사람은 없을 것이다. 하지만 홀로 있을 때만큼은 자신에게 집중할 줄 알아야 한다. 내면의 아름다움과 외면의 아름다움을 채우고 준비해야 한다. 그렇다면 타인의 인정에서 충분히 자유로워질 수 있다.

실제로 내면이 건강한 사람은 외면에도 신경을 많이 쓴다. 우리 모두가 부인할 수 없는 사실은 외적인 모습으로 상대방에게 빠른 시간 안에 신뢰감을 줄 수 있다는 것이다. 한 사람을 알아간다는 것은 많은 시간이 필요하지만 그런 인내심을 발휘할 수 있는 기본적인 신뢰감 있는 외모를 만들기 위한 노력을 평소에 해야 한다. 잘생긴 외모에 초점을 맞출 것이 아니라 매력 있는 사람이 되기 위해 노력해야 한다.

평소에 자신을 가꾸고 관리하지 않는 여자가 특별한 날 빛이 날 수는 없다. 특히 여자는 자신의 외모가 마음에 들지 않을 때 더 많은 열정과 의욕이 사라진다. 일상에서 내가 원하는 모습과의 거리감을 좁혀나가는 노력이 필요하다. 나 자신도 함께하고 싶지 않는 나와 함께하고 싶은 사람이 있을까? 우리는 혼자 있을 때 기분 좋은 느낌을 유지하는 것이 좋다. 그래야 다른 사람을 만나도 그런 느낌을 전달해줄 수 있기 때문이다. 사람에게서 우러나오는 호감과 매력은 갑작스러운 순발력으로 표출되는 것이 아니다.

홀로 있을 때 외롭지 않고 행복이 충만하다면 그 누구를 만나더라도 행복할 수 있는 사람이다. 그런 사람은 타고난 외모가 뛰어나지 않더라도 사람을 끄는 매력이 있으며 주위에 늘 함께하고 싶은 사람으로 넘쳐날 것이다. 결국엔 외로움을 견뎌낼 줄 알아야 하는 것이다. 나는 혼자 있을 때 가장 많은 시간을 할애하는 부분이 독서다. 힘들 때, 극심한 스트레스를 받을 때도 나는 독서로 해소한다.

TVN에서 방영중인 드라마 〈마더〉의 주인공이 했던 말이 공감이 되었다. 책 한 권 한 권에 비상구가 달려 있다고 한 말, 책을 펼

　　　　　　　　여자의 인생을 바꾸는 자존감의 힘

치면 바로 여행을 떠날 수 있다고 했던 말이 기억이 난다. 나 역시 힘들고 고통스러워 어디론가 떠나고 싶을 때 책을 펼친다. 더 이상 길이 없다고 느낄 때 책을 읽는다. 우리는 혼자 있는 순간에 더 강해질 수 있다. 나를 변화시킬 수 있는 힘은 홀로 있을 때 길러야 한다. 지금처럼 살고 싶지 않다는 변화에 대한 간절함이 당신의 인생을 바꿀 것이다.

문득 예전에 한 친구가 했던 말이 생각난다.

"나는 누군가를 만나고 집에 돌아가는 길에도 외롭다고 느껴."

그 친구는 늘 누군가를 만나고 있었다. 일을 하는 시간을 제외하고는 친구들과 통화하거나 만나는 시간이 대부분이었다. 사람에 대한 집착이 심해보였고 친구들이 많았음에도 지독한 외로움을 느꼈다. 누군가와 함께하지 않으면 불안해했다. 자신의 일보다 친구의 일을 우선적으로 생각하고 도와주고 그리고 그만큼 돌아오지 않았을 때는 뒤에서 험담을 하고 욕을 하곤 했다. 타인에 대한 지나친 기대와 의존이 자신을 더욱 힘들게 하고 뜻대로 되지 않을 때는 자존감마저 무너지는 것이다. 그 친구를 보면서 그 누구에게도 기대지 않는 마음이 얼마나 중요한지 깨달았다.

나도 사실은 외로움을 많이 타는 사람이었다. 승무원 시절 외로웠던 일상에서 홀로 살아갈 힘을 많이 키워온 것 같다. 스케줄대로 각자 움직이는 승무원의 업무 형태는 외로움을 많이 느끼는 사람에게는 더 심한 외로움을 줄 수 있는 구조다. 친한 동료와 스케줄이 맞아야 얼굴을 볼 수 있고, 늘 다른 사람들과 비행을 하다 보니 그때그때 적응능력이 필요하다. 정작 외롭고 힘들 때는 혼자인 경우가 많다.

주로 후배들과 친했던 탓에 선배들보다 후배들과 많이 소통했다. 남들에게는 말할 수 없는 우울증을 겪는 사람, 말할 수 없는 외로움과 우울감에 혼자 술을 너무 많이 마시다가 집에서 구급차를 불렀던 스토리까지 겉으론 멀쩡해보이지만 심리적 고통을 겪는 사람들이 내 주위에 얼마나 많은지 그때 알 수 있었다. 나 역시 외롭고 힘들어서 홀로 많은 눈물을 흘리기도 했지만 운동을 하거나 음악을 듣거나 책을 읽으면서 나름대로 잘 극복했던 것 같다.

남들 눈에 화려해 보이는 직업일수록 외로움이 더 크다. 인기도 많고 많은 것을 가져서 남들 눈에는 부러움이 가득한데 스스로 견디지 못하는 우울증으로 스스로 목숨을 끊는 연예인들이 얼마나 많은가. 남들은 이해할 수 없다고 말하지만 자신은 더 이상 견딜 수 없는 고통에 세상을 등지는 것이 아닌가.

우리는 누구나 타인의 고통을 제대로 알지 못한다. 자신의 아픔도 자세히 들여다보지 않는데 다른 사람의 마음 속 고통을 읽을 수 없는 건 당연하다. 우리는 홀로 있을 때 자신의 내면을 더욱 단단하게 만들어야 한다. 매력이 넘치는 여자는 단단한 내면으로 자존감이 높으며 당당한 아름다움을 내뿜는다.

여자의 인생을 바꾸는 자존감의 힘

노벨경제학상을 받은 대니얼 카너먼 교수는 이런 말을 했다.

"성공을 위한 가장 중요한 조건은 지능이나 학벌, 운이 아니라 바로 매력이다."

앞으로의 사회는 매력 있는 사람이 더 많이 인정받게 될 것이다. 힘든 상황에서도 유머를 잃지 않는 사람, 자신만의 향기가 있는 사람 말이다. 각박한 현실에서 우리에게 힐링을 주는 사람이 바로 이런 사람이기 때문이다. 단지 잘생기고 예쁜 사람이 아니라 보는 사람으로 하여금 미소 짓게 하고 신뢰를 가질 수 있을 만큼 자신의 내면과 외면을 잘 가꿀 줄 아는 사람이 되어야 한다. 그냥 스쳐지나가더라도 다시 한 번 돌아보게 만드는, 그런 느낌이 좋은 사람이 아름다운 사람이다.

혼자 있을 때도 아름다울 수 있는 여자는 분명히 다른 사람과 함께 있을 때 더 빛이 날 것이다. 그만큼 자신만의 분위기와 매력이 충분하기 때문이다. 남에게 잘 보이기 위해 꾸미는 것이 아니라 자신의 만족을 최우선으로 생각하고 자신을 가꾸는 여자가 진정 아름답다. 아무도 나를 봐주지 않을 때조차 나 자신이 마음에 든다면 충분히 좋은 자존감을 가졌다고 할 수 있다. 홀로 있을 때 내면과 외면의 아름다움을 채울 줄 아는 진짜 매력 있는 여자가 되자.

경제적 자립을 위해
돈에 대한 관점을 바꿔라

나는 학창 시절부터 결혼 전 직장 생활을 할 때까지 현실을 냉철하게 판단하며 자신의 삶을 책임지고자 하는 마음이 강했다. 하지만 유독 결혼에 대해서만큼은 환상이 많았다. 지금까지 힘들었던 삶을 보상받을 수 있을 거라고 착각했던 것 같다. 결혼을 한 후에 모든 환상이 깨졌지만 그때는 이미 늦었다.

나는 신랑이 사업이 잘 되고 있을 때 개인 사업을 시작했다. 스스로 경제적 능력을 가지지 못한다면 더 이상 행복할 것 같지가 않았기 때문이다. 돈이 많다고 사업을 잘하고 없다고 못하는 것이 아니다. 얼마만큼의 간절함과 열정을 가지고 시작하느냐가 중요하다. 나는 하늘이 감동할 만큼의 열정을 가진다면 반드시 하늘이 도울 거라는 믿음이 있다. 큰 열정으로 어떤 일에 도전하고 시작했을 때 보이지 않는 힘의 도움을 느낀 적이 많았기 때문이다.

열악한 환경일지라도 무언가를 시작하는 것이 필요하다. 어떤 책을 읽다가 마음에 와 닿는 글귀가 있었는데 문득 떠오른다. 위대한 남자는 결혼을 하지 않는 남자 속에서 많이 발견되고 위대한 여자는 결혼을 한 여자 속에서 발견된다는 말이었다. 여자는 결혼을 하면서 크고 작은 시련을 견디며 더 많이 성장하기 때문이 아닌가 하는 생각이 든다.

결혼 전 일에 치여 현실에 안주하고 싶을 때, 대부분의 여자들은 결혼을 선택한다. 하지만 남편의 능력이 아무리 좋아도 시간이 지나면 자신의 경제력에 대해 고민을 하게 된다. 본의 아니게 자신이 벌어온 돈이 아니라는 생각에 눈치를 보게 되기 때문이다. 게다가 주도적인 인생을 살아가기가 힘들다.

남편의 능력과 상관없이 여자들은 스스로 경제적으로 자립해야 한다. 언제 발생할지 모르는 위기에 대처하는 일이기도 하고 스스로 자존감을 높이기 위한 길이기도 하다. 남편의 지위나 능력이 좋다고 해서 덩달아 자존감이 올라갈 것 같지만 실제로 그렇지 못한 여자들을 많이 보았다. 오히려 자신과 남편의 격차가 커질수록 자격지심이 많이 생기며 자존감까지 떨어지는 경우가 많았다.

내가 아는 언니는 남편이 능력 있는 의사다. 스트레스가 많아 집에 오면 다른 식구들이 떠드는 소리를 듣지 못한다. 제대로 쉴 수가 없다며 화를 자주 낸다고 했다. 생활비를 넉넉하게 가져다주기 때문에 찍소리도 못하고 매일 눈치를 보며 살아간다. 부부동반 모임이라도 갈 때면 자신보다 학벌이 좋은 여자들이 많아 자신의 출신 학교를 물어볼까 봐 겁이 난단다. 게다가 남편과 살아가면서 자신이 한심한 여자라는 사실을 조금씩 알아간다고 했다.

그 언니는 원래 한심한 사람이었는데 그 사실을 결혼을 하고 나서 알게 된 걸까? 아니면 결혼을 하고 나서 한심한 사람이 된 걸까? 내 생각에는 남편이라는 거울을 통해 스스로 한심한 사람으로 만들어간 것이다. 남편과 자신을 끊임없이 비교하고 자신을 스스로 깎아내리며 자신의 권리 행사를 하지 못하고 있다. 게다가 스스로 그것을 당연하다 느끼며 살아가고 있는 것이다. 결코 행복할 수 없는 마음 상태다.

경제력 자립을 포기한 여자들은 그것 때문에 고통받는 경우가 많다. 좋은 남자, 능력 있는 남자를 만나서 기대서 사는 인생이 모두 나쁘다는 것은 아니다. 그런 삶이 스스로 만족스럽다면 괜찮다. 하지만 그렇기 때문에 늘상 자존감이 떨어지고 눈치를 봐야 한다면 경제적으로 자립해야 한다. 스스로 경제력을 가지게 되면 더 당당해질 수 있다.

하지만 돈을 벌지 않는다고 무조건 눈치 보고 살 필요도 없다. 육아와 살림을 하는 것은 일하는 것 이상으로 가치 있는 일이다. 대부분의 여자들은 밖에서 일하는 것보다 자신의 가정일이 하찮다고 생각하는 경향이 강하다. 내 주위만 봐도 자신은 일을 하지 않기 때문에 돈을 함부로 쓸 자격이 없다고 생각하는 친구들이 있다. 자

남편의 능력과 상관없이
여자들은 스스로 경제적으로 자립해야 한다.
언제 발생할지 모르는 위기에 대처하는 일이기도 하고
스스로 자존감을 높이기 위한 길이기도 하다.

신의 가치를 스스로 인정하지 않는 사람이 다른 사람으로부터 존중받을 수는 없는 것이다. 가정에서 살림하고 육아를 책임지는 사람이 있기 때문에 밖에서 일을 하는 사람도 더 마음 편하게 일에 집중할 수 있는 것이다. 맞벌이를 하는 사람보다 외벌이를 하는 경우에 남자들이 훨씬 일에 대한 집중도가 높다. 사회생활을 하는데 대한 더 큰 자유로움을 가지고 있다. 그런데 반해 여자들은 자신을 더 낮추고 노동의 대가마저 스스로 인정하지 않는다는 것은 말이 안 되는 것이다.

곰곰이 생각해보니, 결혼 전까지 내가 꿈을 꿀 수 있었던 것은 내 인생을 책임질 수 있다는 강한 자신감을 가질 만큼 경제력이 있었기 때문이었다. 누군가에게 내 인생을 의존하려는 마음이 없었기 때문에 현실적이면서도 내 인생을 깊이 있게 들여다보며 꿈을 가질 수 있었다는 생각이 든다.

나는 '가족을 위해서' 그리고 '너무 힘들어서'라는 이유로 자신을 놓는 일이 얼마나 큰 대가를 치르게 하는지 잘 안다. 여자일수록 욕망을 크게 가져야 한다. 꿈도 나 스스로 경제력을 가질 수 있을 때 행복하게 꿀 수 있는 것이다. 남에게 저당 잡힌 인생에서 먼저 자신을 건져 올리고 그다음 꿈을, 목표를 정해도 늦지 않다. 떨어진 자존감을 먼저 끌어올리는 것이 우선이다.

예전 회사 동료들과 통화를 하다보면 지금도 쉬지 않고 일을 하고 있는 경우가 많아 대견스럽다. 아이의 육아에 많은 비용이 들어

여자의 인생을 바꾸는 자존감의 힘

가 남편의 월급만으로는 살아갈 수가 없다고 한다. 그리고 대부분 남편의 눈치를 보지 않고 돈을 쓰고 싶다는 것이 큰 이유였다. 의외인 것은 남편보다 수입이 많더라도 자신의 소비에 눈치를 보는 여자들이 참 많다는 사실이다. 온라인으로 물건을 하나 주문하더라도 남편이 볼까 봐 조마조마 하는 친구들이 많다. 그러니 여자들은 더더욱 경제력을 잃어서는 안 된다.

이제는 결혼을 하든 하지 않든 여자는 자신의 인생을 스스로 책임질 줄 알아야 한다. 남편이 아무리 능력이 있어도 평생 기대어 살 수 있을 거라는 기대도 버려야 한다. 아이를 위해 경제력을 포기할 것이 아니라 아이를 위해 자신의 일과 자존감을 지키는 엄마로 살아가야 한다. 결혼은 누군가에게 내 삶을 기대기 위해 선택하는 것이 아니다. 홀로 설 수 있는 두 사람이 함께 해야 행복할 수 있는 것이다. 힘들 때 결혼을 선택한 나는 결혼으로 인해 더 외롭고 자존감 떨어지는 경험을 했다. 힘들고 외롭고 고통스럽다면 그런 나 자신을 먼저 일으켜 세우는 것이 우선이다. 그다음에 누군가와 함께 하는 인생을 그려야 한다.

시댁에서 지원을 많이 받는 여자들은 그만큼 시댁에 봉사를 해야 한다. 주는 사람은 늘 그만큼의 기대를 가지고 있기 마련이다. 해주는 것이 없으면 기대도 없다. 나 스스로가 능력이 된다면 어느 누구에게도 기대지 않아도 되고 아쉬운 소리 안 하고 살아도 된다.

오히려 가족들을 더 많이 보살펴줄 수 있고 도움을 줄 수 있어서 자존감이 높아질 것이다. 세상에서 가장 가난한 사람이 바로 여자라고 했다. 세상에 존재하는 일의 절반 이상을 해내는 여자들이야말로 이 세상에 존재하는 누려야 할 것들의 절반 이상을 누려야 하는 존재들이다. 하지만 하는 것만큼 얻어내지 못하는 사람들이 바로 우리 여자들이다. 우리 스스로가 그러한 기회를 포기하고 있는 것은 아닌지 생각해 봐야 한다.

　결혼을 하고 나서도 남자의 인생은 크게 바뀌지 않는다. 사회생활, 경제력에 대한 관념이 크게 바뀌지 않기 때문이다. 하지만 결혼 전에는 스스로를 책임지며 악착같이 돈을 벌던 여자들에게 일은 결혼을 하고 나면 해도 그만 안 해도 그만인 일로 전락하는 경우가 많다. 돈은 남편이 벌어오는 것이며 내가 버는 것은 보너스 개념이라고 생각하면 오산이다. 그런 생각은 여자 스스로 나약하게 만들며 경제적 자립 능력을 스스로 없애는 일이다. 결혼 전에 가졌던 경제력은 결혼 후에도 잃지 말아야 하며 힘들어도 경력을 이어나가야 한다. 힘들다면 그래서 버티기 힘들다면 결혼이 아니라 더 강해지라고 말하고 싶다. 당신의 나이와 상관없이 경제적으로 자립하기에 지금이 가장 빠른 시기다.

가끔은
이기적이어도 괜찮다

내가 아는 동생은 현재 유아동복 쇼핑몰을 운영하고 있다. 작은 오프라인 매장과 함께 무려 6년 동안 운영 중이다. 그녀에게는 아이가 둘 있다. 둘째는 15개월밖에 되지 않았지만 어린이집에서 저녁 7시까지 시간을 보낸다. 가장 늦게 집으로 가는 아이다. 그녀의 집은 상품으로 가득하고 누가 봐도 당장 이사를 가기 위해 물건을 쌓아둔 것처럼 보인다. 그녀는 홀로 쇼핑몰을 운영하며 고민이 많다. 남편 역시 불만이 많다. 아이는 어린데 일에만 매여 있는 그녀가 마음에 들지 않는 것이다. 요즘 들어 부쩍 부부싸움이 잦아졌다고 한다. 누구보다 힘들게 돈을 벌고 있기 때문에 매일 사람을 써서 아이를 돌볼 수 없는 그 심정을 이해할 수 있었다.

우리는 정작 힘들 때 실질적인 도움을 주지 못하면서 이래라 저래라 하는 가족을 감내하며 살아야 한다. 육아가 힘들다고 회사를 그만둘지 고민하는 남자는 없다. 하지만 수많은 엄마들은 육아 때문에 일을 포기하고 꿈도 접는다. 단 한 사람이라도 일을 계속하라고 말해주었다면, 꿈은 이루어질 수 있다고 용기를 주었다면 결정적인 순간에 늘 혼자라는 마음을 가지지는 않았을 것이다.

나이를 한 살 더 먹으니 예전에는 생각지 못했던 많은 생각에 빠지게 된다. 특히 '공감'이라는 단어의 의미를 자주 생각한다. 우리가 힘들 때 옆에서 얘기를 들어주고 조언을 해주는 사람이 모두 나와 공감하는 사람은 아닌 듯하다. 그냥 이해한다고 표현하는 편이 나을 것 같다. 그저 말로만 힘내라고, 잘 될 거라고 하는 말이 현실에서 돌파구 없이 힘든 내게 어떤 도움도 될 것 같지가 않기 때문이다.

여자들 특히 엄마들은 외롭다. 인생에 중대한 결정을 해야 할 때 막상 공감해주는 사람이 곁에 없기 때문이다. 가까운 사람의 조언을 따랐을 때, 그들은 나타날 부작용에 대해 설명해주지 않는다. 조언을 따르는 것이 대세라는 말을 할 뿐이다. 남들도 그러하니 너도 그렇게 하는 편이 낫겠다는 것이다. 우리는 매번 상식이 주는 배신감에 치를 떨면서도 그것에서 벗어나지 못하는 습성이 있다. 상식이라는 것은 안정만을 추구하는 사람들이 만들어낸 법칙인 것 같다. 인생이 어떻게 상식이라는 틀 안에서 해답을 찾을 수 있단 말인가.

우리는 스스로 똑똑해져야만 한다. 힘들 때는 이기적일 필요가 있다. 내가 바로 서야 자식도 배우자도 바로 서는 것이지, 내가 무너지면 아무것도 없다. 남들이 하는 조언에 일일이 신경 쓰지 않아도 된다. 사람들은 생각처럼 당신의 인생에 관심이 없으며 많은 시간 고민하며 지내지 않는다. 문제는 그들의 조언이 아니라 그 말을 들으면 내 마음이 편해질 거라는 말도 안 되는 믿음이다. 타인에게 내 인생을 맡기는 순간, 내 인생은 잘못된 방향을 잡고 흘러간다는 것을 잊어서는 안 된다.

늘 남을 위해 살아가는 사람이 있다. 자신에게는 인색하고 배려를 하지 않지만 남에게는 늘 배려하고 우선순위로 생각하는 사람들을 쉽게 본다. 예전에 자주 보던 언니가 한 명 있었다. 그 언니는 보통의 여자보다 아주 많이 여유로웠다. 갖고 싶은 것을 언제든 가질 수 있을 만큼 형편이 좋았던 걸로 기억난다. 하지만 언니와 대화를 나누면 나눌수록 부럽다는 생각이 들지 않았다. 눈을 뜨고 잠들 때까지 남편과 자식들을 위한 삶을 살았기 때문이다. 그리고 홀로 시아버지 병수발을 하며 많이 힘들어했다.

스트레스를 풀기 위해 백화점에서 고액의 쇼핑을 하지만 전혀 해소가 되지 않는 것 같았다. 아이들을 좋은 대학에 보내기 위해서 강남에 있는 학원까지 매일 데려다주고 태워오며 수업을 듣는 동안은 근처에서 몇 시간씩 기다렸다고 했다. 남편은 늘 집에만 오면 예민해져서 매일 눈치를 살피며 살아가는 것이 너무 힘들다고 했다. 언니의 말을 듣다보면 가슴이 답답해져오는 것을 느꼈다. 남들은 여유로운 언니의 삶을 부러워했지만 나는 전혀 부럽지 않았다. 자신을 위한 여유는 전혀 없어 보였기 때문이다. 지금 그 언니는 이 세상에 없다. 아들이 대학에 들어가고 얼마 되지 않아 언니는 집에서 스스로 목숨을 끊었다. 지인들은 몇 달이 지난 후에야 알게 되었고 충격은 이루 말할 수가 없었다. 그토록 언니의 삶을 힘들게 했던 건 앞으로도 자신의 인생을 살아갈 수 없다는 생각이었을 것이다.

늘 타인을 배려하고 남 눈치를 보는 사람들은 정작 자신의 인생에 대해서만큼은 만족감이 떨어진다. 차라리 이기적인 사람이 자신의 인생을 잘 지켜내는 것 같다. 여자의 자존감을 떨어뜨리는 가장 큰 원인은 자신의 인생이 아닌 다른 사람들의 인생이 우위에 있기 때문이다. 그들의 행복이 곧 나의 행복이라는 착각, 자신의 행복을 먼저 지키기에는 너무 이기적인 사람으로 내비칠지 모른다는 불안감이 있다.

가끔은 이기적이어도 된다. 힘들 땐 자신 먼저 생각해도 된다. 모두가 그렇게 살아가고 있다. 나를 사랑하는 만큼 나를 일으켜 세울 수 있다는 믿음이 필요하다. 늘 타인을 배려하는 당신이 가끔 이기적이라고 해서 등 돌리는 사람이라면 인연을 이어가지 않는 편이 낫다. 항상 타인을 배려하고 자신을 희생하고 힘들어도 견디는 사람이 가장 아픈 법이다. 가끔은 자신의 내면을 깊숙이 들여다볼 필요가 있다. 남들의 목소리가 아니라 진짜 자신의 목소리를 들을

여자의 인생을 바꾸는 자존감의 힘

줄 알아야 한다.

어쩌면 우리 모두는 주체적으로 살아가는 방법을 어릴 때부터 제대로 배운 적이 없는 것 같다. 우리의 꿈을 응원하고 지지해주는 환경에서 자랐다면 성인이 되었을 때 자연스럽게 자신이 원하는 인생을 살아갈 수 있을 텐데 자신을 제대로 사랑하는 방법조차 제대로 교육받은 적이 없다.

작년에 울산에 있는 고등학교에서 강연 요청이 와서 다녀온 적이 있다. 강의를 하기 전 교장선생님과 먼저 얘기를 나눌 수 있었는데 요즘 아이들이 꿈이 없고 자신감이 떨어져 걱정이라고 하셨다. 강의를 끝내고 많은 학생들이 질문을 던졌다. 학생들은 꿈이 없는 것이 아니라, 자신의 꿈을 밀고 나갈 용기가 없다는 것을 알았다. 부모님이 바라는 진로와 자신이 바라는 진로는 다른데 어떻게 하면 좋을지 모르겠다는 학생의 말에 나는 자신의 인생이니 용기를 내어 부모님을 설득해야 한다고 말해주었다.

나이가 적다고 해서 자신을 모르는 것이 아니며 당연히 자신의 인생을 선택할 권리가 있다. 하지만 요즘 학생들은 어쩌면 부모의 그늘 아래서 자신의 인생을 선택할 용기를 잃었는지도 모른다. 나이가 들어 부모를 원망하고 시키는 대로 살았던 자신을 원망해봤자 시간은 돌아오지 않는다. 죽을 때까지 누군가의 기대를 채우기 위해 살아갈 것이 아니라면 한 살이라도 어릴 때 자신의 꿈을 위해 용기를 내야 한다고 말해주었다.

주위를 보면 유난히 원하는 것을 꼭 가지고 마는 사람이 있다. 늘 양보만 하고 자신의 목소리를 내지 못하는 사람이 보기에 그런 사람은 정말 이기적으로 보인다. 하지만 속마음을 들여다보면 그러지 못하는 자신이 한심하다고 느껴지기 쉽다. 어차피 노력해도 안 될 거라는 생각, 다른 사람에게 어떤 사람으로 비춰질지 모른다는 불안감이 늘 있기 때문이다. 이기적으로 보이는 사람도 자신이 원하는 것을 얻기 위해 많은 에너지를 소모한다. 자신의 주장을 끝까지 관철시키고 설득하기 위해 남보다 더 많은 노력을 해야 하고 더 많은 시간을 소요한다.

나 역시 원하는 것을 가지기 위해 많은 에너지를 사용하는 사람 중 한 사람이다. 노력하지 않고 포기하고 나서 후회할 것이 뻔하기 때문에 일단은 최선의 노력을 다해보는 거다. 내 인생의 모토는 "후회 없는 인생을 살자"이다. 하지만 늘 후회 없는 인생을 살아가는 것이 아니다. 그때그때 후회 없이 살기 위해 노력하는 것이지 결과는 예측할 수 없다. 현실에 최선을 다하고 싶다는 욕구 때문이다.

사람은 돈이 많아서 행복하고 돈이 적어서 불행한 것이 아니다. 나의 인생을 주도적으로 살아가느냐, 타인의 기대를 채우며 살아가느냐에 따라 행복이 결정된다. 자신을 사랑할 줄 아는 좋은 자존감 없이 자신을 위한 인생을 살아가기 힘들다. 가끔은 이기적이어도 괜찮다. 내가 행복해야 세상이 행복해진다는 것을 잊지 말자.

하루 10분,
감사 일기로 나와 마주하라

나는 2년이 넘도록 잠들기 전 감사 일기를 쓰고 있다. 감사 일기를 쓰기 시작하면서 나의 인생은 빠르게 성장했다. 나의 소망과 목표를 잠들기 전에 다시 한 번 생각해보는 시간을 가진다. 습관처럼 감사 일기를 쓰면서 사소한 것에도 감사하는 마음이 생겼다. 읽으면 힘이 나는 책을 침대 머리맡에 두고 일기에 적으면서 잠재의식에 새기면 잠을 자는 동안 나의 꿈은 조금씩 이루어져가는 것을 느낀다.

오랜 시간 나의 감사 일기를 함께 나누었던 많은 사람들이 있었다. 한참 뒤에야 알게 되었는데 나의 감사 일기를 읽으며 많은 동기부여를 받았고 용기를 얻었다고 했다. 지금은 내가 운영하는 카페 '쇼핑몰 브랜딩 연구소'에서 회원들과 감사 일기를 함께 쓰며 일상을 공유하고 있다. 감사 일기를 꾸준히 쓰는 나를 보면서 동기부여를 받고 나처럼 감사 일기를 쓰고 싶다고 생각하게 된 사람들이다.

우리는 매일 잠들기 전 일상을 공유하고 감사한 일을 떠올리며 긍정의 마음으로 잠이 든다. 그러고 나면 다음 날 기분 좋게 하루를 시작할 수 있고 열정을 다시 끌어올릴 수 있다. 감사 일기를 다른 사람들과 공유하고 마음을 나눌 수 있어서 행복하다. 꾸준히 감사 일기를 쓰면 자신에 대해 깊이 있는 생각을 하게 되고, 부정적인 마음보다는 긍정적인 마음으로 자신을 바라볼 수 있다. 지난 연말에는 감사 일기를 쓰는 회원들을 초대해서 브런치 데이트를 하기도 했다.

회원들을 만나 감사 일기를 쓰면서 달라진 점에 대해 서로 이야기를 나누었다. 처음에는 감사 일기를 쓴다는 것이 참 쑥스럽고 쓸 말이 있을까 싶었는데 쓰다 보니 정말 매일 감사한 일이 가득하다는 것을 깨달았다고 했다. 그리고 한 회원은 매일 쓰다가 하루 빠졌더니 그날 악몽을 꿨다는 말을 우스갯소리로 했다. 많은 사람들이 감사 일기를 쓰면서 하루를 즐겁게 마무리하고 긍정적인 생각으로 채운다. 긍정의 에너지는 빠른 속도로 번져서 더 큰 에너지를 만들어낸다는 것을 실감하고 있다. 나는 앞으로 더 많은 사람들과 함께 감사 일기를 나누었으면 하는 바람을 가지고 있다.

우리는 매일 가만히 생각해보면 의외로 감사한 일이 많다는 것을 깨달을 수 있다. 건강하게 하루를 보낼 수 있는 것에도 감사하고 나를 사랑하는 사람들이 옆에 있다는 것만으로도 감사하다. 상

여자의 인생을 바꾸는 자존감의 힘

처를 받는 일이 생겼다면 그 속에서 깨달음을 얻을 수 있어서 이 또한 감사하다. 감사한 일을 찾으려고 한다면 매일 한가지씩은 발견할 수 있을 것이다. 바쁜 일상 속에서 그런 감사함을 잊고 지내기 때문에 좋지 않은 일에 집중하고 생각을 빼앗기는 경우가 많다.

2년이 넘도록 감사 일기를 쉬지 않고 쓴다는 것은 사실 쉬운 일은 아니다. 주위 사람들은 나의 한결같은 꾸준함에 대단하다는 말을 해주었다. 기쁜 날도, 슬픈 날도, 고통스러운 날도 나는 쉬지 않고 감사 일기를 썼다. 기쁠 때는 기뻐서 쓰고, 슬플 때는 슬퍼서 슬픈 마음을 지우기 위해서 썼다. 고통스러운 날은 그런 마음을 지우고 다시 용기를 내기 위해서 썼다. 내가 원하는 인생, 나의 꿈을 매일 떠올리며 감사 일기 안에 나의 열정과 에너지를 담았다.

오프라 윈프리는 10대 시절부터 현재까지 하루도 빼놓지 않고 감사 일기를 적고 있다. 그녀는 가난한 미혼모에게서 태어나 할머니 손에 자랐다. 삼촌에게 성폭행을 당했던 경험이 있다. 14세에 출산을 하면서 미혼모가 되었지만 아이는 태어난 지 2주 만에 세상을 떠났다. 마약을 하면서 고통스런 나날을 보냈던 그녀가 오늘날 오프라 윈프리가 되기까지 그녀를 변화시킨 것이 바로 감사 일기였다. 그녀는 말한다.

"진정한 성실성은 당신이 옳은 일을 하는지 안 하는지 아무도 모를 것이란 사실을 알고도 옳은 일을 하는 것이다."

나는 누군가에게 보여주기 위해서 감사 일기를 썼던 것이 아니

긍정의 하루하루가 모여서
우리는 좋은 자존감을 만들어갈 수 있다.
하루 10분, 감사 일기로 나와 마주하라.

다. 스스로에게 힘을 주기 위해서, 스스로 동기부여를 하기 위해서 썼다. 하지만 나를 위해 쓰기 시작한 감사 일기는 많은 사람들에게 힘을 주었다. 맨 처음 감사 일기를 썼던 날과 지금의 나를 비교하면 정말 빠르게 성장했다. 감사 일기를 쓰면서 불행도 내게 찾아온 감사한 이유가 있을 거라는 깨달음을 얻었다.

한 연구에서 감사 일기를 쓰는 사람이 감사 일기를 쓰지 않는 사람보다 더 행복하게 살아갈 확률이 높다고 한다. 당연한 결과다. 부정적인 마음은 자신의 성장을 방해한다. 매사에 감사하는 마음은 세상을 긍정적으로 바라보게 만든다. 사소한 것에도 행복을 느낄 수 있으니 더 만족스러운 인생을 살아갈 수밖에 없다.

나 역시 고통스런 하루를 보낸 날도 많았고 행복한 하루를 마무리하며 잠든 날도 많았다. 어떤 날이어도 상관없었다. 나는 때가 되면 잠을 자고 밥을 먹듯이 매일 꾸준하게 감사 일기를 썼다. 일기를 쓰기 전에는 항상 내면의 힘을 키워줄 책을 단 몇 줄이라도 읽었다. 어쩔 땐 하염없이 눈물이 날 때도 많았다. '오늘 하루 정말 고생이 많았구나.', '괜찮아, 내일은 좋아질 거야' 하며 스스로를 다독이고 응원했다. 감사 일기는 나 자신에게 하는 다짐이었다. 오늘 하루의 나를 되돌아보고 나의 목표에 대해 다시 한 번 생각하며 행복하게 잠들 수 있는, 나에게는 수면제와 같은 역할을 했다.

나는 보이지 않는 잠재의식의 힘을 믿는다. 잠재의식은 깨어 있는 시간의 대부분을 좌우한다. 잠들기 전 의식 상태는 잠을 자는 동안 우리의 잠재의식 세계를 움직인다. 내가 잠들기 전에 마지막으로 감사 일기를 쓰는 이유다. 감사 일기를 쓰고 잠이 들면 잠재의식 속에 긍정의 힘을 가득 채워 아침에 눈을 떴을 때 원하는 삶을 먼저 떠올리게 한다. 습관화된 나의 일상이 내가 지금까지 열정을 놓지 않고 살아갈 수 있는 힘이 되어주었다.

나는 매일 감사 일기를 쓰며 하루를 돌아본다. 하루 중 괴로웠던 일, 나를 힘들게 한 사람, 걱정되는 일 등 수많은 생각들이 떠오른다. 하루의 마지막, 나는 이렇게 다양한 생각 중 내가 선택한 생각을 잠재의식에 보내는 것이다. 잠을 자는 동안 잠재의식 속에 각인을 시킨다. 잠재의식은 내가 주입한 생각을 내가 원하는 것이라고 판단하고 잠을 자는 동안 움직이기 시작한다. 그래서 그런지 나는 남들보다 꿈을 많이 꾼다. 그것도 정말 좋은 꿈을 많이 꾸는 편이다. 그러니 화가 나거나 걱정스런 상태로 잠들어서는 안 된다. 두려움을 끌어안고 잠을 자서는 안 되는 것이다.

자신이 느끼는 생각과 감정을 글로 표현할 때 몸과 마음이 편해지고 신체의 면역력이 증가한다고 심리학자들은 말한다. 나 역시 중학교 2학년 사춘기 시절 때, 매일 일기를 쓰면서 마음을 다잡았고, 결혼 후 힘들었던 시기에 블로그에 글을 쓰면서 힐링되는 것을 경험했다. 지금 매일 감사 일기를 쓰는 것도 같은 이유에서다.

여자의 인생을 바꾸는 자존감의 힘

감사 일기는 거창하게 쓸 필요가 없다. 매일 단 한 줄이라도 감사한 마음을 담는 것이다. 어디에 쓰는지는 중요하지 않다. 스스로 감사 일기를 쓰면서 그 순간만이라도 일상에서 감사함을 느낄 수 있다면 그것만으로도 충분하다. 짧지만 그 순간의 마음은 우리에게 긍정에너지를 채워주고 이 세상에 존재하는 나의 삶이 얼마나 소중한지 깨닫게 해줄 것이다. 긍정의 하루하루가 모여서 우리는 좋은 자존감을 만들어갈 수 있다. 하루 10분, 감사 일기로 나와 마주하라.

진짜로 이뤄질 때까지
이뤄진 것처럼 행동하라

내가 진정 원하는 것이 있을 때 그것을 생생하게 상상해보라. 기분이 어떤가? 미소가 절로 지어질 것이다. 우리는 그 기분을 일상에서 유지하는 것이 필요하다. 이미 나의 소망이 이루어진 것처럼 느끼고 생각하고 행동해야 한다.

우리는 자신이 원하는 삶에 대해 믿음을 가지고 그 결과가 이미 존재하는 것처럼 살아가야 한다. 나는 지금 책을 쓰고 있는 현재에도, 책이 출간된 이후의 내 모습을 떠올린다. 책을 보고 나를 찾는 수많은 사람들, 나의 강의를 듣고자 기다리는 사람들의 모습 등을 생각한다. 여성들의 자존감을 높이기 위해 분주히 움직이는 내 모습까지 이미 어제의 모습인 것처럼 생각이 든다. 이미 나는 내가 원하는 사람이 된 것처럼 행동하고 살아가는 것이다. 맨 처음 책을 쓸 때도 그랬고 두 번째 책을 쓸 때도 그랬다. 나의 믿음은 현실로

여자의 인생을 바꾸는 자존감의 힘

나타났고 그런 현실이 곧 믿음으로 굳혀졌다.

　나는 책을 쓰면서 나의 열정과 에너지를 활자에 담는다. 나의 글을 읽는 사람에게 나의 에너지가 전달되도록 말이다. 그저 책을 쓰는 작가가 아니라 내 영혼을 글 속에 담는 사람이라는 인식이 강하다. 글을 쓰고 있는 지금이 내 삶 자체라고 생각한다.

　나는 남들보다 이미지 관리를 잘하는 편이다. 언젠가는 유명한 사람이 될 거라는 믿음으로 늘 자신을 가꾸고 이미지 관리에 신경을 써왔다. 누가 나를 보지 않더라도 나 스스로 나를 가치 있는 사람으로 여기기 위해서 노력했다. 책을 쓰고 방송에 나가 많은 사람들이 축하해주고 알아봐주는 그런 상황을 자주 떠올렸다 그리고 그것을 현실로 만들었다. 어느 날 방송국에서 연락이 왔을 때도 촬영을 할 때도 나는 당황하지 않았다. 처음 경험하는 일이지만 자연스러움을 유지할 수 있었던 건 늘 이미 이루어진 것처럼 생각하면서 살았기 때문이다. 첫 방송 경험이었지만 대본에서 벗어나지도, 실수를 잘 하지 않아서 관계자들은 촬영이 끝나고 칭찬을 해주었다.

　나의 가능성에 대해 얼마나 열어두고 살아가느냐는 내 삶의 성장에 많은 영향을 준다. 내가 책을 쓴다고 할 때도, 책을 쓴 후 잡지와 방송에 나갈 거라고 말할 때도 주위 사람들은 허황된 꿈이라고 말했었다. 나는 이미 이루어진 것처럼 나의 미래에 이미 도달한 것처럼 살아간다. 그것이 내가 빠르게 인생을 바꿀 수 있었던 비결이다.

"그대가 보고 있는 모든 것들은

그것이 외부로 드러나 있을지라도

실은 내부에 있는 것이니,

그대의 곧 죽음을 맞이할 운명을 가진 이 세상은

그대의 상상 속에서는 단지 하나의 그림자일 뿐이라."

18세기 영국의 시인 윌리엄 블레이크의 시를 읽으며 많은 공감을 했다. 우리 곁에 존재하는 모든 실상들이 상상에서 비롯되었다는 것을 한순간도 잊지 않는다. 힘든 현실에 부딪혀도 내가 원하는 인생을 마음에 그리고 매일 상상한다. 어두운 그림자가 나를 삼켜버리기 전에 나를 긍정으로 채운다. 그런 마음은 나를 만나는 모든 사람들에게 전해진다는 것을 잘 안다. 나는 세상의 빛이고 희망이라는 마음으로 살아간다. 나는 더 나은 인생을 살아갈 수 있고 그럴 자격이 충분하다는 생각을 잊지 않는다. 누구보다 소중한 내 인생을 잘 가꾸어가야겠다는 생각을 한다.

모든 실체는 상상력에 뿌리를 내리고 있다. 우리는 상상을 통해서 현실을 만들어내고 자신을 둘러싼 환경을 바꾼다. 하지만 대부분의 현실주의자들은 현재 눈앞에 있는 것만을 생각한다. 우리가 사용하는 모든 것은 이전에 누군가의 상상력에 의해 만들어진 것임에도 불구하고 그런 보이지 않는 가치를 생각하지 않는다.

우리는 분명 현실을 살아가고 있다. 하지만 현실은 과거에 내가

여자의 인생을 바꾸는 자존감의 힘

줄곧 해왔던 상상과 습관들이 만들어낸 결과다. 앞으로의 미래 역시 오늘 내가 뿌리는 생각의 씨앗들, 행동의 씨앗들이 만들어낼 것이다. 그러니 자신에 대한 긍정적인 인식이 얼마나 중요한지 말할 필요가 없는 것이다.

오늘 나를 꼼짝달싹하지 못하게 만드는 것은 다름 아닌 나의 생각이다. 행복하지 못한 여러 사건들은 나의 마음속에 불안과 불행이라는 단어를 각인시킨다. 그리고 자신을 꼼짝 못하게 만들어버린다. 사건이 나의 생각을 부정적으로 만들어버리고 그 생각이 나의 행동을 제재하는 악순환이 일어나는 것이다.

사람은 누구나 좋은 일 나쁜 일이 반복되는 환경 속에서 살아가고 있다. 삶에 불만이 없다고 해서 좋은 일만 발생하는 것도 아니며 삶은 고통이라 여긴다고 해서 불행한 일만 발생하는 것은 아니다. 하지만 우리는 다른 건 몰라도 자신의 생각은 통제할 수 있다. 오늘은 울지만 그리고 내일도 울지만 모레는 웃을 거라는 믿음, 그것은 타인이 아닌 스스로가 자신에게 줄 수 있는 최고의 선물이다.

나는 쇼핑몰 코치로서 많은 멘티들을 만나다 보니, 처음 열정을 유지하는 일이 그들에게 얼마나 힘든 일인지 안다. 의욕이 넘치는 상태에서 창업을 시작하더라도 얼마 지나지 않아 스스로에게 실망하는 일이 발생하며 그런 과정에서 무기력한 상태가 되기도 한다. 한참 동안 잠수를 타며 사람들과의 소통을 피하기도 하고 가족들에게 우울함을 표현하기도 한다. 중요한 것은 해결책을 스스로가 만들어낼 수 있다는 사실이다.

허무하게 들릴지 모르지만 인간은 원래가 외로운 존재며 누구나 혼자다. 그것을 인정하는 사람들은 더 이상 외롭지 않다. 누구나 그렇다는 전제가 있기 때문이다. 나 역시 늘 외롭다 느끼며 다른 사람들도 그럴 거라는 생각으로 살아간다. 누구에게나 인생은 고통의 연속이며 자신을 시험하는 수많은 사건들에 놓여 고민하고 또 고민하는 과정이라는 생각을 한다.

하지만 인간은 생각하는 동물이기 때문에 자신의 생각을 자신에게 유리한 쪽으로 선택할 필요가 있다. 수만 가지 다양한 생각들이 오늘 하루 나를 찾아오고 사라지기를 반복하지만 분명히 마음속에 자리를 잡는 주요한 생각을 선택할 수 있다. 똑같이 절망적인 상황이어도 자살을 선택하는 사람과 그 고통을 반드시 살아야만 하는 간절함으로 전환시키는 사람이 있는 것처럼 말이다.

꿈을 가지고 노력하는 사람들에게는 인내가 필요하다. 현실과 나의 꿈 사이는 간격이 존재하기 때문이다. 그 간격을 좁혀가는 과정이 바로 성장이라고 생각한다. 멈추지 않고 매일 꾸준한 노력을 하는 사람을 이길 자는 없다. 머리가 좋은 사람보다 자신의 머리를 믿지 않고 노력하는 사람이 이기는 것이다.

경력 단절을 겪으며 우울함에 매일 눈물을 삼켰던 나는 더 이상 이렇게 살아서는 안 된다는 깨달음을 얻었고 결심과 함께 삶의 틀에서 스스로 깨고 나왔다. 내가 원하는 인생은 나 스스로 만들어갈

여자의 인생을 바꾸는 자존감의 힘

수 있다는 믿음으로 여기까지 왔다. 내 인생을 바꿔줄 사람은 다른 사람이 아닌 나 자신이라는 믿음을 가지고 말이다. 나는 오늘도 상상한다. 지금보다 10배, 100배 더 성장하고 거기서도 멈추지 않고 계속 앞으로 나아갈 내 모습을 떠올린다. 마치 내 인생에 어떠한 한계도 없는 것처럼 말이다.

매 순간 나를 사랑하기란 말처럼 쉬운 일이 아니다.
하지만 나를 사랑하겠다는 의지를 놓지 않으면 되는 것이다.
온전히 나를 사랑하는 사람만이 다른 사람도 사랑할 수 있고
제대로 된 사랑을 할 수 있다.

Chapter 5

온전한 나로,
내 삶의 주인으로
살아가라

꿈이 있는 여자는
세상 그 누구보다 아름답다

나는 가끔 휴식을 취하고 싶을 때, 드라마를 본다. 요즘 드라마는 예전과는 많이 달라졌다. 백마 탄 왕자를 만나 인생을 바꾸는 여자 대신 자신의 성공을 인생 최고의 목표로 정하고 성장하는 한 인간으로서의 여자의 삶을 보여주는 경우가 많다. 성공한 남자의 어깨에 올라타서 남자의 성공을 자신의 성공으로 받아들이는 수동적인 여자가 아니라 자신의 인생에 주도적이고 적극적인 여자의 모습 말이다. 이런 드라마를 보고 있으며 스트레스도 풀리고 같은 여자로서 동기부여가 많이 된다.

나와 인연이 되어 1년이 넘게 알고 지내는 동생이 있다. 그녀의 꿈은 쇼핑몰을 창업해서 경제적으로 독립하고 안정적인 삶을 사는 것이다. 그녀의 부모님은 경제적으로 여유롭고 만나고 있는 남자 친구도 능력이 많다. 부모님도 남자 친구도 그저 결혼을 해서 편안

여자의 인생을 바꾸는 자존감의 힘

하게 살아가길 바라지만 그녀의 꿈은 결혼이 아니다. 스스로 능력을 키워서 그 누구의 간섭도 받지 않고 자신의 삶을 살아가는 것이 꿈이다. 몇 번의 도전이 모두 실패로 끝나 자신감도 자존감도 바닥일 때 나를 만났다. 내 책을 먼저 만났다는 것이 맞다. 다시 도전할 수 있는 용기를 얻어 나를 찾아왔었다. 부정적인 마음에서 긍정적인 마음으로 바뀌었고 내가 즐겨 읽는 책들을 그녀도 함께 읽는다. 요즘 우리는 꿈 이야기를 하며 자주 수다를 떤다.

미국의 전 대통령 프랭클린 루스벨트의 아내 엘리너 루스벨트는 이런 말을 했다.

"여성은 티백과 같다. 뜨거운 물에 담그기 전까지는 그녀가 얼마나
강한지 모른다."

요즘 주위를 둘러보면 남자보다 더 강한 여자들이 많다. 남편의 실직, 사업실패로 갑작스럽게 사회에 나가서 돈을 벌게 되었지만 악착같이 버텨내며 가정을 지켜가는 여자들이 많기 때문이다. 강한 모성애로 자식에 대한 더 강한 책임감을 가지고 있는 여자들을 쉽게 볼 수 있는 요즘이다. 생존을 위해 뒤늦게 사회에 나가서 자신의 꿈을 가지게 된 여자들을 보면 감동이 밀려온다.

나와 친한 L은 아이가 둘이다. 영업을 하면서 열심히 살아가고 있다. 얼마 전 회사를 나온 남편은 사업을 시작하고 얼마 되지 않

아 가지고 있던 모든 돈을 날렸다. 그녀는 속이 너무 상했지만 자신의 일을 더 열심히 할 수 있는 원동력이 되었다고 한다. 평소에 늘 긍정적인 그녀는 힘든 순간에도 자신을 잃지 않았다. 더 이상 남편에게 기대는 삶은 살지 않겠다고 했다. 자신이 하고 있는 일에 더 많은 능력을 인정받아 성공하고 싶다고 한다. 두 아이를 책임지고 키울 수 있는 능력을 키우겠다는 그녀의 말에 덩달아 나도 힘이 나는 것 같았다.

이렇듯 꿈이 있는 여자는 주위 사람들에게도 좋은 에너지를 전달해준다. 같은 여자로서 같은 인간으로서 존경심을 불러일으키며 열정을 전염시킨다.

당신은 어떤 사람이 가장 아름다워 보이는가? 나는 여자든 남자든 자신의 일에 몰입하고 있는 모습이 정말 아름다워 보인다. 시끄러운 카페 안에서도 이렇게 책을 쓰며 나의 생각과 활자에 몰입할 수 있는 내 모습이 마음에 든다. 나는 죽을 때까지 책을 쓰고 싶다. 계속 성장하면서 그 속에서 깨달은 것들, 느꼈던 것들을 책에 담아 많은 사람들과 나누고 싶다. 이런 나의 꿈은 내가 살아있다는 것을 증명해주고 나의 존재의 이유를 밝혀준다.

꿈에 집중할 때 우리는 우울할 틈도, 불행할 틈도 없다. 어떤 고난이 와도 그 안에 갇혀버리는 일 따위는 없을 것이다. 경력 단절을 겪고 있는 여성이라면 틈틈이 사회에 나갈 준비를 해야 한다. 지금 편안하다면 더더욱 미리 준비해야 한다. 요리를 좋아한다면 자

당신은 어떤 사람이 가장 아름다워 보이는가?
나는 여자든 남자든 자신의 일에 몰입하고 있는 모습이
정말 아름다워 보인다.

격증을 따는 것도 좋을 것이고 어학 공부를 해놓는 것도 도움이 될 것이다. 자신만의 이력서를 채워나가는 자세가 중요하다. 육아 때문에 외출이 불가능하다면 온라인으로 교육이 가능한 곳을 찾아보는 것도 좋다. 쉬지 않고 일을 하고 있는 동료들에게 조언을 얻는 것도 도움이 된다. 무엇보다 언젠가는 사회에 나가겠다는 굳은 마음이 필요하다. 자신이 관심 있어 하는 분야에 대한 정보와 소식에 꾸준히 관심을 가지는 것이 좋다.

나는 매일 잠들기 전 의식을 높여주고 동기부여를 해주는 책을 30분씩 읽고 감사 일기를 쓴 후 잠이 든다. 아들은 이런 나의 모습을 보고 자기도 잠들기 전 책을 읽어야겠다며 책을 한 권 꺼낸다. 내가 책을 쓰는 동안 공부를 하거나 책을 읽고 그림책을 만들기도 한다. 나는 아들에게 무엇을 하라고 꼬집어 잔소리하지 않는다. 알아서 무언가를 분주하게 하고 있는 아들을 보고 있노라면 꿈이 있고 목표가 있는 엄마의 모습이 얼마나 많은 가르침을 주는지 깨닫게 된다.

대부분은 엄마가 아이에게 잔소리를 하는 시간을 많이 보낼 테지만 나는 반대다. 아들이 오히려 엄마가 책 쓰고 일하느라 건강을 해칠까 걱정해서 잔소리를 한다. 열심히 살아가는 엄마의 모습을 지켜보면서 알게 모르게 많이 성숙해가는 아들을 보면 늘 흐뭇하다. 아들이 커가면서 잔소리만 하는 엄마가 아니라 진심으로 고민을 상담할 수 있고 사회에 나갔을 땐 실질적인 조언을 해줄 수

여자의 인생을 바꾸는 자존감의 힘

있는 엄마가 되고 싶다. 그러기 위해서라도 사회의 변화에 민감하고 스스로 성장할 줄 알며 자신을 계발하는 엄마로 살아가고 싶다.

남이 아닌 자신의 인생을 충실히 열정적으로 살아가는 엄마의 모습을 보면서 아들 또한 자신의 인생을 멋지게 살아갈 수 있으리라 믿는다. 말이 아닌 행동으로 눈빛으로 보여주는 아들에게 존경받는 엄마이고 싶다. 우리는 아이와 남편에게 기대하는 마음 대신 자신에게 기대하는 인생을 살아가야 한다.

생각해보면 내가 결혼하고 출산과 육아를 하면서 힘들었던 이유는 나의 일을 놓았기 때문이다. 나의 열정과 에너지의 초점을 아이와 남편에게 두었기 때문에 뜻대로 되지 않는 현실에 나의 높았던 자존감은 무너져 버렸다. 내 삶의 채워지지 않았던 부분을 다른 사람으로 채우려고 했기 때문에 나는 행복하지 않았다. 하지만 지금은 목표가 있고 비전이 있기에 에너지를 나 자신에게 가장 많이 쏟으며 나머지 부분에 대해 큰 스트레스를 받지 않는다. 사람은 누구나 자신의 인생에 집중할 때 더 높은 만족을 느끼며 살아갈 수 있다. 타인의 삶이 나의 인생을 결정하는 비중이 높아질수록 자존감 또한 낮아진다.

앞으로 어떤 인생을 살아가야 할지 모르겠다면 예전의 당신의 모습을 한 번 떠올려 보았으면 좋겠다. 인생에 대한 기대감이 컸던 어린 시절 당신의 모습을 떠올려 보라. 하고 싶은 것도, 갖고 싶은 것도, 되고 싶은 것도 많았던 꿈 많던 그 시절을 말이다. 우리는 더 나은 인생을 살아가기 위해 악착같이 공부했고 좁은 취업문으로 들어가기 위해서 열정을 쏟았다. 우리의 부모님은 우리의 인생을 위해 힘들게 일하며 뒷바라지 해주셨다. 그저 엄마로, 아내로 살아가기 위해 우리가 열심히 살았던 것은 아니다.

우리 모두에게는 이루고 싶은 무언가가 분명히 있다. 사소한 꿈이라도 좋다. 지금 내 심장을 뛰게 만들 수 있다면 그 무엇이라도 상관없다. 사소한 꿈, 사소한 도전, 사소한 행동이 우리의 인생을 바꾼다. 나도 할 수 있다는 마음이 우리를 변화시킬 것이다. 우리를 아름답게 만드는 것은 외모가 아니라 꿈을 향한 열정이다.

원하는 삶을 살 수 있는 힘은
나를 사랑하는 것에서부터 나온다

모 여자 연예인의 방송 인터뷰를 본 적이 있다. 그녀는 그날 인터뷰를 하면서 과거 자신을 혐오했던 기억을 떠올렸다. 10년 전에 20대 초반이었던 그녀는 자신을 힘들게 했던 수많은 타인들 사이에서 모든 책임을 자신에게 돌리며 혐오했다고 한다. 하지만 지금은 "나로서 생각하고, 나로서 느끼고, 나로서 살고 싶다"고 말한다. 과거 이야기를 꺼내며 눈시울을 붉히는 그녀를 보며 겉으로는 화려한 연예인이지만 그 속에 고통이 많았음을 알 수 있었다.

남들이 볼 때 모든 것을 갖춘 것처럼 보이는 사람이든, 그렇지 않는 사람이든 누구나 힘겨움을 안고 산다는 공통점이 있다. 그것을 겉으로 드러내느냐 감추느냐에 따라 사람들은 판단할 뿐이다. 자신의 고통을 가장 잘 아는 사람은 남이 아닌 바로 자신이다. 자신을 사랑하는 만큼 사람은 더 많이 성숙하고 더 빨리 어른이 되는 것 같다.

예전에 알고 지냈던 동생이 한 명 있었다. 그녀는 누가 봐도 아름답고 직장에서도 능력을 인정받는 여자였다. 자신감 넘치는 그녀의 모습 뒤에는 늘 남이 정해놓은 목표를 따라 자신의 목표를 정하고 경쟁하려는 마음이 강했다. 늘 경쟁자는 자신의 주위 사람이었기 때문에 누가 어떤 일을 시작하면 그 일을 해야 직성이 풀리고 그러다 시들해지면 또 다른 친구가 하는 일을 따라서 해보고 하는 일을 반복했다. 그러니 주위 사람들의 목표나 꿈에 따라 자신의 꿈이 달라질 수밖에 없었다.

원하는 인생의 기준이 다른 사람에게 초점이 늘 맞추어져 있었기 때문에 늘 안타까운 마음이 들었다. 어쩌면 보이는 것보다 그녀의 자존감이 낮았기 때문이 아닐까 하는 생각이 든다. 남에 의해 결정되는 인생, 주도적이지 않은 인생은 자존감이 낮은 사람들이 살아가는 방식이기 때문이다. 자신이 결정한 인생은 답이 아니라는 생각, 나는 늘 부족하다는 생각은 자신의 인생을 타인을 기준으로 맞추며 살아가게 만든다.

나에 대한 사랑으로 충만할 때 우리는 원하는 것들을 삶으로 모두 가져올 수 있다. 자신을 깊이 사랑하는 사람은 자신에 대한 높은 신뢰를 가진다. 일생을 자아실현에 대해 연구했던 에이브러햄 매슬로는 자아가 실현된 삶의 가장 중요한 특징이 바로 자신에 대한 신뢰라고 했다. 자신의 운명을 스스로 결정할 수 있다고 믿는 사람은 외부의 영향을 받지 않는다는 것이다.

내가 아는 K양은 대학 시절 첫사랑에 실패했다. 그 후로 그녀는 자신은 사랑받을 자격이 없는 사람이라 여겼다. 그리고 자신에게 오랫동안 관심을 보인 한 남자와 결혼을 했다. 사랑하는 사람과 결혼할 수 없다면 그 누구라도 상관없다는 것이 그녀의 생각이었다. 하지만 깊은 사랑 없이 결혼을 선택한 그녀는 행복하지 않았다. 좀 늦더라도 사랑하는 사람과 결혼했어야 한다는 것을 살아가면서 깨닫게 되었기 때문이다.

누구나 사랑하고 사랑받기를 원한다. 내가 사랑하는 사람이 나를 반드시 사랑할 수는 없는 법이다. 사랑하는 것이 나의 선택인 것처럼 나를 사랑하지 않는 것도 상대방의 선택이다. 자신을 사랑하는 여자는 사랑의 실패에 연연하지 않는다. 남자는 자기 자신을 사랑하는 여자에게 매력을 느낀다. 자신에게 집착하고 의존하려는 이성에게는 마음이 오래가지 않는 법이다. 사랑은 같은 곳을 바라보는 것이지 서로 마주하는 것이 아니라는 말도 있지 않은가. 누구를 사랑하든 자신을 더 많이 사랑하는 여자가 아름답고 매력적이다. 자신이 원하는 사랑을 얻지 못했다고 해서 자존감이 낮아질 필요는 없다. 세상에 반은 남자고 그중 진정으로 나와 사랑할 수 있는 남자는 반드시 있다는 것을 알아야 한다. 삶은 진짜 나를 찾아가는 과정임을 잊어서는 안 된다.

매 순간 나를 사랑하기란 말처럼 쉬운 일이 아니다. 하지만 나를 사랑하겠다는 의지를 놓지 않으면 되는 것이다. 온전히 나를 사랑하는 사람만이 다른 사람도 사랑할 수 있고 제대로 된 사랑을 할 수 있다. 세상에는 드라마보다 더 드라마틱한 연애 스토리가 넘쳐 난다. 사랑이 지나쳐 집착이 되어 상대방을 괴롭히는 상황을 많이 봐왔다. 헤어진 후 애인을 납치해서 감금한 이야기, 헤어진 애인을 오랫동안 스토킹하는 이야기 등 사람 사이 관계만큼 다양한 스토 리가 있을까 하는 생각이 든다.

자존감이 낮은 사람들이 이성을 사랑할 때 큰 상처로 끝나버리 는 경우가 많다. 상대방을 통해서 자신의 가치를 평가하기 때문이 다. 오로지 사랑하는 사람이 세상에 전부인 것처럼 생각한 결과다. 사랑도 자신이 먼저 있고 상대방이 있는 것이다. 자신을 사랑하지 않는 사람은 상대에게 줄 사랑이 없다. 그 누구도 자신보다 남을 더 사랑할 순 없기 때문이다. 나 자신이 충분히 사랑하고 사랑받을 자 격이 있는 사람이라고 깨닫는다면 어떤 이별도 크게 흔들리지 않 고 받아들일 수 있을 것이다. 이별이 곧 자신의 부족함을 증명하는 것이 아니라는 것을 알아야 한다.

우리는 늘 관계에서 자존감이 낮아지는 경우가 많다. 사랑하는 사람이든 친구든 가족이든 모두 사람 사이 관계에서 비롯되는 경 우가 허다하다. 나보다 잘난 형제들 때문에 자존감이 떨어져 자신 감이 많이 떨어진 사람도 있고 늘 비교되는 친구 때문에 힘들어하 는 사람도 있다.

세상에 나의 기준으로 잘난 사람은 너무 많다. 어떻게 그 많은 사람들을 우러러만 보며 부러워하고 자격지심을 느끼며 인생을 살아갈 수 있을까. 그렇게 살아가기에 우리의 인생은 1분 1초도 너무 소중하다. 하루를 긍정으로 채워도 부족하다. 남들과 비교하며 에너지를 낭비하는 인생은 이제 그만두어야 한다.

나 역시 자존감이 떨어지는 순간이 자주 찾아온다. 하지만 결정적인 순간에는 정신이 번쩍 든다. 더 이상은 안 되겠다는 생각이 드는 것이다. 나를 지켜야 하는 최소한의 자존감이 남으면 나는 무엇이 잘못되었는지 다시 한 번 생각하게 된다. 그리고 다시 정상으로 끌어올리기 위해 자신을 보호하는 본능적인 힘이 생겨나는 것 같다. 어떤 순간에도 잃지 않아야 할 것은 나 자신이다.

오랜만에 친구와 만나 얘기를 나누었다. 친구는 회사 생활에 대해 많은 불만을 쏟아내며 자신이 더 좋은 대학에 가지 못해서 을의 입장에서 일을 하고 있는 현실이 너무 스트레스라고 말했다. 되돌릴 수 없는 현실에 대한 불만을 쏟아내는 친구의 얼굴에서 행복은 조금도 찾아볼 수가 없었다.

"넌 불행해지기로 마음 먹은 사람 같아."

"내가?"

내 말에 친구는 깜짝 놀라며 한참동안 아무 말도 하지 못했다. 불행해지고 싶은 사람이 어디 있을까. 하지만 바꿀 수 없는 일에 대해 집중하다 보면 자존감은 더 떨어지고 행복이라는 친구가 들어올 틈이 없어진다.

우리는 어릴 때부터 많은 교육을 받고 자랐지만 그 누구도 자신을 사랑하는 법에 대해 배운 적은 없다. 자신을 사랑하라고 알려주는 사람이 없었다. 남들에게 어떻게 해야 하는지, 어떤 태도를 가져야 하는지에 대해서는 수없이 듣고 자랐지만 자신의 마음을 들여다보는 방법은 배우지 못했다. 우리는 모두가 하늘에 떠 있는 별처럼 반짝이는 고귀한 존재다. 엄마 뱃속에서 태어날 때부터 비교될 수 없을 만큼 소중한 존재였다. 자라면서 조금씩 나를 잃어가는 시간을 보내고 있었는지도 모른다. 세상이 넓은 만큼 비교할 대상도 많아졌기 때문이다.

태어날 때는 모두가 완벽한 자존감을 가지고 태어났지만 살아가면서 자존감이 조금씩 무너지는 경험을 하게 된다. 그 속에서도 누군가는 자신에 대한 사랑으로 흔들림 없이 나아가지만 대부분의 사람들은 돌부리에 걸릴 때마다 자존감이 무너진다. 무너진 자존감을 회복할 수만 있다면 우리는 어떤 상황에서도 나를 잃지 않고 살아갈 수 있다. 지금 당장 결심하라. 그 누구도 당신을 사랑하지 않는다고 느껴진다 해도 당신만큼은 자신을 사랑하겠다고 말이다.

여자의 인생을 바꾸는 자존감의 힘

오늘의 상상이
내일의 현실이 된다

세계대공황이 일어났을 때 대부분의 회사들은 정리해고를 감행하면서 소극적이고 위축된 경영을 했다. 하지만 한 사람만큼은 "정신 자세가 중요한 것이지, 시장이나 고객의 상황에 따라 좌우되는 것이 아니다"라고 확신했다. 자신의 확신대로 교육을 시켰지만 대부분의 직원들은 받아들이지 못하고 떠났다. 놀라운 것은 그의 적극적인 정신을 이어받은 200명의 사원은 1,000명의 사원이 일으킨 실적보다 더 큰 실적을 올렸다는 것이다. 그의 회사는 다시 크게 성장했고 직원 중 20명은 백만장자로 독립해나갔다. 그는 바로 1970년 《포춘》지가 선정한 50대 재벌 중 한 명인 클레멘트 스톤이다.

상상력은 주어진 현실의 한계를 뛰어넘어 기회를 보게 만든다. 우리는 매 순간 상상력을 이용할 수 있으며 매 순간 인생을 바꿀 기회와 마주하고 있다. 또 상상력은 우리의 소망을 이루게 해주는 힘이다. 어릴 때부터 하늘을 나는 꿈을 꾸었던 내가 승무원이 되었다는 것이 그저 우연이라고 생각하지 않는다. 상상의 힘을 믿는다. 내가 하는 상상은 어떤 식으로든 모습을 나타내게 되어 있다. 자신이 한 번도 상상하지 않은 일은 발생하지 않는 것이다.

몇 달 전 방송국에서 여행 관련 토크쇼에 섭외 요청이 왔었다. 전직 승무원을 섭외하려고 하다가 책과 블로그를 보고 연락했단다. 기분이 너무 좋았지만 솔직히 승무원 시절에 여행을 많이 다니지 못했기 때문에 선뜻 요청을 받아들일 수가 없었다. 여행에 대해 좋은 정보를 많이 줄 수 있어야 시청자들에게 도움이 될 텐데 나는 그만둔 지도 오래되고 여행을 많이 다니지 않아 도움을 줄 수 없을 것 같았다. 그래서 여행 관련 주제라 큰 도움이 못될 것 같다고 솔직하게 말했다.

방송에 출연하고 싶다는 욕심에 가리지 않고 받아들였다면 마음이 힘들었을 것 같다. 경력 단절 여성들을 위한 창업에 대한 주제로 방송 요청이 왔을 때는 즐거운 마음으로 출연할 수 있었다. 방송출연이 처음이었음에도 불구하고 방송을 보고 있는 경력 단절 여성들에게 희망을 주고 열정을 심어줘야겠다는 강한 의지로 큰 실수 없이 해냈다.

나는 몇 년 전부터 드림보드를 만들어서 내가 원하는 것들을 시각화하고 있다. 100가지의 드림리스트를 작성하고 사진을 인화해서 드림보드를 만들어 매일 들여다본다. 지금까지 드림보드에 있던 많은 꿈들을 이루었다. 잡지 인터뷰, 방송 출연 등 매일 꿈을 그리고 상상하고 시각화한 덕분에 꿈을 현실로 만들어냈다.

그래서인지 잡지사에서 연락이 왔을 때도, 방송국에서 연락이 왔을 때에도 낯설지가 않았다. '이제 꿈이 나를 부르는구나' 하는 생각이 들었다. 매일 잠들기 전 꿈을 생각하고 반드시 이루어질 거라는 믿음을 잃지 않았기 때문이다. 처음에 드림보드를 만들 때는 현재의 내 모습과 거리가 있었지만 시간이 흐를수록 나와의 간격이 좁혀짐을 느낄 수 있었다.

내가 원하는 인생의 정점에 이미 도달해 있는 나의 모습을 생생하게 상상해야 한다. 지금 이루어진 것처럼 그 느낌이 전달되듯이 말이다. 상상력도 집중력이 중요하다. 내가 원하는 소망이 성취된 듯한 느낌을 항상 유지하는 것이 중요하다. 상상 속에서 자신의 초점을 변화시켜서 성취할 수 있는 가능성은 상상할 수 없을 만큼 무한하다. 사람은 어떠한 감정이 자기 안에서 일어나는 것을 기다리고 있을 필요가 없다. 자신의 의지로 원하는 감정을 만들어낼 수 있기 때문이다. 우리는 눈앞에 보이는 현실을 의지해서 걷는 것이 아니라, 자신에 대한 믿음으로 걸어야 한다.

문득 감옥에 갇혔던 한 골퍼의 이야기가 생각난다. 그는 1년 동안 감옥에서 하루 종일 상상 속에서 골프연습을 했다고 한다. 감

우리는 눈앞에 보이는 현실을
의지해서 걷는 것이 아니라,
자신에 대한 믿음으로 걸어야 한다.

옥에서 출소 후 바로 찾아간 골프장에서 골프를 쳤는데 감옥에서 상상만으로 쳤던 기록을 넘겼다는 이야기다. 실제로 채 한 번 잡아보지 못했는데 골프 라운드를 매일 했던 사람보다 좋은 성적을 냈다. 우리의 상상력은 엄청난 힘을 가지고 있음을 말해준다. 환경이 아무리 열악해도 자유로운 상상에 한계를 두지 말고 다른 사람의 눈치를 보지도 마라. 가지지 못했다고 상상력마저 가난해서는 안 된다.

니체는 "젊은이를 타락으로 이끄는 확실한 방법은 다르게 생각하는 사람 대신 같은 사고방식을 가진 사람을 존경하도록 지시하는 것이다"라고 말했다. 세상을 다르게 보는 것이 얼마나 중요한지 그러기 위해서 우리의 상상력이 얼마나 중요한지를 말해준다.

자신에 대한 믿음으로 나아간다면 상상했던 세상을 현실에서 만나게 된다. 보이지 않는 가치를 볼 수 있다면 우리의 인생은 지금보다 더욱 빛나게 될 것이다. 눈앞의 현실에만 급급하면서 살아가면 더 나은 인생은 기대할 수 없다. 우리는 상상 속에서 보았던 것을 현실에서 반드시 만나게 되기 때문이다.

남들이 뭐라고 해도 자신에 대한 믿음으로 미래를 꿈꾸어야 한다. 포기해야 할 이유를 성공을 향한 동력으로 전환시켜야 한다. 당신이 어떤 스펙을 가졌건, 나이가 얼마가 되었건, 어디에 있건 누구나 꿈을 꿀 자격이 있다. 기적은 생생하게 상상하고 행동으로 옮기는 사람에게 찾아오는 법이다. 도전해보지 않고는 자신이 얼마

만큼 해낼 수 있는 사람인지 절대 알 수 없다. 누구나 다가올 미래를 명확하게 예상할 수는 없다. 나 역시 마찬가지다. 하지만 내가 상상하는 것이 현실이 될 거라고 스스로 인정할 수 있다면 우리는 반드시 그곳으로 갈 수 있다고 믿는다.

알베르트 아인슈타인은 "상상은 지식보다 중요하다. 지식에는 한계가 있지만 상상은 온 세상을 끌어안는다"고 했다.

나는 매일 상상한다. 내가 원하는 모습이 되어 있는 상상을 매일 한다. 상상은 망상과는 다르다. 주위 사람들은 간혹 나의 상상력에 대해 부정적인 발언들을 하곤 했다. 나를 몽상가 취급을 하는 사람도 있었다. "망상이 아니냐.", "너무 허황된 상상을 끌어안고 사는 것이 아니냐.", "현실에 집중해야지." 하며 말이다. 하지만 지금까지 나를 성장시킨 것은 바로 나의 상상력 덕분임을 잘 안다. 상상을 현실로 만들어낼 때 사람들은 나를 인정해주었다. 보이지 않는 것을 보이는 것으로 만들어내면 사람들은 내 말에 귀를 기울였다.

우리 눈에 보이는 모든 것은 한때 누군가의 상상 속에 존재했던 것들이다. 상상 속에 자리 잡지 못하는 것은 현실에서도 만들어내기 힘들다. 상상의 힘이 얼마나 중요한가를 매일 생각한다. 상상의 힘은 한계가 없고 모든 인간에게 주어진 위대한 힘이다.

나는 행복하게 살 자격이 없다거나 나는 운이 없다거나 하는 부정적인 생각의 바람을 상상해서는 안 된다. 자신이 간절히 바라는 소망에 대한 상상으로 채워야 한다. 자신이 빈번하게 떠올리는 것

여자의 인생을 바꾸는 자존감의 힘

이 훗날 현실을 만들어낸다는 것을 잊어서는 안 된다.

랠프 월도 에머슨은 "그러니, 자신만의 세계를 건설하라. 최대한 빨리 당신의 삶을 마음속의 순수한 생각과 일치시킨다면 그 위대한 세계가 펼쳐질 것이다"라고 말했다. 인간에게 가장 중요한 능력은 꿈을 꾸는 능력임을 말해준다.

지금 책을 쓰고 강연을 하는 나의 삶은 힘든 경력 단절 시절 때 늘 상상했던 나의 모습이다. 우리는 상상하는 능력을 키워야 한다. 보이지 않지만 있다고 믿는 것, 그것을 현실로 만들어내기 위한 끊임없는 동기유발이 필요하다. 이 책의 마침표를 찍고 세상에 태어나는 날, 수많은 여성들이 내 책을 만나 지금보다 더 나은 삶을 살아가는 모습을 생생하게 상상해본다. 너무 행복하다.

감각에 매인 인간은 꽃봉오리를 보지만 상상력은 꽃이 활짝 핀 모습을 본다고 했다. 지금 나의 모습은 과거에 내가 빈번하게 상상했던 모습이다. 단 한 번도 상상하지 못했던 일은 발생하지 않는다. 우리의 뇌는 상상과 현실을 구별하지 못하기 때문에 진정으로 자신이 원하는 것만을 습관처럼 상상해야 한다. 지금 당신이 하는 상상은 어떤 식으로든 당신 앞에 현실로 나타날 것이다.

덜 힘든 길보다 더 나은 길,
안정보다 열정을 선택하라

얼마 전 대학교에서 강연을 하고 왔다. 대학교 3학년 학생들과 몇 시간 동안 소통하면서 현재 대학생들이 어떤 고민을 하고 있는지 알게 되었다. 학생들을 보는 순간, 젊음이 정말 부럽다는 생각이 가장 먼저 들었다. 무엇이든 도전할 수 있는 아름다운 시절을 살고 있기 때문이다. 하지만 나의 생각과 달리 학생들은 꿈도 비전도 없어 보였고 미래에 대한 희망이나 자신에 대한 확신은 찾아보기 힘들었다.

교수님이 말씀하시길, 학생들이 동기부여를 받기가 힘들고 현실의 장벽을 넘어설 만큼 비전을 가지고 있지 못하다고 했다. 원하는 일을 하고 싶어도 현실적인 경쟁률을 생각하면 도전할 엄두가 나지 않고, 그저 꼬박꼬박 월급이라도 나오는 안전한 직장을 가졌으면 하는 생각이 대부분이어서 충격적이었다.

여자의 인생을 바꾸는 자존감의 힘

강연을 마치고 많은 학생들이 자신이 하고 싶은 일에 대해 내게 말해주었다. 처음과 달리 희망에 찬 눈빛으로 바뀌었고 밝아진 모습에 큰 보람을 느낄 수 있었다. 강의를 마치고 나서 준비해온 책을 몇 명의 학생들에게 선물로 주었다. 마지막 한 친구가 사인을 하는 내게 다가와 이런 말을 했다.

"사실 저도 작가님처럼 이상주의자예요. 하지만 친구들이 모두 저를 이상하게 생각해요. 저는 미래에 멋진 법조인이 되고 싶어요. 꼭 서울로 올라가서 뵈러갈게요."

자신의 꿈을 내 귀에 대고 속삭이듯 말하는 학생을 보면서 대견스러운 마음과 함께 조금은 안타까움이 느껴졌다. 꿈을 가지는 것, 그 꿈을 향해 도전하는 것이 낯설게 느껴지는 요즘 청춘들의 모습이다. 한계는 스스로가 만들어내는 것이라는 메시지를 전하고 학교를 떠나며 많은 학생들이 불가능에 도전하는 큰 열정을 가지고 살아갔으면 하는 마음이 들었다. 강의를 하고 돌아오면서 많은 동기부여를 받았다고 메시지를 보내주는 학생들이 있어서 뿌듯했다. 나는 그들에게 말했다. 무엇을 꿈꾸든 지치지 않는 열정과 끈기와 포기하지 않는 의지가 있다면 반드시 이루어질 것이라고 말이다.

나는 지금 쓰고 있는 세 번째 저서의 탄생을 고대하며 크리스마스에도, 새해 첫날에도 카페에서 책을 썼다. 오늘도 일요일이지만 아침 일찍 조용한 카페에 홀로 앉아 이렇게 나를 위한 시간을 보내고 있다. 휴일에 아무 생각 없이 혼자 영화를 보거나 쇼핑을 하며 지냈던 때가 까마득하다. 나는 꿈이 있기 때문에 내게 주어진 소중한 시간들을 헛되이 보낼 수가 없다.

책을 쓰고 있는데 갑자기 반가운 전화가 왔다. 얼마 전에 책이 출간된 작가 한 분이 찾아오겠다는 전화였다. 내가 책 쓰기 코치로 활동하는 동안 나의 도움을 많이 받아서 감사하다는 인사를 전해주고 싶다고 했다. 카페로 찾아와서 사인이 담긴 따끈따끈한 책과 선물을 전해주었다. 서문에 나의 이름이 들어가 있어서 큰 감동이 밀려왔다.

그녀는 책 출간 후 언론 인터뷰와 강연으로 바쁜 나날을 보내고 있었다. 직장에서 나와 부동산 전문가로 일하면서 여러 가지 고민 또한 많아보였다. 나이는 그리 많지 않지만 일과 결혼 등으로 가장 고민이 많을 때였다. 나 역시 그 시절에 세상 고민 다 안고 사는 사람처럼 살았으니 충분히 이해가 되었다. 노처녀라고 하기엔 이른 나이라 주변에서 결혼 얘기는 하지 않지만 애인이 없으니 그것도 걱정이고 매일 미친 듯이 일만 하는 자신이 옳은 길을 가고 있는지 잘 모르겠다는 말을 했다.

그녀는 외국계 회사에 다니면서 누구보다 치열하게 살아왔다. 월급을 알뜰살뜰 모아서 월세 받는 직장인으로 동료들의 부러움을 산다. 자신의 노하우를 책에 담아 많은 직장인들이 자신처럼 월세 받는 직장인으로 살아갈 수 있도록 도움을 주고 있다. 이렇게 너무나 잘하고 있는 그녀 또한 여느 여자들과 다름없이 고민을 하고 있었다. 나는 그녀에게 지금 너무 잘하고 있고 결혼은 언제 하느냐가 중요한 것이 아니라 얼마나 나와 잘 맞는 사람과 하는가가 훨씬 중요하다고 말해주었다. 그리고 어떤 경우에도 자신의 일을 놓지 말라는 조언을 해주었다. 여자의 경제적 자립은 결혼 전과 후가 같아야 한다고 강조했다. 결혼은 사랑하는 사람과 함께한다는 덤으로 주어지는 것이지 다른 것을 놓아야 하는 이유가 될 수 없다고 말해주었다.

내가 보기에 그녀는 스스로 "나, 잘하고 있는 거 맞죠?"라는 질문에 대한 답을 듣고 싶었던 것 같다. 답을 알고 있지만 다른 누군가의 확인이 필요해 보였다. 나의 응원에 다시 활기를 되찾고 돌아가는 그녀를 보면서 보람을 느꼈다. 처음에 책을 쓸 때 고민이 많았던 그녀의 모습이 잠깐 떠올랐다. 성장하는 사람은 자신에 대한 고민을 늘 하며 지내기 때문에 어느 순간 많은 것을 이루어도 크게 다가오지 않는다. 계속 성장하고 있다는 좋은 징조다. 자신에 대한 깊은 고민 없이 더 나은 삶은 찾아오지 않는 것이다.

기성세대는 생계를 위해서 자신의 꿈을 포기하며 살았지만 지금의 젊은 세대는 다르다. 입사한 지 얼마 되지 않은 20대도 퇴사를 고민하는 사람들이 많다. 그들이 무조건적으로 인내심이 부족해서만일까? 아니다. 20대에 당연히 자신이 진정 하고 싶은 일이 무엇인지 고민해야 한다. 그렇지 않으면 더 힘든 30대를 살아가게 될 것이다. 사회는 이들의 고민에 귀 기울일 필요가 있다.

L양은 20대 후반이지만 퇴사를 준비하고 있다. 명문대 출신에 만점에 가까운 토익점수, 유창한 중국어 실력을 갖추고 있지만 수백 번의 입사 지원에 거절을 당했다. 힘들게 들어간 직장이지만 상식이 통하지 않는 조직의 분위기에 버티지 못하고 퇴사를 준비한다. 여직원이라서 당연시 여기는 업무 외적인 일과 비합리적인 복장 규정부터 전공과 무관한 부서로 배치시키는 불공정한 처우가 마음에 들지 않았기 때문이다.

지금도 스스로 안전하다고 믿는 직장 안에서 안주하며 나처럼 쉬지 않고 도전하는 사람을 향해 냉소를 쏟아내는 사람이 있을 것이다. '가만이나 있으면 현상 유지라도 되지' 하는 생각을 하면서 말이다. 하지만 나는 그렇게 생각하지 않는다. 남이 만들어놓은 안전한 틀이라는 것은 언제 깨질지 모른다. 아무것도 하지 않는 것이 가장 위험하다는 것을 그들은 모른다. 인생은 '안전'이 목표가 될 수 없다. 위험을 피하는 것이 위험에 과감하게 뛰어드는 것보다 안전할 수는 없는 것이다.

청년 취업이 어려운 요즘, 취업을 하는 것 자체가 대단한 일이라고 받아들여질지도 모른다. 하지만 그렇다고 해서 자신이 원하는 인생에 대한 고민 없이 무조건적으로 현실을 받아들이기만 해서는 안 된다. 우리는 나이와 상관없이 내가 원하는 삶을 추구할 권리가 있기 때문이다.

얼마 전 강연을 갔다가 받았던 질문이 떠오른다.

"꿈을 종이에 적고 시각화하면 빨리 이루어진다고 말씀하시는데 그렇게 꿈을 이루는 데까지는 걸리는 시간은 어떻게 결정이 되나요?"

나는 대답했다.

"꿈을 종이에 적고 시각화를 하더라도 그것을 생생하게 상상할수 없다면 이루어지지 않습니다. 얼마만큼의 간절함과 이루고자하는 열망이 있는지 그리고 상상력에 달려 있습니다. 스스로가 정하는 것입니다."

꿈을 이루는 데는 수치를 매길 수 있는 법칙이 있는 것이 아니다. 내가 이룰 수 있다고 생각하는 믿음의 정도, 열정의 강도만큼 달라진다. 그것은 스스로가 정하는 것이지 남이 정해주는 기준이 아니다.

마윈은 이런 말을 했다.

"때로는 어설프게 똑똑한 것보다 조금 덜 똑똑하더라도 우직한 편이 낫고, 외로움을 견뎌낼 줄 아는 사람만이 인재로 성장할 수 있다. 오늘은 힘들고 내일은 더 힘들 수도 있지만 모레는 분명 좋은 일이 생길 것이다. 그런데 많은 사람이 내일 저녁에 죽어버리는 바람에 모레의 빛나는 태양을 보지 못한다."

미국의 작가 앤디 앤드루스는 19살 때 양친이 모두 사망해 노숙자가 되었지만 역경을 이겨내고 코미디언이 되었다. 40개 언어로 된 23권의 책을 쓴 자기계발 작가다. 그는 얼마 전 한 언론과의 인터뷰에서 이런 말을 했다.

"인생은 실패의 연속이다. 내 경우에도 내가 인생에서 시도한 것들 대부분이 실패했다. 《폰더 씨의 위대한 하루》는 출간되기까지 51개 출판사가 거절했다. 거절 이유는 '아무 쓸모없는 책'이라는 평가였다. 하지만 출간 후 수백만 부가 팔렸다. 우리 주변에 있는 성공한 사람들은 성공 가능성이 별로 없어 보이는 일을 계속 시도한 사람들이다."

그는 답이 뭔지 모를 때, 답이 나타나기 전에는 항상 혼란스럽지만 계속 답을 찾고 계속 웃고 계속 노력하면 된다는 말을 전했다. 진정 성공하는 사람들은 자신의 행복을 지켜나가는 사람이라는 생각이 든다. 우리에겐 누구나 가는 넓고 편한 길이 아닌, 아무도 가지 않는 좁은 길로 갈 수 있는 용기가 필요하다. 덜 힘든 길보다 더 나은 길, 안정보다 열정을 선택해야 한다.

여자의 인생을 바꾸는 자존감의 힘

끝없는 호기심과 도전만이
여자를 성공으로 이끈다

중국의 철학자 노자는 말했다.

"큰 나무도 가느다란 가지에서 시작된다. 10층 석탑도 작은 벽돌을
하나하나 쌓아 올리는 것에서 시작된다. 천 리 길도 한 걸음부터 시
작이다. 마지막에 이르기까지 처음과 마찬가지로 주의를 기울이면
어떤 일이라도 탁월하게 해낼 수 있다."

처음부터 큰 인물이 될 사람이 정해져 있는 것이 아니다. 무조
건 된다는 생각을 가지고 끊임없이 도전한다면 그 어떤 환경에 처
한 사람도 성공할 수 있다. 나는 환경이 좋지 않은 사람들이 성공
할 가능성이 크다고 믿는다. 태어나면서부터 많은 것을 가진 사람
들은 더 이상 노력할 필요가 없기 때문이다. 그리고 작은 것을 가

지기 위해 피나는 노력을 할 필요도 없다. 자신이 얻고자 하는 것을 얻기 위해 노력하는 열정이 어떤 것인지 경험하지 못한다. 정말 안타까운 일이라고 생각한다. 하지만 많은 것을 가지고 태어났지만 자신의 인생을 스스로 개척하는 사람을 보면 존경심이 생긴다.

우리는 누구나 자신이 이루어야 할 소명을 가지고 태어났다. 그저 일상에 안주해서 늘 같은 생각으로 머무르며 죽음을 향해 가서는 안 된다. 죽음을 앞둔 사람들이 가장 후회하는 일이 바로 실패할까 두려워 도전할 기회를 놓친 것이라고 했다. 아무런 위험도 감수하지 않으려고 현실에 안주하며 산 시간을 후회하는 것이다.

나는 운전면허를 취득하고 10년 가까이 되지만 고속도로 운전을 한 번도 해본 적이 없었다. 유독 운전에 대해서만큼은 두려움이 있었다. 내가 아무리 교통 법규를 잘 지켜도 운이 나쁘면 사고가 크게 날 수도 있겠다는 생각이 늘 있었다. 주위에 고속도로에서 실제로 큰 사고가 났던 사람들도 꽤 있었기 때문이다. 그렇게 가까운 시내만 운전하던 나는 작년 여름 문득 그런 내 자신이 한심하다는 생각이 들었다.

비가 많이 오던 장마철 어느 날, 차를 가지고 고속도로 운전을 해보기로 마음먹었다. 쏟아지는 폭우로 시야가 많이 가려져 무섭기도 했지만 나는 원하는 목적지까지 무사히 도착했다. 고속도로를 달리며 운전을 하고 있는 수많은 사람들을 보면서 생각했다.

'대한민국에 운전을 잘하는 사람이 이렇게 많은데 나는 왜 지금

여자의 인생을 바꾸는 자존감의 힘

껏 운전에 대한 두려움을 안고 살았을까?'

두려움은 행동으로 옮기기 전에 내면에서 일어나는 자신과의 갈등일 뿐이다. 일어나지도 않을 일을 상상하면서 두려움을 키우는 것이다. 나는 그날의 도전으로 운전에 대한 두려움을 많이 떨쳐냈다. 막상 해보니 별거 아니라는 생각에 자신감이 많이 생겼던 것이다. 차가 있으면서도 택시를 타고 다닐 때 조금은 창피하기도 하고 스스로 부끄러웠던 내 모습을 지울 수 있었다. 베스트 드라이버가 되고 싶은 작은 목표도 생겼다. 나는 내가 남보다 어떤 것이 부족할 때 이런 생각을 해본다. '나라도 못할 거 있어? 누구나 처음은 있는 거야'라고 말이다.

사람들은 새로운 일을 시작할 때, 그 분야에서 능력 있는 사람과 자신을 비교한다. 그 사람 역시 처음이 있었고 보잘것없던 시절이 있었다는 것을 생각하지 않는다. 남들과의 비교로 시도조차 하지 않는다면 당신은 영원히 그 일을 할 수 없는 사람으로 남을 것이다. 두려움을 이겨내고 가끔은 이유 없는 자신감을 가질지라도 시도할 수 있는 작은 용기가 필요하다. 그 작은 용기가 불씨가 되어 어느 새 놀랄 만큼 실력이 향상된 자신과 마주하게 될 것이다.

끝없는 호기심과 도전을 이끄는 것은 여자의 욕망이다. 욕망이 없다면 결핍을 느끼지도 못할뿐더러 보다 나은 삶을 만들어가기 힘들다. 삶의 목적은 이러한 욕망을 실현하는 것이다. 보다 즐거운 삶, 보다 행복한 삶을 만들어가기 위해 우리는 반드시 욕망을 가져야 한다.

　국내 첫 A380 여성기장 황연정 씨는 현재 21년차 베테랑 기장
이다. 그녀는 대학시절 스튜어디스를 꿈꿔 인턴승무원으로 근무했
지만 비행기 견학 때 우연히 앉아 본 조종석에서 인생이 바뀌었다
고 한다. 순간 가슴이 뛰었고 자신이 가야 할 길이라고 판단했다는
것이다. 쌍둥이 엄마로서 육아와 병행하기 너무 힘들었지만 자신은
다른 엄마들보다 시간이 많지 않다는 것을 알려주고 아이들이 스스
로 알아서 할 수 있도록 해온 것이 큰 효과가 있었다고 말한다. 여성
이 조종사로 일하는 것은 여성 특유의 섬세함과 순발력으로 장점이
될 수 있다고 말했다. 그녀는 다시 태어나도 조종사가 되고 싶다고
한다. 자신의 삶을 포기하지 않는 그녀의 도전과 열정이 아름답다.
　나폴레온 힐은《놓치고 싶지 않은 나의 꿈 나의 인생》에서 수준
높고 풍요로운 인생을 살아가는 사람들에게는 한 가지 뚜렷한 특징
이 있다고 한다. 그들에게는 성공을 향한 불타는 소원이 있다는 것
이다. 일반적인 욕망과는 다르기 때문에 마음속에서 일단 불이 붙
으면 무슨 일이 있더라도 결코 꺼지지 않는다고 말했다.
　누구나 새로운 일에 도전하는 것보다는 지금 있는 모습 그대로
살아가는 것이 어쩌면 더 편한 선택일지도 모른다. 새로운 경험에
대해 도전해보기로 결정하기까지 자신과의 싸움이 시작된다. 일단
도전해보기로 마음을 먹는다면 사소한 경험들이 나의 선택을 기다

　　　　　　　　　　여자의 인생을 바꾸는 자존감의 힘

내 인생에 한계는 없다.
내가 한계를 짓지 않는 한 말이다.
나는 나에 대한 믿음으로 끝없는 호기심과 도전으로
내가 원하는 그곳에 도달하리라 의심하지 않는다.

리게 된다. 자신을 더욱 깊이 들여다볼 수 있는 계기가 되고 새로운 일에 대한 지식들이 쌓이기 시작한다. 의욕들이 차츰 커지면서 기회들이 생겨나기 시작한다. 그런 과정에 집중할 때 작은 보상을 얻기도 한다.

만약 그런 경험들을 모두 포기하고 현실에 안주하려는 마음으로만 살아간다면 인생은 어떨까? 아마 지금 현재 상태도 유지하기 힘들 거라는 생각이 든다. 나는 가만히 있는 사람에게 안정은 오지 않는다고 믿는다. 세상은 빠르게 변해가지만 체감의 강도는 낮으며 어느 순간 갑자기 달라진 세상에 당황하게 될지도 모르기 때문이다. 늘 변화하려는 마음이 없다면 다가오는 미래는 장담할 수 없다. 한 걸음 뒤로 물러나 있는 사람에게 열정적인 삶이란 존재하지 않는다.

우리는 어떤 일에 도전할 때 주위의 저항에 직면하게 된다. 가까운 사람들은 나의 변화를 달가워하지 않기 때문이다. 그렇기에 주도적인 사람만이 도전에 유연할 수밖에 없다. 타인의 기준으로 삶을 살아가는 사람들은 어떤 일이 잘 되지 않았을 때 남 탓을 하기 쉽지만 스스로의 판단으로 도전을 하는 사람은 그렇지 않다. 자신의 주도적인 판단의 결과라고 겸허히 받아들일 수 있다. 성공이든 실패든 남 탓보다는 시행착오를 겪는 과정이라고 생각한다. 어떤 경험이든 내 인생에서 작은 의미라도 가질 수 있다면 그것만으로도 충분하다. 금전적인 이익보다 더 중요한 가치나 배움을 얻었다

여자의 인생을 바꾸는 자존감의 힘

면 그것 또한 큰 수확이다.

나는 주위사람들이 바라보았을 때 아주 다이내믹한 인생을 살아가고 있다. "남편이 벌어다주는 돈으로 편하게 살면 되지 뭘 또 한다고!"라고 말하는 주위사람들의 눈에 말이다. 나는 자꾸 변화하고 계속 도전하며 호기심은 끝이 없다. 나는 이런 내 모습을 사랑한다. 다른 사람의 말에 흔들리지 않고 내 인생을 살아가는 내가 좋다. 나는 다가오는 미래가 기대된다. 나이와 상관없이 매일 조금씩 나아지고 있다는 사실이 그런 기대감을 충족시켜줄 거라 믿는다.

내 인생에 한계는 없다. 내가 한계를 짓지 않는 한 말이다. 나는 나에 대한 믿음으로 끝없는 호기심과 도전으로 내가 원하는 그곳에 도달하리라 의심하지 않는다. 나를 움직이게 만드는 힘은 내면에 강하게 자리 잡고 있는 나의 '자존감'이다. 스스로에게 동기부여를 해주는 강력한 힘이다. 내가 지금껏 힘든 순간에도 나 자신을 일으켜 세울 수 있었던 건 바로 강한 자존감이 있었기 때문이다.

아리스토텔레스는 이런 말을 했다.

"지금 우리는 반복적인 행동의 결과물이다. 따라서 탁월함은 행동이 아니라 습관이다."

나는 호기심과 도전하는 것 또한 습관이라고 생각한다. 편견에 사로잡히지 않고 열려 있는 마음을 가진 사람은 호기심이 많고, 그런 호기심은 긍정적인 도전정신을 발휘하도록 도와준다. 늘 도전을 하는 사람은 결과보다는 과정에 더 큰 가치를 둔다. 도전하는 일마다 성공하기 때문에 도전을 하는 것이 아니다. 성공을 하든 실패를 하든 그 속에서 얻는 가치를 더 중요하게 생각하기 때문에 계속 도전할 수 있는 것이다.

도전하는 엄마는 아이를 한계에 가둬 키우지 않는다. 세상에는 생각보다 다양한 길이 있다는 것을 알기 때문이다. 엄마라면 더더욱 자존감을 키워야 하는 이유다. 아이는 엄마의 정신세계를 그대로 닮아간다. 아이에게 엄마는 우주며, 세상 전부를 준다고 해도 바꿀 수 없는 유일한 존재이기 때문이다. 우리는 완벽하지 않기 때문에 끝없는 호기심으로 도전해야만 한다. 삶은 진정한 나를 발견해가는 과정임을 잊지 말자.

경영학자 피터 드러커의 말이 생각난다.

"살아가는 동안 완벽은 언제나 나를 피해갈 것이다. 그렇지만 나는 또한 언제나 완벽하리라 다짐한다."

여자의 인생을 바꾸는 자존감의 힘

06

당신의 5년 후 모습을
준비하고 디자인하라

대나무 중에서 최고라고 불리는 '모죽'은 씨를 뿌리고 나서 5년 동안 거름을 주고 물을 주어도 싹이 나지 않는다. 하지만 5년쯤 지나고 나서야 순이 나기 시작해 하루에 70센티미터씩 6주 정도동안 쉬지 않고 자란다. 순식간에 30미터의 거목으로 자란다. 모죽의 뿌리는 땅속에서 수십 미터나 뻗어 있다. 5년이라는 시간동안 큰 성장을 위해 준비를 하고 있었던 것이다. 우리 인간이야말로 모죽과 같은 삶을 살아야 하지 않을까.

요즘은 스마트폰으로 뭐든 빠르게 정보를 검색할 수 있고 사람 사이 소통도 빠르게 이루어지다 보니 사람들의 인내심은 점차 줄어드는 것 같다. 창업을 위해 나를 찾아오는 사람들은 무엇이든 빨리 이루어내길 바라고 그런 기대에 미치지 못했을 때 실망도 빨리 한다. 자신의 적성에 맞지 않다든지, 능력이 없다든지 하는 말을 쉽게 던지는 것이다. 현재 잘 나가고 있는 사람들의 겉모습만을 보고 그들이 어떤 노력으로 그렇게 되었는지는 궁금해하지 않는다.

나는 20대부터 쇼핑몰 CEO가 되겠다는 꿈을 가지고 있었다. 꼭 이루고 싶은 꿈을 마음속에 간직하며 하루도 잊지 않고 살았다. 반드시 이루어질 거라는 믿음이 늘 함께했다. 목표를 이루는 데 나이는 상관없다고 생각했고, 그 꿈을 이루어가는 과정에 어떠한 시련도 즐겁게 받아들이리라 다짐했다. 사회에 긍정적인 영향을 주는 여성 CEO, 여자들을 위해 동기부여를 해주고 도움을 주는 인생을 살아가야겠다는 나의 결심은 그동안 많은 삶의 이야기로 내 꿈과 연결해주었다. 오랫동안 꿈꿔왔던 쇼핑몰 사업을 홀로 시작하고 온라인 쇼핑몰 사이트를 구축하기까지 4년이 넘는 시간이 흘렀다. 그 과정에서 쇼핑몰을 시작하려는 사람들을 돕는 코치로도 활동하게 되었고 대한민국 최고의 쇼핑몰 창업 코치를 꿈꾸며 오늘도 한 걸음씩 꿈을 향해 나아가고 있다.

구멍 난 옷을 수선할 때 한 땀 한 땀 정성을 다해 꿰매듯이 꿈도 마찬가지라고 생각한다. 내가 기울이는 노력의 모든 점들이 모여서 목표라는 하나의 선을 이룬다. 하나의 점을 찍을 때마다 온 열정과 정성을 다해야 하는 것이다. 끊어낼 부분은 과감히 끊어내면서 목표를 향해 흔들림 없이 나아가는 정신이 필요하다. 나 역시 지난 5년간 거침없는 도전과 아니다 싶은 일은 과감하게 끊어내고 단절

하면서 성장해왔다. 내 영혼이 원하지 않는 일에 질질 끌려다니는 것이 아니라 과감하게 포기하고 다시 도전하는 과정을 반복했다.

목표가 명확한 사람에게 5년은 열정이 가득한 진짜 살아 있는 인생의 시간이지만 목표가 없는 사람에게는 그저 5년 전과 같거나 아니면 5년 전보다 더 못한 시간을 향해가는 과정일 뿐이다. 누구에게나 똑같이 주어지는 공평한 시간이라는 친구를 좀 더 소중히 다룰 수는 없는 걸까?

지금까지 실패만 했다면, 그래서 자신의 과거가 현재 자신의 발목을 잡는다면 잊어라. 지나간 과거는 그냥 잊어라. 과거는 과거일 뿐이다. 도전하기에 언제나 지금보다 좋은 시기는 없다. 지금까지 실패했다면 앞으로 당신은 누구보다 더 큰 성공을 할 자격이 있다. 그 안에서 많은 깨달음과 배움을 얻었을 것이기 때문이다.

매 순간 나의 선택이 정답일 수는 없다. 하지만 행하는 자는 결국 답을 찾아내지만 행하지 않는 자는 끝끝내 찾지 못할 것이다. 예측 가능한 인생이 무슨 의미가 있단 말인가? 예측할 수 없기에 우리는 이전과는 다른 꿈을 꾸기도 하고 도전도 하고 실패 속에서 다시 희망을 볼 수 있는 것이 아닐까. 꿈을 이루기 위해서는 자신에 대한 믿음과 확신을 가진 나를 지켜주는 자존감이 반드시 필요하다.

우리 사회는 고령사회에 진입했지만 여전히 노인을 향한 차별이 만연해 있다. 준비가 제대로 되어 있지 않은 상태에서 노년을 맞기 때문에 어려움이 한두 가지가 아니다. 젊을 때 미리 준비하지 않는다면 더 외롭고 서글픈 노년을 보내게 될 것이다. 어디를 가나 아이보다 노인이 더 많지만 노인을 위한 일자리는 찾기가 힘들다. 남은 인생을 즐겁게 살아가기 위해서는 젊었을 때 자신이 진정 하고 싶은 일을 찾기 위해 노력해야 한다.

내가 생각할 때 가장 위험한 것은 꿈을 작게 가지고 빨리 이루는 것이다. 자신의 가능성을 낮게 매기고 금방 이루고 나면 모든 것을 이룬 것처럼 초심을 잃어버리는 사람들이 있다. 늘 성장하는 사람들은 목표를 높게 잡는다. 꿈을 크게 가지고 당장 해야 할 작은 일에 집중한다. 그렇게 하루하루 살아가다보면 자신만의 노하우도 쌓이고 실력은 점차 향상되어 목표에 조금씩 가까워진다. 현실과 꿈 사이의 간격을 좁혀가는 것이다.

멀리 보고 목표를 크게 잡은 사람은 그 목표를 향해 가는 길에 나를 찾아오는 시련과 역경 그리고 온갖 고생들은 그저 과정일 뿐이라는 생각을 한다. 지지 말아야 할, 반드시 거쳐야 할 장애물이라고 여기는 것이다. 나 역시 그렇다. 남들이 생각했을 때 당장 불가능해 보이는 것을 목표로 잡는다. 단 기간에 이룰 꿈이 아니기 때문에 다른 사람의 의견은 상관없다. 나의 미래는 내 머릿속에서 이미 명확하게 그려져 있고 나는 그곳을 향해 나아가기만 하면 된다. 흔들림 없이 꿋꿋하게 말이다.

우리가 살아가면서 목표 설정은 정말 중요하다. 큰 바다를 향해

여자의 인생을 바꾸는 자존감의 힘

하면서 도착지가 없다면 어떤 기분일까를 한번 떠올려 보라. 나는 과연 어디로 가는지, 나는 무엇을 위해 살아가는지 끊임없는 의문이 자신을 따라올 것이다. 그렇게 고민하는 시간은 인생을 허비하는 지름길이다. 목표 없는 인생은 죽기 전에 큰 후회를 남길 것이 분명하다.

라디오에서 경력 단절된 한 여자의 사연이 흘러나온다. 그녀는 남편의 사업 실패로 직장에 나가게 되었다고 한다.

"새벽 5시가 되면 일어나 아이들 밥을 먹이고 첫째는 학교로 둘째는 유치원으로 보낸다. 회사에 출근하면 점심을 거를 정도로 바쁘게 일을 한다. 퇴근 후 어질러진 집 정리에 회사에서 가져온 일을 하면 하루가 금세 지난다. 남편은 지방에 일을 하러 가서 아무런 도움을 주지 못한다. 힘들어서 아이들에게 짜증을 내고 나면 후회가 밀려온다. 정신없이 하루하루를 보내는 나, 그저 지치지만 않았으면 한다."

그녀의 사연에 코끝이 찡해진다. 수많은 경력 단절 여성들이 어려워진 가정 형편으로 사회로 많이 나오고 있다. 하지만 경력이 단절되기 전보다 훨씬 못한 대우를 받으며 힘들게 일한다. 나 역시 경력 단절을 겪어보았기 때문에 그 심정을 누구보다 잘 안다. 컨설팅으로 만나는 사람들, 책을 보고 메일을 보내주는 독자들 중 경력이 단절 된 여성들이 정말 많다. 책을 읽고 다시 무언가에 도전할 수 있는 용기가 생겼다는 말에 정말 행복하고 보람을 느낀다. 그녀들을 위해 동기부여를 해주고 희망을 보여주고 도움을 주고 싶다. 지금 내 삶의 큰 소명이라는 생각이 든다.

엄마가 행복해야 아이가 행복하고 아이가 행복해야 나라가 행복하다. 경력이 단절된 여성도 마음만 먹으며 사회에 진출하고 대우를 받을 수 있는 사회, 상상만 해도 너무 좋다. 그런 세상을 만들어가는 데 보탬이 되고 싶다. 책을 쓰면 쓸수록 나는 한 단계 더 나은 꿈을 꿀 수 있어서 행복하다.

당신이 지금 나이가 적든 많든 상관없다. 목표를 설정하고 그 꿈을 이루어가는 데는 나이는 중요하지 않다. 젊은 나이에 명을 다해서 죽는 사람도 있고 다른 사람보다 명이 길어서 죽고 싶어도 죽지 못하는 사람도 있다. 그러니 나이가 무슨 의미가 있을까. 나이보다 중요한 것은 바로 현실에 얼마나 안주한 삶을 사는가, 또는 얼마나 열정적인 인생을 살아가는가이다. 무엇을 시작하고 싶은데 나이를 먼저 떠올리고 고민하고 있다면 당장 그런 생각을 버려야 한다. 나이는 장애물이 아니다. 스스로 자신을 현실의 틀에 가둬두는 핑계가 될 뿐이다.

내가 지금 책을 쓰는 이유는 나를 비롯해 대한민국 수많은 여성들이 자신감을 높이고 자존감을 되찾아 조금이라도 더 나은 삶을 살아가길 바라는 마음에서다. 자신의 미래에 대한 기대감과 자신에 대한 믿음으로 조금이라도 더 의욕적인 삶을 살아갔으면 한

여자의 인생을 바꾸는 자존감의 힘

다. 말을 많이 하는 것보다 말을 줄이고 그림을 더 많이 그리는 것이 중요하다고 괴테가 말했던 것처럼, 현실에만 집중할 것이 아니라 미래의 큰 그림을 그리고 그곳을 향해 한 발짝씩 다가가는 노력이 필요하다.

세상은 남보다 뛰어난 능력을 가진 사람의 것이 아니다. 능력과 상관없이 흔들리지 않는 목표를 설정하고 그곳을 향해 거침없이 도전하고 열정을 쏟아내는 사람의 것이다. 남들보다 학벌이 뛰어나지 않아도 가난해도 못생겨도 괜찮다. 그것이 당신의 인생에서 걸림돌이 되지는 없을 것이다. 자신이 남들보다 열악하다고 믿는 그 생각이 당신의 성장을 가로막는 것임을 잊지 말자. 눈에 보이지 않지만 빛나는 미래를 그릴 수 있는 능력은 신이 우리 모두에게 준 공평한 능력이다. 우리의 인생을 바꾸기 위해서 그것 하나면 충분하다.

결혼 전, 30대 초반이었던 나는 큰 그림을 그리지 못했다. 사회생활에 지쳤고 누군가에게 기대고 싶었고 내 나이가 적지 않은 나이라는 생각이 강했다. 하지만 지금은 안다. 그때가 가장 좋은 때였다는 것을 말이다. 그리고 지금도 마찬가지라는 사실을 안다. 언제나 지금보다 빠른 때는 없는 것이다. 5년 후 내 모습을 마음껏 그리고 꿈꾸기에 지금이 가장 빠른 시기다. 멀리보고 호흡을 길게 하고 현재의 순간적인 감정에 치우지지 않는 마음이 꾸준히 나를 성장하게 만드는 힘이 된다.

더 나은 미래를 위해
자신의 일을 포기하지 마라

얼마 전 후배 K를 만났다. 그녀는 자신의 꿈을 이루고 커리어를 쌓기 위해서 부단히 노력하는 여자다. 얼마 전 회사에서 사내 방송을 맡아 더욱 인정을 받고 있는 듯했다. 하지만 그녀는 결혼을 앞두고 고민을 털어놓았다. 결혼할 남자는 직장이 지방에 있어서 결혼을 하면 회사를 그만두고 지방으로 가야 할 것 같다고 했다.

사실 고민이라고 털어놓았지만 이미 그녀의 말 속에서 답은 정해져 있었다. 자신의 일보다 사랑하는 남자가 우선이니 당연히 일을 그만두고 따라가는 것이 정답이라고 확신하는 듯했다. 가장 사랑이 뜨겁고 행복할 시기라 당연히 그 남자만 보이겠지만 결혼은 생활이기 때문에 성급하게 결정할 일이 아니라고 말해주었다.

하지만 그녀는 당장의 달콤한 신혼에 빠져 다가올 현실에 대해 고민할 필요성을 느끼지 못하는 것 같았다. 특히 여자들은 사랑할

여자의 인생을 바꾸는 자존감의 힘

때, 잊지 말아야 할 것들을 종종 잊는 듯하다. 후회하지 않을 거라 믿지만 결국 후회하는 여자들이 많다. 당장의 감정적인 자신의 요구로 자신을 잃어서는 안 된다.

나도 한때는 더 이상 힘들이지 않고 편하게 살고 싶다는 생각을 해본 적이 있다. 돈을 벌어다주는 남편이 있다면 마냥 편하고 행복할 거라 착각했던 것이다. 하지만 생활이 어렵지 않고 돈을 벌지 않아도 아무 상관없을 때도 난 행복하지 않았다. 내 삶에서 나의 일이 주는 의미가 빠져 있었기 때문이다. 결혼 전 승무원 시절에 몸도 마음도 힘들었지만 단 하나, 내가 조직에서 필요한 사람이라는 사실이 나의 자존감을 채워주었다는 것을 뒤늦게 깨달았다.

어쩔 수 없는 상황에 경력이 단절이 되더라도 다시 일할 수 있는 힘을 키워야 한다. 나의 인생을 책임져주는 사람은 남편도 자식도 아닌 나 자신이라는 사실을 깨달아야 한다. 지금은 뼛속까지 그런 의지로 가득하다. 남자들도 힘들 때 자신을 책임지지 못한다. 하물며 우리의 인생을 대책 없이 맡긴다는 것은 말이 안 된다. 이제는 확실하게 알기 때문에 여자들에게 자신 있게 말할 수 있게 되었다.

내가 처음에 쇼핑몰 일을 시작했을 때 가족들과 지인들은 그냥 편하게 살지 왜 고생을 사서 하냐고 말했다. 내가 일을 열심히 할 때 신랑의 사업은 힘들어졌다. 예고도 없이 말이다. 거래처가 부도가 나서 갑자기 힘들어진 것이었다. 내가 만약 그때 일을 하지 않았다면 어땠을까? 나는 대책 없이 무너졌을 것이다.

주위사람들이 나의 인생을 책임져 주지 않는다. 깊이 생각하지 않고 하는 말에 모두 귀 기울일 필요는 없다. 그냥 편하게 살지 왜 피곤하게 사냐고 말하는 사람이 내 상황이 힘들어질 때 나를 책임질 수는 없기 때문이다. 미래는 준비된 자의 것이다. 지금 편하다고 계속 안정된 삶이 보장되지 않는다. 인생은 늘 그렇다. 편할 때 일수록 미래를 준비해야 한다. 자신의 일을 가져야 한다. 열정과 노력을 쏟을 자신만의 일을 찾는 일에 소홀해서는 안 된다.

자신의 일을 포기하지 않고 지속시키기 위해서는 불필요한 잡음을 제거할 수 있어야 한다. 원하지 않는 것은 포기할 줄 알아야 하고 깊은 고민 없이 내 삶을 판단하는 소리에도 흔들려서는 안 된다. 마치 지뢰밭을 걷는 것처럼 힘든 일일지라도 말이다.

나는 결혼을 하고 몇 년이 지나고 나서야 회사에서 사직서를 낼 때 나를 안타까운 시선으로 만류하던 상사의 얼굴이 떠올랐다.

"지영씨, 지금 힘든 거 잘 아는데 정말 몇 년 만 눈 딱 감고 견디면 될 텐데……. 나도 경험해 봐서 그 마음 잘 알아요. 지금까지 너무 잘 해왔잖아요."

그녀의 말이 내 귓가에서 지금까지도 떠나지 않는다. 후회하지 않을 만큼 완벽한 결단을 내릴 수 있는 사람은 없다. 아무리 힘들어도 경험에서 우러난 조언을 귀담아 들을 줄 아는 마음의 여유도 필요한 것 같다. 힘들다고 귀 막고 눈 가리면 결국 나의 손해라는 것을 여러 번의 경험으로 깨달을 수 있었다.

여자의 인생을 바꾸는 자존감의 힘

나의 일이 얼마나 중요한지, 일이라는 것은 나의 존재 이유가 될 수 있다는 것을 나는 왜 그리도 늦게 깨달았을까. 지금은 너무나 잘 알고 있기에 휴일에도 이렇게 카페에 앉아 책을 쓴다. 남들과 같은 일상을 보내면서 다른 삶을 추구한다는 것은 제정신이 아닌 사람이나 갖는 생각이라는 것을 잘 알기 때문이다. 그리고 나는 이미 내가 좋아하는 일을 찾았고 좋아하는 일과 함께 살아가는 행복한 사람이기 때문에 기꺼이 감내할 수 있는 것이다.

　물론 자신이 진정으로 원하는 일을 찾기까지는 시간이 많이 걸릴 것이다. 자신이 좋아하지 않는 일에도 최선을 다할 수 있는 사람이라면 자신이 좋아하는 일을 찾았을 때, 얼마나 최선을 다할지 안 봐도 훤하다. 내가 하고 싶은 일을 하기 위해 하기 싫은 일도 열심히 할 수 있는 사람에겐 좋은 미래가 기다리고 있다.

　나와 친한 후배 K는 결혼 후 재취업을 했다. 그녀는 워낙 성실해서 회사에서도 능력을 인정받는 사람이다. 열심히 살아가는 사람에겐 늘 시련이 찾아오는 것 같다. 그녀는 작년에 남편의 갑작스러운 사업 실패로 힘겨움을 겪었다. 생활비를 가져다주지 못하는 남편 때문에 힘들었는데 지금은 힘든 마음보다 더 열심히 일해야겠다는 결심을 했다고 한다.

　"나한테 돈 달라고만 안 했으면 좋겠어. 나, 요즘 정말 열심히 일하고 있어. 내 일에 최선을 다 할 거야. 믿을 사람은 나 자신밖에 없다는 걸 이제는 알겠어."

사람은 갑자기 어떤 일을 겪을지 모른다.

평소에 좋은 자존감을 가지도록 스스로 노력을 한다면

어떤 시련에도 우리는 굴복하지 않을 수 있다.

그녀의 말에 깊은 공감을 한다. 안타까운 마음보다는 진정으로 응원해주고 싶다. 시련은 이렇게 사람을 강하게 만든다. 오히려 이러한 시련 속에서 자존감이 강한 사람은 더 크게 성장하고 자아실현을 이루는 경향이 있다. 사람은 갑자기 어떤 일을 겪을지 모른다. 평소에 좋은 자존감을 가지도록 스스로 노력을 한다면 어떤 시련에도 우리는 굴복하지 않을 수 있다. 시련에 지지 않는 마음이 진정한 자존감이 아닐까 하는 생각이 드는 요즘이다.

사실 남자들은 연애하고 있는 이성보다, 배우자보다 자신의 일에 더 많은 주의를 집중하고 있는 듯하다. 하지만 아무리 잘난 여자라도 연애를 할 때는 애인에게 더 많은 주의를 기울이고 결혼을 한 여자는 배우자의 태도에 더 민감한 경향이 있는 것 같다. 남자보다는 여자들이 관계를 더욱 중시하는 경향이 있고 감정적 교류에 더 많은 관심이 있기 때문이 아닐까 싶다. 실제로 내 주위에도 우울함을 자주 호소하는 사람은 남자보다는 여자들이 많다.

일이 잘 안 되어 우울한 것보다 애인 때문에 남편 때문에 우울한 이유가 더 많고 자신의 마음을 터놓고 얘기할 사람이 없어서 힘겨워하는 사람이 많다. 실제로 우울증으로 약을 먹었던 경험을 토로했던 사람들도 많았다. 결혼 전에는 직장에서 잘나가는 사람이었지만 결혼 후 일을 그만두면서 늘 자신은 우울하고 자존감이 낮다는 말을 밥 먹듯이 하는 사람도 있다. 집중할 수 있는 일이 없으니 더더욱 자신의 우울한 마음에 집중하고 그런 마음을 하루 종일 느끼는 자신이 못나 보이는 것이다. 이렇게 우울함을 많이 느끼는 여자들에게 집중할 수 있는 일은 정말 필요하다. 우리는 자신이 어떤 일에 가치가 있다고 느낄 때 자존감이 높아진다. 자신이 가정에, 사회에 꼭 필요한 사람이라는 생각이 살아갈 만하다는 느낌을 주는 것이다.

우리는 하루에 수만 가지 생각을 하면서 지낸다. 나 역시 눈을 뜨고 잠들 때까지 일어날 수 있는 일부터 절대 일어나지 않을 일까지 다양한 생각을 한다. 원치 않는 생각들도 문득문득 떠올라 나 자신을 괴롭히기도 한다. 하지만 일을 하거나 책을 읽거나 운동을 하면서 원치 않는 생각보다는 내가 원하는 생각을 조금 더 많이 하도록 노력한다. 떠오르는 생각을 모두 선별할 수 있는 것은 아니기 때문에 자연스럽게 흘려보내면서 좋은 생각에 집중하는 것이다. 집중을 많이 할 수 있는 일을 할 때는 잡념에 휘말리는 일이 거의 없다. 몰입과 집중은 흔들리는 자신을 잡아줄 수 있는 최고의 수단이다.

나는 늘 우울하고 자존감이 낮아 고민하는 사람에게 말한다. 우선 자기 자신을 찾는 것이 먼저고, 그다음에 내가 집중할 수 있는 일을 찾는 것이라고 말이다. 자신감을 찾은 여자는 그 무엇에 도전하든 잘 해낼 수 있을 거라 믿는다. 여자에게도 일은 선택이 아니라 필수 요건이라는 생각의 전환이 필요할 때다. 아이가 어릴 때는 아이 때문에 일을 포기하는 여자들이 많다. 하지만 아이가 컸을 때 일을 하지 않는 엄마보다 일을 하고 있는 엄마와 소통할 수 있는

여자의 인생을 바꾸는 자존감의 힘

부분이 훨씬 많아진다.

　지금 당장 힘들더라도 나의 미래와 아이의 미래를 함께 내다보고 판단할 필요가 있다. 딸을 가진 엄마라면 앞으로 딸이 더 나은 세상에서 사회생활을 할 수 있도록 토대를 마련해야 한다. 여자가 아닌 한 인간으로서 당당하게 일하고 성과를 인정받으며 살아갈 수 있는 세상을 우리가 만들어가자. 그러기 위해서 어떤 상황에서도 자신의 일을 포기하지 마라.

온전한 나로,
내 삶의 주인으로 살아가라

얼마 전 예능 프로그램에서 가수 전인권씨가 〈제발〉이라는 노래를 부르는 장면이 있었다. 노래를 듣고 있는데 나도 모르게 눈물이 났다. 방송에서 노래를 듣고 있던 배우, 가수들도 눈물을 흘렸다. 이 노래는 자신의 진짜 모습이 아닌 타인이 바라는 모습으로 살아가는 삶에 대한 힘겨움을 담고 있다. '당신이 바라는 나'가 아닌 '완전하지 못한 외로운 나'란 사람을 바라봐달라고 외치는 듯했다. 우리 모두의 모습이 아닐까 하는 생각이 든다.

어쩌면 많은 사람들이 자신의 인생을 살아가고 싶다고 느끼지만 그저 이룰 수 없는 희망으로만 생각하며 살아갈지도 모른다. 내가 진정 원하는 것이 무엇인지 알게 된다면 주변에서 만들어내는 흔들림에서 자유로워질 수 있다. 하지만 자신을 제대로 알지 못한다면 계속 타인의 삶을 살아갈 수밖에 없다. 남들이 나에게 기대하

여자의 인생을 바꾸는 자존감의 힘

는 삶, 남들에게 잘 보이기 위한 삶, 남들에게 인정받기 위한 삶만을 추구하게 된다.

생각해보면, 나 역시 대학을 졸업할 때까지 나란 사람이 어떤 사람인지 잘 알지 못했다. 내가 무엇을 좋아하는지도 잘 몰랐고 나 자신을 표현할 줄도 몰랐다. 그저 현재 하고 있는 공부에 충실하고 부모님 말을 잘 듣고 걱정 끼치지 않는 인생이 최고라고 생각하며 살았던 것이다. 직장 생활을 시작하면서 진정으로 내가 원하는 것이 무엇인지 고민해볼 수 있었고 나의 꿈과 현실 사이의 간격에 대한 한계를 느껴볼 수 있었다. 고민을 통해 나 자신을 좀 더 깊이 있게 들여다볼 수 있었던 것 같다.

독립해서 홀로 사회생활을 하면서 온전히 나 자신을 위한 삶을 살아볼 수 있었고 외로움과 힘겨움이 컸지만 그 속에서 많은 배움을 얻었다. 외로움이 무엇인지, 경제적 자립이 얼마나 중요한 것인지 말이다. 세상에서 나를 지켜줄 사람은 타인이 아니라 나 자신이라는 사실을 뼈저리게 느낄 수 있었다.

나는 힘들고 외롭다 느낄 때 늘 책을 펼친다. 나에 대한 확신을 느끼게 해주는 힘이 있는 책들을 좋아한다. 특히 웨인 다이어의《확신의 힘》은 내가 정말 소중하게 여기는 책이다. 집에는 같은 책이 여러 권 있다. 책을 읽을 때 밑줄을 긋고 메모를 많이 하게 되어 여러 번 읽으면 새 책을 사서 새로운 관점에서 또 다시 읽어본다. 나를 만나서 창업을 시작해보려는 멘티들에게 이 책을 추천한다. 부정적인 생각이 많았는데 이 책을 읽고 긍정적인 마인드로 바뀐 사람도 꽤 많이 있다.

지금의 시대는 마음만 먹으면 어떤 정보라도 빠르게 수집이 가능하다. 하지만 나약해진 자신의 마음은 의지할 곳이 없다. 스스로 동기부여를 한다는 것이 현대인들에게 얼마나 힘든 일인지 안다. 내가 쉬지 않고 책을 읽는 이유다. 나 역시 이런 책이 없다면 수없이 좌절하고 스스로를 원망하며 살았을지도 모른다. 힘든 상황에서도 늘 열정을 잃지 않고 확신을 가질 수 있었던 것은 어떤 방법으로든 나 스스로 동기부여를 하기 위해 노력했기 때문이다.

어떻게 힘들 때 책을 읽을 수 있냐고 반문하는 사람들도 많았다. 기분이 나쁘고 화가 나는데 책이 어떻게 손에 잡히냐는 것이다. 이해가 안 되겠지만 나는 힘들 때, 화날 때, 세상이 원망스럽고 죽고 싶을 때 책을 펼쳤다. 책의 활자에 집중을 하고 나의 내면을 들여다보기 시작하면 어느새 기분이 전환되는 것을 느낀다. 이것은 습관화된 행동이다. 짧은 시간에 만들어진 습관이 아니다. 힘들어도 살아야 하니까, 다시 일어서야 하니까 어떻게든 스스로 방법을 찾아내는 것이다.

하늘은 스스로 돕는 자를 돕는다고 하지 않던가. 나 자신이 나를 포기한다면 그 누가 나를 일으켜 세워줄 수 있을까? 힘들어서 자신을 포기하는 사람도 있지만 그런 독기로 다시 절벽 끝에서 되돌아 설 수 있다면 나는 뭐든 할 수 있다고 생각한다. 우리 모두는 위대

여자의 인생을 바꾸는 자존감의 힘

한 존재며 무한한 가능성을 가진 존재다. 나는 내가 믿는 만큼 성장할 수 있고 자신에 대한 확신만큼 새로운 인생을 살아갈 수 있다.

현대 심리학의 아버지라고 불리는 윌리엄 제임스는 이런 말을 했다.

"20세기 최대의 발견은 마음가짐을 변화시켜 그 사람의 인생을 바꿀 수 있다는 사실이다."

그의 말처럼 생각이 인생을 바꾼다. 우리 의식의 변화는 자신뿐 아니라 타인의 인생도 구할 수 있다. 또 자존감이 높은 엄마가 아이의 자존감도 키울 수 있다. 자존감을 키우는 과정은 태어날 때 이미 내가 가지고 나왔던 것을 다시 되찾아가는 과정이다. 결코 내 안에 없는 것을 만들어내는 과정이 아니다.

온전히 나의 인생을 살아가는 것은 어떤 의미일까? 어쩌면 내가 원하는 인생이 무엇인지, 내가 어디로 가고 있는지 아는 사람이 별로 없을 것이다. 진지하게 자신의 인생에 고민하고 해답을 찾아가는 사람이 얼마나 될까? 우리는 지금껏 타인의 인생을 통해 자신의 인생에 점수를 매겨왔다. 태어나 죽을 때까지의 긴 여정에서 성장의 속도는 사람마다 다르다. 좀 이르게 성숙해지는 사람이 있는 반면 세월이 한참 지나고 나서야 어른이 되는 사람도 있다. 내면의 성장은 제각각인 것이다. 얼마나 많은 경험을 하고 얼마나 많은 시련과 실패를 겪었느냐에 따라 달라진다.

톨스토이의 말처럼 모두가 세상을 변화시키려고 생각하지만, 정작 스스로 변하겠다고 생각하는 사람은 없는 듯하다. 세상에 대한 한탄, 불만, 평가는 끊임없이 하면서 자신에 대해 고민하는 사람은 많지 않다. 거울을 보면서 자신의 모습이 마음에 들지 않는다고 거울을 깨는 것과 다르지 않다. 내가 바뀌면 세상도 변한다. 세상이 아닌 자신에게 집중할 때 인생은 달라지는 법이다.

내가 꿈꿀 수 있는 일은 실현 가능하기 때문에 꿈을 꿀 수 있는 것이다. 실현이 불가능하다면 꿈을 꾸지 못한다. 나는 마음속으로 늘 생각한다. '나는 내가 원하는 모든 일을 이루어낼 수 있다'고 말이다. 20대에는 조직에서 원하는 사람이 되기 위해 살았고, 30대엔 내가 원하는 인생을 살기 위해 발버둥쳤다. 누군가 내 꿈에 대해 찬물을 끼얹을 때면 큰소리로 호통을 쳤다.

"그런 인생은 태어나면서 정해지는 것입니까? 내가 안 되라는 법이라도 있냐구요!"

나는 태어나면서 열정이 넘쳤던 사람은 아니다. 다른 사람에게 휘둘리며 주도적이지 못한 인생을 살았던 적도 있었다. 내 의지가 아닌 일에 모든 에너지를 쏟으며 스스로를 한탄하며 보냈던 시간도 있었다. 하지만 그것을 깨닫는 데는 그리 오래 걸리지 않았다. 내 마음을 매일 들여다보며 진정으로 내가 원하는 인생인가를 스스로에게 끊임없이 질문했기 때문이다.

여자의 인생을 바꾸는 자존감의 힘

내가 미친 듯이 열정을 쏟던 일을 놓는다는 것은 결코 쉬운 일이 아니었다. 그 속에서 알게 모르게 의존하는 마음이 생겨났기 때문이다. 그럴 때 나는 배수의 진을 친다는 마음으로 과감하게 포기하고 새로운 일을 다시 시작하기도 했다. 나는 내 영혼이 시키는 일을 해야 행복할 수 있는 사람이기 때문이다. 40대를 열면서 누구보다 주도적인 인생을 살아가고 있으며, 앞으로도 더 큰 목표를 향해 오직 내가 원하는 인생을 살아갈 것이다.

나는 20대의 힘든 직장생활, 30대의 결혼을 통한 깨달음, 뒤늦게 꿈을 찾는 도전과 노력으로 온전히 내 인생을 살아가는 방법을 터득하고 있다. 앞으로의 인생은 더 기대가 된다.

왜냐면 나는 오늘 하루도 허투루 보내지 않으며 꿈을 향한 노력을 게을리하지 않기 때문이다. 나처럼 경력 단절을 겪고 창업에 도전하는 여성들을 위해서, 그리고 일과 결혼을 두고 고민하는 여성들을 위해 많은 동기부여를 해주고 방향을 잡아주는 멘토로 살아가고 싶다. 여자가 행복해야 사회가 행복하고 국가가 성장한다고 생각한다. 미래는 여자의 능력을 많이 필요로 할 것이다. 잠깐 쉬어가면 어떤가. 가정에 있든 사회에 있든 내가 원하는 내 모습을 만들어가기 위한 사소한 노력을 이어가느냐가 중요하다.

영국의 극작가이자 소설가 조지 버나드 쇼는 이런 말을 했다.

"사람들은 항상 자신의 현 위치를 자신이 처한 환경 탓으로 돌린다.

나는 환경이라는 것을 믿지 않는다. 이 세상에서 성공한 사람들은 스스로 일어서서 자신이 원하는 환경을 찾은 사람들이다. 만약 그런 환경을 찾을 수 없다면, 그런 환경을 만든다."

어리석은 사람은 환경을 탓하지만 현명한 사람은 열악한 환경에서도 기회를 찾는다. 우리는 어떤 상황에서도 자존감을 잃지 않는 여자로, 세상에 둘도 없는 '온전한 나'로, 내 삶의 주인으로 살아가야 한다. 다시는 돌아오지 않을 지금 이 순간을 흔들리지 않는 자존감으로 당당하게 살아가자.

여자의 인생을 바꾸는 자존감의 힘

다시 시작이다!

　인생은 자신이 어떤 사람인지 알아가는 과정이다. 그리고 좋은 자존감을 만들어가는 과정이기도 하다. 살아가면서 경험하는 모든 것들은 우리가 어떤 사람인지 알게 해준다. 중요한 것은 주어진 상황이 아니라, 그것을 대하는 태도다. 자신에 대한 믿음만큼 우리는 더 나은 삶을 살아갈 수 있다.

　여자들 스스로 힘든 순간에 부딪히면 혼자라고 느끼기 쉽지만 우리는 결코 혼자가 아니다. 같은 길을 가고 있는 수많은 여자들이 우리에게 힘이 되고 위안이 된다. 여자의 성공은 여자로 하여금 동기부여를 해주고 희망을 준다. 동료의 성공을 진심으로 축하해줄 수 있다면 스스로 충분히 성장할 수 있는 사람이다.

　더 이상 세상이 정해놓은 기준대로 살아갈 필요가 없다. 가정에서도 사회에서도 우리의 역할은 절대 사소하지 않다. 우리는 슈퍼우먼이 될 필요가 없다. 조금 부족하더라도 내 일을 사랑할 자격이 있고 완벽하지 않더라도 좋은 엄마가 될 수 있다. 모든 책임을 스스로에게 지울 필요가 없다.

좋은 자존감을 가지는 일이 생각처럼 어렵지 않다는 것을 이제는 알 것이다. 나를 조금 더 사랑하는 것만으로도 우리는 인생을 바꿀 수 있다. 지금까지 힘들었다면 다시 한 번 나를 돌아보자. 내가 원하는 삶에 대한 깊이 있는 고민 없이 무너진 자존감을 끌어올리기는 힘들다. 잊었던 꿈을 떠올리며 사소한 도전이라도 해보자. 꿈을 꾸고 이루는 것에 나이는 상관없다. 우리는 누구나 원하는 삶을 살아갈 자격이 있으며 그 능력을 이미 가지고 있다. 내가 스스로 인정하지 않는 현실이라면 굴복할 필요도 없다. 자신을 사랑하는 마음과 자신에 대한 믿음으로 그 어떤 고난도 이겨내겠다는 결심을 한다면 내일은 오늘과는 다른 인생을 살아갈 수 있을 것이다.

인생을 바꾸기 위해서는 무엇보다 변화하고 싶다는 간절함이 있어야 한다. 자신의 인생에 대한 강한 책임감과 열정으로 우리는 1년 뒤, 3년 뒤, 5년 뒤 더 아름답고 멋진 삶을 살아갈 수 있다. 자신

여자의 인생을 바꾸는 자존감의 힘

에 대한 확고한 믿음으로 세상을 향한 큰 자신감으로 우리는 무엇이든 해낼 수 있다.

앞으로도 나는 여자들의 성공을 돕고 그들이 지치지 않고 온전히 자신의 삶을 살아갈 수 있도록 옆에서 힘이 되어줄 것이다. 그러기 위해서 나 스스로 현실 앞에서 흔들리지 않는 열정으로 계속해서 어둠속에서 촛불을 밝힐 것이다. 어둠은 절대 빛을 이기지 못한다. 지금 당장 세상이 바뀌지 않는다 해도 티끌 같은 노력이 모이면 세상은 변화한다고 믿는다.

나를 힘들게 하는 그 모든 것으로부터 자신을 지켜내자. 절대 지치지도 말고 자신에 대한 믿음으로 한 걸음씩 걸어가자. 타인이 나에게 기대하는 삶이 아닌, 내가 진정으로 원하는 삶을 살아가야 한다. 남들보다 느려도 괜찮다. 포기하지만 않는다면 언젠가는 원하는 그곳에 반드시 갈 수 있다. 다시 용기를 내어 진짜 인생을 시작할 대한민국의 모든 여자들을 응원한다.

에필로그